C000146451

CE DOCUMENT A ÉTÉ MICROFILMÉ
TEL QU'IL A ÉTÉ RELIÉ

Y 619
A

LES MVSES GAILLARDES,

RECVEILLIES des plus beaux Esprits de ce temps. Par A.D.B. Parisien,

Derniere edition reueuë corrigée, et de beaucoup augmentée.

A Paris, De l'Imprimerie d'Anthoine du Breul rue S. Iacques au dessus de S. Benoist à la Couronne.

A.D.B. Libraire, à N.L.

MONSIEVR,

Voicy vn petit ham-
brelin que ie vous presente,
qui par ses longs voyages
vous racontera des merueilles : il sçait ioüer diuers per-
sonages, & parler plusieurs
langues : c'est a dire tantost
la païsane, & tátost la Cour-
tisane, comme seruát a tous
vsages. Vous voyez qu'il
porte sur le front le tiltre de
Gaillard, ce qu'à bon droit
il merite, pour estre de pa-

reille humeur : mais ne vous
y fiez pas beaucoup , Car

Souuenez vous que sous la fleur
plus belle

Des vipereaux, le venin se recelle

Vous sçauez qu'vn aduerty
en vaut deux, ie ne vous res-
ponds pas de sa fidelité, & si
ne croyez mon aduis, faictes
estat d'auoir souuent en vostre Memento le dernier ar-
ticle de la pastenostre, parce
qu'il est tellemét seducteur,
que si vous plaisez en ses discours, il vous mettra si bien
en rut qu'au diable l'vne des
biches de la ville-neufue qui
affranchira le saut sans estre
recalfeutree, & en danger

qu'apres tant de trauaux, fás
enfraindre la loy de noz an-
ciens peres, auoir recours à
la Circoncifion. Puis apres
le pauure frere gribouïlle ce
voyant r'aualé le capuchon
fe defefpereroit. ne pouuant
pl⁹ feruir le refte de fes iours
qu'à marquer la vaiſſelle.
Voila Monfieur mon amy
ce que i'auois à vous dire, qui
eft vn aſſuré teſmoignage de
la bonne volonté que vous
porte, & portera a iamais.

*Voftre tres-humble ferui-
teur*, DV BRVEIL.

reille humeur : mais ne vous
y fiez pas beaucoup , Car
Souuenez vous que fous la fleur
plus belle
Des vipereaux , le venin fe recelle
Vous fçauez qu'vn aduerty
en vaut deux , ie ne vous ref-
ponds pas de fa fidelité, & fi
ne croyez mon aduis,faictes
eftat d'auoir fouuent en voftre Memento le dernier ar-
ticle de la paftenoftre, parce
qu'il eft tellemét feducteur,
que fi vous plaifez en fes dif-
cours, il vous mettra fi bien
en rut qu'au diable l'vne des
biches de la ville-neufue qui
affranchira le faut fans eftre
recalfeutree, & en danger

qu'apres tant de trauaux, sás
enfraindre la loy de noz an-
ciens peres, auoir recours à
la Circoncision. Puis apres
le pauure frere gribouille ce
voyant r'aualé le capuchon
se desespereroit. ne pouuant
plº seruir le reste de ses iours
qu'à marquer la vaisselle.
Voila Monsieur mon amy
ce que i'auois à vous dire, qui
est vn assuré tesmoignage de
la bonne volonté que vous
porte, & portera a iamais.

Vostre tres-humble serui-
teur, DV BRVEIL.

ANTHOINE DV BRVEIL
LIBRAIRE.

Aux beaux esprits de ce temps.

SIXAIN.

Sprits qui ioüissez du pa-
    ctole tresor
  Ayant chacun de vous vn
coulant fleuue d'or,
Qui sourd du double mont tou-
siours inespuisable:
Pardonnez s'il vous plaist à ma
    temerité
Si i'ay pilhé chez vous mon rapt
  est excusable
Il faut que l'indigent dompte la
  charité.

BATI LIEV D'HONNEVR.

EXTRAIT DV PRIVILEGE, du Roy.

PAr grace & Priuilege du Roy il eſt permis à Anthoine du Brueil, Marchant Libraire Iuré en l'Vniuercité de Paris, d'imprimer ou faire imprimer vn liure, qu'il a recueilly intitulé *Les Muſes Gaillardes*. Et deffences ſont faictes à tous autres Libraires & Imprimeurs de ce Royaume, de l'imprimer ou faire imprimer, ſans le cõgé & conſétemét dudit du Brueil, pendant le temps & terme de ſix ans entiers &accõplis, ſur peine de confiſcation des impreſſions qui en ſeront trouuées, & d'amande arbitraire, comme plus amplemét eſt contenu & declaré es, lettres dudit Priuilege. Donné à Paris le 7 d'Aouſt, 1609.

Par le Roy en ſon Conſeil
DE VERNESON.

LES MVSES
GAILLARDES.

Recueillies des plus beaux Esprits de ce temps.

Le Royaume de la Febue.

SI quelque curieux desire
Sçauoir l'estat de nostre Em-
pire,
Quel il estoit ce dernier iour :
Vienne à moy, ie le feray cour
Celuy-là seulement s'appreste
Pour rire auec nous à la feste,
S'il y veut employer le temps
Il en aura son passetemps :
Ainsi void-on à la fumee,
Quelqu'vn d'vne dent affamee
Manger son pain : Et l'indigent,
Se paistre du son de l'argent.

A

Mais afin que nul ne se trompe,
Nostre Royaume fust sans pompe,
Sans fard, orgueil ne vanité :
Et pour sa haute dignité,
Car le Roy tout prudent & sage
Ne s'enorgueillit d'auantage,
Considerant bien que le sort
Plus que cent Empires est fort,
Qui se ioüant de la couronne,
L'oste aussi soudain qu'il la donne,
    Or pour paroistre à son festin,
Chacun se leua du matin,
Deuinant comme par oracle,
Que nostre Roy feroit miracle,
Et qu'il falloit bien employer
Le temps pris pour nous festoyer.
    Nous auions tous à grãdes manches
Nos belles robes des Dimanches,
Nos beaux casaquins de velours,
Et nos guarguesses des bons iours ;
Le bas de tres-belle apparence,
De fine serge de Florence,
Lié par dessus les genoux
D'vn rubam à quatre ou cinq nouds,

Et le ſoulier fait à l'antique.

Vne eſcarcelle magnifique,
Pour faire encore plus d'honneur,
A noſtre ſouuerain Seigneur,
D'vn coſté pendoit enfilee,
A noſtre ceinture bouclee,
Sur la hanche, & de l'autre part,
Les gands & le mouchoir à part.

D'ailleurs, le bonnet ſur l'oreille
Penchant de grace nompareille
Si bonne trogne nous donnoit,
Que tout le monde nous prenoit,
Pour quelques gros Bourgeois de ville,
Qui ne comptent rien que par mille:
Et ſur noſtre mine à l'inſtant,
Nous euſſent preſté du contant.

Or ſi toſt qu'arriuez nous fuſmes,
Et qu'humbles ſalué nous euſmes,
De bonnet, de iambe & de bras,
Le bon Roy qui ne s'en chaut pas:
Comme on voit alors que la flamme,
Les toits de nos voiſins enflamme,
Le peuple habile à ſecourir,
A l'eau de toutes pars courir

Ainsi d'vn e prompte alegresse,
Pour esteindre la soif traistresse,
Begayant d'vn bruit lent & sourd,
Chacun vers les boutailles court :
Qui boit impatient à mesme,
Qui le blanc , & le clairet ayme,
Qui ronge maint iambon salé :
Qui d'autre costé reculé,
Fait à part à grands coups de verre
A sa soif vne estrange guerre.

Desia nos yeux à trauers l'air
Voyent les chandelles voller,
Lors que sa Majesté Royalle,
D'vn ame franche & liberalle,
Apres auoir frippé les plats,
Nous fit present de ses Estats.

L'vn fut monsieur le Connestable,
Sur tous bon Caualier à table,
Grand abateur de bœuf fumé,
De maint & maint broc rehumé,
De ceruelats & de saussisses,
Et de pastez cuisans d'espices :
A son profit caut & ardent,
Et ne perdit onc coup de dent,

A mettre ses gens en bon ordre :
Car tout son soing n'estoit qu'a mordre,
Non à discourir des hazars,
De la milice & des soldars,
De diuerses sortes des armes,
Des bataillons & des gens d'armes :
Toutefois il fut fort vaillant,
S'il n'eut vn peu craint le taillant,
Et ses longs bois, armes d'vn traistre,
Et de ces pistoles à la raistre,
L'homme à l'homme est pire qu'vn lou
Petit resort & petit trou.
Petit boulet, petite poudre,
Petit esclair, petite foudre,
Petite playe & grand douleur,
D'vn moment eternel mal-heur.

　De l'homme assez bresue est la vie,
Helas ! sans qu'elle soit ranie,
Auant l'âge ordonné de Dieu,
Au iuste viure de ce lieu.

　Souffre à iamais l'ardeur fatale
Qui cuit le gosier de Tantale,
Celuy qui le premier creusa
Le fer, qu'apres il aiguisa,

En poignards, en traits, en espées,
En nostre sang humain trempées,
  C'estoit au temps que Iupiter
Souloit par la terre habiter
Et que le peuple sans contrainte
Gardoit le droit & la foy sainte,
  Quand Pluton au fonds de son cœur
Couuant vne amere rancœur,
De voir solitaire la riue
Sans que nul esprit y arriue,
Du fer s'aduise : & dit ainsi.
  Que mon frere ait iusques icy
Auec l' Ægide, & son tonnerre,
Tout seul commandé sur la terre?
Qu'ores qu'ores il soit contant,
Et qu'à mon tour i'y regne autant.
  Ce dit, d'vn coup de sceptre il ouure
Les mines de fer qu'il descouure,
Brillantes, afin d'alecher,
Le cœur de l'homme à les chercher,
Puis d'vn soufle animé de rage
Dedans le plus maudit courage,
Il ietta pour nous martirer
L'inuantion de le tirer,

De l'amolir dedans les flammes,
Le battre, & l'affiner en lames,
Et d'entonner dans le metal,
La fureur d'vn foudre infernal.

Les hauts Dieux qui s'en estonneret
Soudain la terre abandonnerent,
Si que depuis on n'a rien veu,
Que meurtre, que sang, & que feu,
Forcener sur la terre basse:
Mesme on dit que Caron se lasse
De passer tant d'ames là bas,
Tombant sous le fer des combats.

Par luy le frere occit son frere,
Le fils est meurdrier de son pere,
De sa femme vn mary n'est seur,
Et la sœur redoute sa sœur,
Par luy nature est trauersee,
Et la loy des Dieux renuersee,
Car l'homme à qui les Cieux amis
Auoient toute chose sousmis
Ore impatient aux alarmes,
Est subiect aux fureurs des ames.

O trois & quatre fois heureux
Esprits sagement genereux,

A iiij

Qui recourez à la balance
Qui le droit & le tort balance,
Sans que vous exposiez ainsi
Aux rages d'vn fer sans mercy,
(Car ceste voye est interdite)
Pour vne parole mal dite,
Ou quelque imagination
Qui tient vostre ame en passion,
Au hazard que l'iniure mesme
Vous demeure, auec la mort blesme.

L'autre fut monsieur l'Admiral,
Qui ne fit onc ny bien ny mal,
Bien que tout yure, dans sa teste
Il roula mainte grand conqueste.

Babu, babu ce disoit-il,
Car il auoit l'esprit subtil
Est-il rien impossible à l'homme,
Le monde est fait comme vne pomme :
Sus ! qu'on prepare des vaisseaux :
Ie veux par le gouffre des eaux,
Sillonnant le dos de Neptune,
Courir mainte braue fortune,
Et malgré l'horreur des dangers
Dompter ces peuples estrangers,

Recelle{z} deſſous l'Antarctique.
Quay-ie affaire de l'Amerique ?
Ia commun le voyage en eſt,
Vn plus grand chef-d'œuure me plaiſt,
Ie ſuis trop ſçauant aux Eſtoilles:
Sus compagnons, ſus toſt aux voilles,
Tranche la commande qui tient,
Ma nef à l'ancre, le vent vient.
Pouſſe la rame, tire ſerre,
Guinde ce maſt. Bo, bo, la terre
S'enfuit de nous : Floc, floc, quel bruit
Blanc d'eſcume en tournoyant ſuit
La pouppe qui ſous l'eau fredonne:
Crac, crac, oyez comment il tonne:
Monſieur ſainĉt Herme ſauuez nous,
Heureux ceux qui plantent des choux,
A deux doigts de la mort nous ſommes
O le ſouuerain bien des hommes,
Planter des choux dans les marés
Vn pied ſur terre & l'autre auprés.
Le Soleil eſt mort ce me ſemble:
La mer auec le Ciel s'aſſemble,
Nous prendrons Paradis d'aſſaut.
Les Geans cheurent d'vn grand ſaut,

A v

Roüants par les trauers des nuës.
Ie voy milles trouppes cornuës
De monstres rodans par les cieux:
Ie voy la bataille des dieux:
Le ciel, crac, crac sous leurs pieds treble,
L'vn va le trot, l'autre va l'amble:
I'en voy cinquante dans Argon.
Cestuy-cy cheuauche vn dragon,
Et cest autre à gauche & a dextre
Manie vn Scorpion à dextre,
Cestuy-cy pique des talons,
Et court la poste à reculons,
Dessus le dos d'vn Escreuisse.
Cest autre finement se glisse,
Sur l'eschigne d'vn grand Dauphin:
Et ioüe de la lyre afin
D'appaiser par son harmonie
L'aspre fureur qui les manie.
I'en voy qui grinpent dessus l'Ours;
I'en voy de longs, i'en voy de cours,
Ceux-cy de paille font des bottes,
Ceux-la s'arment de chaneuottes:
L'vn monte vn grand Hidre rampant
L'autre vn Corbeau, l'autre vn serpent,

L'autre vne Cheure, & l'autre gratte
L'eschigne d'vn grãd Loup qu'il flatte;
Ie les voy, voy les là qui font.

　Bou, bou, quel abysme profond,
Dessous nous l'Enfer se creuasse,
Ie voy Caron qui nous menasse,
L'auare nautonnier des morts:
Ie voy Cerbere à col retors,
Qui se leche dessus le sable,
Ie voy, ie voy l'inexorable,
L'inexorable Radamant,
Au tour de luy gist maint tourment,
De rouës, de fouets & de flammes
Eternel desespoir des ames:
L'œil louche & l'estomach d'airain,
D'vne pasle fureur tout plain:
Voy-le la, ie l'oy ce me semble.
A sa voix tout l'Auerne tremble,
Par mon ame il parle Allemand,
Au moins il est Suisse ou Flamand,
Par tout la iustice est venale,
Le magistrat ioüe à la bale,
Celuy qui met dedans le trou
Emporte quinze a chaque coup:
　　　　　　　　A vj

Tout va par cousins & cousines,
Bré, bré qu'il nous fait laide mines :
Sire Pluton maistre monsieur,
Qui regnez icy bas Seigneur,
Entre les tourmens & la rage,
Ne nous faictes de grace outrage,
Sus denonçons à vos grandeurs,
Que nous sommes Ambassadeurs
D'vn Roy dont l'empire supreme
N'est pas borné par le ciel mesme :
Si donc cruel, vous nous tuez,
Et dans vos enfers nous ruez,
Violant nostre sainct office,
Sous l'ombre de vostre iustice :

Ie vous declare pour moy Roy,
Pour mes compagnons & pour moy,
Par mer sur terre, & dessous terre,
Le feu, le sang l'horreur, la guerre,
Et que par tout ou seront pris
Vos Dieux, vos Demons, vos esprits,
Et ces engeances vagabondes,
Des monts, des plaines, & des ondes,
Et vos Syluains à double front,
Au gibet pendus ils seront,

Sans espoir de misericorde,
Que celle qui pend à la corde,
Si donc Bou, bou quel flot grondant,
Dessus nos testes va pendant.

  Celuy la poistrine eust ferree
D'airain triplement emmuree,
Qui dessus l'impiteuse mer,
Osa premier faire ramer
Le fresle bois de sa Nauire,
Et fier n'a point redouté l'ire
Du souffle contraire de vents,
Haut & bas les flots esmouuans.

  Euoé pere, ie forcene,
Hors de moy ta rage m'entraine,
Par toy ie ne sçay que ie suis,
Mes yeux & mes sens tu seduis.

  Euoé, ie te prï bon pere,
Ceste douce fureur tempere
Qui me raffole le cerueau,
A l'odeur de ton vin nouueau.

  A tant s'allonge ce bon homme,
Comme vn qui se leue du somme,
De teste, d'espaule & de bras
Secoüant son yuresse à bas,

Comme on voit siller goutte à goutte
L'esprit des mines ,qui degoutte
Dans la retorte s'exhallant
Au feu plus foible ou violent
Que le docte Alchemiste allume,
Ceste humeur vineuse qui fume,
Subtille s'esleuant en haut,
Du creux de son estomach chaut,
En sueur ainsi file à file
De son front ,espesse,distille.

  Dieu gard vn Chancellier si franc
Plus rare qu'vn Corbeau tout blanc,
L'or que tout equité renuerse,
Aiguillon d'vne ame peruerse,
Vostre courage ne combat,
Et pour vous seul n'a point d'esclat
  Sans yeux,sas mains,en vostre office
Vous rendez à chacun iustice:
Et auec vos seaux ne puisez
Nos petits ruisseaux espuisez
Par la secheresse incroyable
Et la soif d'vn temps effroiable.
  Mais pour viure parmy des loups
Affamez & prompts comme nous

Et en ardeur si violente:
Vostre nature est vn peu lente.

Bien-heureux celuy la qui peut
Mal faire, & toutefois ne veut,
Bien que le lucre luy conuie,
Cruel tyran de nostre vie.

Ainsi le Ciel sur vos enfans
Iusq'apres mille ans triomphans
Par le bon-heur de leur grand pers,
Respondra sa grace prospere,
Et vostre esprit nouueau Sol.il
Reluira la haut sans pareil
Et de quité l'vnique exemple
Icy bas vous auez vn temple,

Vn autre qui estoit Abbé
Et ne sçauoit ny A ny B,
Au moins qui s'imaginoit l'estre,
Et vouloit plus qu'vn Dieu paroistre:
Fut fait, pour office dernier
De la Febue grand Aumonier.

Cest Abbé donc sans benefice,
Ce grand officier sans office,
Cest Asne, ce bon Elephant,
En ignorance triomphant:

LES MVSES

C'est Abbé sans crosse & sans mitre,
Se cuidant assis au pupiltre,
Secoüant comme vn chat moüillé
Son chef, plus qu'vn asne oreillé,
Faute d'auoir par bon mesnage
Porté beguin en son ieune âge,
Brailloit de mille tons diuers,
Ses amours qui vont de trauers,
Sans raison mesure ne rime,
Car pour luy tout droit fut vn crime.

Toutesfois comme vn viel sagouin,
Qui s'entrechignant du grouin
S'ascoute tinter quelque verre,
Ou bien le casser contre terre,
Ce monsieur, si monsieur estoit,
En sous-riant vers nous prestoit
A ses croaillemens l'oreille,
Et pensoit bien faire merueille.

Encore eust-il cecy de beau,
C'est dit-on qu'il estoit puceau,
Mais Colette n'en iurez mie,
Ie le croy Colette m'amie,
Son miel, son fiel, son sucre doux,
Ne vous en mettez en courroux,

Il à trop bonne conscience,
Le meilleur fils qui soit en France:
Son tout, sa Colette, son rien,
N'en iurez point ie le croy bien:
Hé! qu'est-il besoin qu'on en iure:
Ie croy qu'il n'ayme point l'ordure,
Ny ces femmes au grand renom
Qui prestent leur comment à nom,
Aussi a-til sa foy promise,
A nostre mere saincte Eglise.
Vne autrefois plus à propos,
Lors que ie seray de repos,
Ie iure par ma soif premiere
Qe i'en feray l'histoire entiere.

Tandis peu à peu s'auançoit
Le iour qu'à rire on despençoit:
Et ia le doux flair des viandes
Fumoit sur les tables friandes.

Adonc pour acquerir ses vœux,
Le bon Roy qui ceint ses cheueux
D'vne large tortis de Lierre.
D'vne main empoigne vn grãd verre,
Et de l'autre vn Thyrse pointu,
De lierre au bout reuestu,

Puis d'vne demarche gaillarde,
A la cadence trepillarde,
Loin sa ieune Cour deuançant
Va le sainct bransle encommençant,
En l'honneur du Dieu venerable
Trois fois à l'entour de la table.
Pere qu'il le faisoit bon voir
Monstrer en ce iuste de noir
Que la loy des hauts dieux egale
Aux plus vils la grandeur Royale.
Or' promp s'elançant en auant,
Or' recullant, or' s'esleuant,
A petits bonds dessus la place,
Auec mainte estrange grimace,
Or la teste en l'air secouant,
Or les yeux vers le ciel rouant,
Or' iettant sa iambe legere
Tantost auant, tantost arriere,
My-courbé de teste & de dos
Faisant dur craqueter ses os,
Espoint de la fureur diuine
Du Dieu qui trouble sa poictrine,
Or chancelant à chaque pas,
Prest de donner du nez à bas:

Or' d'vn incroyable souplesse,
Donnant le petit tour de fesse,
Prompt sur les pieds se redressant,
Puis sur les reins se renuersant.
Comme vn vieil singe qui rechigne:
Par dessus l'espaule il aguigne
Sa troupe qui le suit de pres,
Dansant & trepignant apres.

  L'vn enfloit de gorge arondie
La cornemuse rebondie,
L'autre alloit le tambour battant,
Et l'autre d'vn son esclatant,
Entonnoit la trompe enroüee
L'autre sur la flute trouëe
Fredonnoit en mille façons
L'air nazard de mille chansons:
Et le Roy qui menoit la dance,
Mesurant la saincte cadance,
Euan à grands cris appelloit:
Euan le Dieu qui l'affoloit:
Euoé, Bacche, Euan, bon pere,
Voy du ciel nostre sainct mystere,
Chacun qui ses mots reprenoit,
Euan à grands cris entonnoit,

Euoé, Bacche, Euan, bon pere
Voy du Ciel noſtre ſainct myſtere.

   Ainſi rechantans tour à tour,
Euan, les riues d'alentour,
Euan les pleines auallées,
Les rocs & les creuſes vallées,
D'vn long murmure regrondoient,
Et bien loin Euan reſpondoient.

   Le bal finy, tout le bruict ceſſe,
Et le Roy que la fureur laiſſe,
Vn coin de la table tenant,
Les yeux vers le Soleil tournant,
Verſe la ſaincte humeur qu'il porte,
Et le Dieu prie en ceſte ſorte.

   Euoé, pere qui maintiens,
En nous comblant de tant de biens,
Des mortels ſans fin renaiſſante
La pauure race periſſante:
Pere qui rallumes nos iours,
Et modere d'vn iuſte cours
Nos mois, nos ſaiſons, nos années,
Autheur de toutes choſes nées.
Euoé, Bacche, Niſean,
I'acch', Eldean, Lenean,

Euan, qui charmes des liesses
Le souuenir de nos tristesses :
Enten moy, pere, & de tes cieux
Reçoy ce vin deuotieux
Que ie te verse en sacrifice,
Afin que tu nous sois propice.

Monstre nous auiourd'huy plus beau
Ton alme & celeste flambeau,
Dissipant l'horreur de ces nuës
A ta feste si mal venuës.

Donne nous ce manger en paix
Ces bons fruicts dont tu nous repais :
Et garde qu'vn plus fort n'arriue
Qui de ioye & festin nous priue.

Descen iusqu'au fond de nos cœurs,
Purge les de toutes rencueurs,
D'offences vieilles & nouuelles
Chasse de nous toutes querelles,
Et fay Pere, que ce iourd'huy
Nous viuions francs de tout ennuy.

Ainsi dit, & le Dieu qui leche,
Rayonnant sur la terre seche,
Le vin sainctement respandu,
Fait signe d'auoir entendu,

En faueur de sa douce feste,
Du bon Roy la iuste requeste.

   A tant cest heureux vœu parfait,
Vn bruict en la chambre se fait,
Vn tintamarre d'escabelles,
De bancs, de chaires & de selles:
Comme l'on oit aux iours festez
Mugir en nos Temples voutez
Sous mille sieges qu'on desserre
Mille bruyans coups de tonnerre:
Puis de voute en voute ondoyans,
Rebruyans, grondans, tournoyans,
Coup dessus coup le temple sonne
Ainsi tout le logis resonne.
Le Roy assis, chacun apres
Se place vn loin & l'autre pres,
Mais toutes places n'estoient qu'vne,
Car toute chose y fut commune,
Et n'ayant rien l'on auoit tout,
Hors-mis ceux qui tenoient le bout:
Mais aussi tost qu'vn d'eux esmie
Entre ses doigts vn peu de mie,
Pour mieux cercher ses appetis
Appellent (comme les petits

Qui fuiuent leurs meres gelines)
Chappons , perdrix & becaffines:
Le friant appareil du roft
Volloit deuers eux auffi toft,
Puis s'en retournoit à fa place,
Et foudain deuenoit carcaffe.

Cependant chacun d'entre nous
Auoit ia beu neuf ou dix coups,
Quand la premiere faim reftrainte
Et l'ardeur de la foif efteinte,
Nous commençons à caquetter
Et plus lentement banqueter.

Lors chacun s'efforce de faire
Mille petits contes pour plaire,
Qu'vn Caton pour fe resjoüir
Ne defdaigneroit point d'ouyr.

L'vn difoit la douce vandange,
L'autre du verre la lauange ,
L'autre le bon pere Bacchus,
Et les Indois fous luy vaincus:
Ses miraculeufes naiffances
Ses noms diuers & fes puiffances,
Et les Tytans poudroyez:
Au gouft de fon roft foudroyez:

Et comme la terre coulante,
De son sang fit naistre vne plante :
Et le diuin rassemblement
De ses membres ensemblement,
Et de ses Mannes reuerees
Aux Toscans les festes sacrees.

Puis nous discouroit que ce Dieu
Par quel moyen & par quel lieu
Des enfers retira sa mere :
Concluant en forme ordinaire
Que ceux qui boiront desormais
Sans cesse, ne mouront iamais :

L'autre à propos chantoit l'enfleure,
La profondeur & la graueure,
Et le vin riant dedans l'or
De la tasse du bon Nector.

On voit bië plus de vieux yurögnes,
Car on les cognoist à leurs trongnes,
Que non pas de vieux medecins,
Ennemis iurez des bons vins.

Le Dieu de telles gens se venge,
Tesmoin en soit la mort estrange
Du Thebain, sous l'aueugle erreur
De sa propre mere en fureur :

Et

Et les merueilles anciennes,
Des nauires Tyrheniennes,
Tefmoins foit le bon frere Iean,
Qui aux traiſtres donna malan,
Quand par leurs cruautez infignes
Gouſpillans les ſainĉts clos des vignes
Auec le baſton de la croix
Il les embrochoit trois à trois.

   Mais pour parler en Philoſophe
Et en termes de ceſte eſtoffe,
Le viure donne vie au mort,
Son contraire donne la mort,
Si des contraires en ſubſtances
Contraires ſont les conſequences.

   La vie eſt vn feu qui nourrit,
La mort vne humeur qui pourrit,
Et le vin ce feu qui s'allume
Dans nos veines, & ſe conſume,
Si toſt que l'humeur froidureux
Surmonte ce chaud vigoureux.
Le vin donc ſouſtient noſtre vie,
Qui par ſon contraire eſt rauie.

   Euoé, dompteur du leuant,
Que tes verres m'ont fait ſçauant.

                                    B

Iamais tes vineuses Menades,
Mimallonides & Thyades
Ne t'honorerent tant que moy,
Sous le bon regne de ce Roy:
O Prince, sur tous venerable,
O doux regne aussi desirable
Que l'ancien âge doré,
Sous le bon Saturne adoré!

Iamais en ton plaisant Royaume
On ne veid l'ai sclair du heaume,
Iamais on n'ouyt les tambours
Qui nous resueillent tous les iours
Auant que l'aube matineuse
Quitte la couche sommeilleuse,
De son Titone radoté.
Qui sans plus ronfle à son costé:
Ny le cleiron, ny la trompette
Qui rendent l'oreille subiette,
Nous tresnans d'vn mortel accord
Du lict au giste de la mort:
Ny le chamaillis des allarmes,
Ny les cris diuers des gens-d'armes,
Mais sans plus de verres tinter,
Escuelles & pots cliqueter,

Et la musique delectable
Des sacrez instruments de table:
Le glougoutement de flascons,
Et non des grands coups de canons :
Mais respandre mille verrees
Dedans les gorges alterees,
En lieu du sang qu'on verse à bas
A l'escarmouche des combas.

Aux Rois qui possedent la terre
Appartient de faire la guerre
Non à ces petits Roytelets
De febues & de gatelets,
De qui l'Empire se termine
En l'appareil de leur cuisine,
Et ne subsiste, sinon tant
Que le Roy peut boire d'autant.

Tel fut donc ce plaisant Royaume
Où iamais on ne veit heaume,
Où iamais on n'ouyt parler
De s'offenser, ny quereller:
Ceste coustume est pour les Thraces,
Qui se battent entre les tasses,
L'on n'y parla iamais aussi
Sinon de quitter tout soucy

Le mettre fous les pieds, & faire
Pour l'amour du Roy, bonne chere:
    Ainfi fans ceffe on nous oyoit
Crier, le Roy boit, le Roy boit,
Le Roy à beu, le Roy en fomme
Eft vn bon Sire, & galant homme:
Les brocs & les plats l'entendoient,
Qui tous le Roy boit refpondoient.
Les pots, les broches, les affiettes,
Verres, flafcons, cuilliers, fourchettes,
Et tout ce qui lors nous reftoit
Long temps le Roy boit retentoit,
Mefmes les parois refiouyes
Deffous nos chanfons entr'ouyes,
Comme Echos fans fin refonnoient
Et le Roy boit rebourdonnoient.
Encor dit on par grand merueille:
Que fi l'on veut prefter l'oreille
Sous la table ou l'on banquetoit
L'on oyrra crier, le Roy boit,
Ainfi la lire charmereffe
Des facrez Poëtes de la Grece,
Dans les rocs imprima le fon
De leur immortelle chanfon.

Or tandis que parmy la trouppe,
De main en main trottoit la couppe,
Tousiours boiuans à la santé
De sa diuine Maiesté,
Prians Dieu qu'auant que l'annee
Soit en sa couse retournee
Le Roy iouysse de s'amour
Et que l'autre an, a pareil iour,
Nous puissions faire le semblable:
Le somme qu'il l'eust agreable,
Pour en estre à son tour, suruint,
Ie ne sçay plus que tout deuint.

B iij

GAILLARDISES DE
Pierre de Ronsard non
encores imprimees
en ses œuures,

Ne ieune pucellette,
Pucellette grasselette,
Qu'esperdumēt i'aime mieux
Que mon cœur, ny que mes yeux
A la maitié de ma vie.
Esperdument asseruie
De son grasset embonpoint
Mais fasché ie ne suis point :
D'estre serf pour l'amour d'elle.
Pour l'embonpoint de la belle,
Qu'esperdument i'aime mieux
Que mon cœur, ny que mes yeux.
Las ! vne autre pucelette,
Pucelette maigrelette,
Qu'esperdument i'aime mieux
Que mon cœur, ny que mes yeux,

Esperdument a rauie
L'autre moitié de ma vie
De son maigret embonpoint,
Mais fasché ie ne suis point
D'estre serf pour l'amour d'elle.
Pour la maigreur de la belle,
Qu'esperdument i'ayme mieux
Que mon cœur, ny que mes yeux.

Autant me plaist la maigrette
Comme me plaist la grassette
Et l'vn, à son tour, autant
Que l'autre me rend content.

Ie puisse mourir grassette,
Ie puisse mourir maigrette
Si ie ne vous ayme mieux
Toutes deux que mes deux yeux,
Ny qu'vne ieune pucelle
N'ayme vn nid de Tourtelle:
Ou son petit chien mignon,
Du passereau compagnon.
Qui ores l'vn en grondant,
Ou en tirant, ou mordant
La vasquine de la belle,
Et or, l'autre de son aile

B iiij

Voletant dedans son sein,
Ou pepiant sur sa main,
Luy font mille singeries,
Mille douces fascheries,
L'vn derrier, l'autre deuant,
Lors penchee en auant,
D'estomcah, & de visage
Deligente son ouurage:
Pour aller se reposer
Ou pour aller arroser
(Sous la brunette vesprée
Au plus secret d'vne prée)
Quelque beau bouton rosin,
Pres d'vn ruisselet voisin,
Que soigneuse elle baignoite
D'vne onde cette mignotte,
Pour en faire vn chapellet
A son beau chef crespelet.

    Et si ie ments grasselette,
Et si ie ments maigrelette,
Si ie ment amour archer
Dans mon cœur puisse cacher,
Ses flesches d'or berbelées,
Et dans vous les plombelées

Si ie ne vous aime mieux
Toutes deux que mes deux yeux:
Bien est-il vray grasselette,
Bien est-il vray maigrelette
Que l'appast trop doucereux
De l'ameçon amoureux
Dont vous me sçauez attraire,
Et l'vn à l'autre contraire.
L'vne d'vn sein grasselet,
Et d'vn bel œil brunelet,
Dans les beautez tient ma vie
Esperdument asseruie
Or luy tatonnant le flanc
Or le bel yuoire blanc
De sa cuisse rondellette,
Or sa grosse mottelette,
Où les doux troupeaux ailez
Des freres équarquelez,
Dix milles fleches decochent
Aux muguets qui s'en approchent,
Mais par dessus tout me poinct
Vn grasselet embonpoint
Vne fesse rebondie,
Vne poistrine arondie

B v

En deux montelets boſſus,
Ou lon dormiroit deſſus,
Comme entre cent fleurs décloſes:
Ou deſſus vn liſt de roſes.
Puis auecques tout cela,
Encor d'auantage ell' a
Ie ne ſçay qu'elle faintiſe
Ne ſçay quelle mignotiſe:
Qui fait que ie l'aime mieux
Que mon cœur, ny que mes yeux:
L'autre maigre pucellette,
A voir n'eſt pas ſi bellette,
Elle a les yeux verdelets,
Et les tetins maigrelets
Son flanc, ſa cuiſſe, ſa hanche,
N'ont pas la neige ſi blanche
Comme a l'autre, & ſi ondez
Ne ſont ſes cheueux blondez:
Le rempart de la foſſette
N'a l'enfleure ſi graſſette.
Ny ſon ventrelet n'eſt pas
Si rebondy ne ſi gras:
Si bien que quand ie la perſe
Ie ſent les dents d'vne herſe,

Contraste insuffisant

NF Z 43-120-14

J'enten mill' offets cornus
Qui me bleffent les flanc nus.

Mais en lieu de beautez telles,
Elle en a bien de plus belles
Vn chant qui rauit mon cœur,
Et qui dedans moy vainqueur,
Toutes mes vaines attife,
Vne douce mignardife,
Vn doux languir de fes yeux,
Vn doux foufpir gratieux.
Quand fa douce main manie
La douceur d'vne armonie,

Nulle mieux qu'ell' au dancer,
Ne fçait fes pas deuancer,
Ou retourner par mefure
Nulle mieux ne me coniure
Par les traicts de Cupidon,
Par fon arc, par fon brandon,
Si i'en ayme vne autre qu'elle
Nulle mieux ne m'emmielle
La bouche, quand fon baifer
vient mes leures arrofer,

Begayant d'vn doux langage:
Que diray-ie d'auantage:

D'vn si plaisant maniment
Soulage nostre vniment,
Lors que toute elle tremousse,
Qu'vne inconstance si douce
A fait que ie l'aime mieux
Que mon cœur ny que mes yeux.
Iamais las ie ne m'en fasche,
Pour ne les seruir à tasche,
Car quand ie suis my-lassé
Du premier plaisir passé,
Dés le tourie laisse celle
Qui m'a fasché dessus elle,
Et m'en vois prendre vn petit
Dessus l'autre d'appetit
Afin qu'apres la derniere,
Ie retourne à la premiere
Pour n'estre recru d'amours.
Ausi n'est-il bon tousiours
De gouter d'vne viande
Car tant soit-elle friande
Sans quelquefois l'eschanger
On se fasche d'en menger.
Mais d'ou vient cela grassette,
Mais d'ou vient cela maigrette,

Que depuis deux ou trois mois
Ie n'embraſſay qu'vne fois,
(Encor' ce fut à l'emblee,
Et d'vne ioye troublee)
Voſtre eſtomach graſſelet,
Et voſtre ſein maigrelet.

A vous peur d'eſtre nommées
Pucelles mal renommees
A vous peur qu'vn blaſſonneur
Caquette de voſtre bonneur
Et qu'il die, ces deux belles
Qui ſont le iour les rebelles
Toute nuiĉt d'vn bras mignon
Echaufent vn compagnon,
Qui les paye en chanſonnettes,
En ryme & en ſornettes,
Las ! mignardes ie ſçay bien
Qui vous empeſche & combien
Le tyran de ce vilage,
Vous ſouille de ſon langage,
Me diſant de voſtre nom
Qui plus que le ſien eſt bon.

Ah, a grand tort graſſelette,
Ah, à grand tort maigrelette

Ah, à grand tort cet ennuy
Nous procede de celuy,
Qui me d'eust seruir de pere,
De sœur de frere, & de mere
    Mais luy voyant que ie suis
Vostre cœur, & que ie puis
Dauantage entre les dames
Il farcit vos noms de blasmes,
D'vn mesdire trop amer:
Pour vous engager d'aymer
Celuy qui vous ayme mieux
Que son cœur, ny que ses yeux.
    Bien, bien laissez-le mesdire,
D'eust-il tout vif creuer d'ire,
Et forcené se manger,
Il ne sçauroit estranger,
L'amitié que ie vous porte,
Tant elle est constante & forte.
    Ny le temps ny son effort,
Ny violence de mort,
Ny les mutines iniures,
Ny les mesdisans pariures,
Ny les trop sales brocards
De nos voisins babillars.

Ny la trop soingneuse garde
D'vne cousine bauarde
Ny le soupçon des passans,
Ny les maris menaçans,
Ny les audaces des freres.
Ny les prechemens des meres:
Ny les oncles sourcilleux,
Ny les dangers perilleux.
Qui l'amour peuuent deffaire,
N'auront puissance de faire,
Que tousiours ie n'aime mieux
Que mon cœur ny que mes yeux,
L'vne & l'autre pucelette
Grasselette, & maigrelette.

GAILLARDISE II.

I'Ay vescu deux ou trois mois,
Mieux fortuné que les Roys
De la plus fertil'e assie,
Quand ma main tenoit saisie
Celle qui tient dans ses yeux
Ie ne sçay quoy, qui vaut mieux

Que les perles indiennes,
Ou les masses midiennes,
Mais depuis que deux guerriers
Deux soldats auenturiers,
Par vne trefue mauuaise
Sont venus corrompre l'aise
De mon plaisir amoureux,
I'ay vescu plus mal heureux
Qu'vn Empereur de l'asie,
De qui la terre est saisie,
Fait esclaue sous les mains
Des plus belliqueurs Romains

   Las si quelque hardiesse
Enflamme vostre icunesse
Si l'amour de vostre Mars
Tient vos cœurs, allez soldars
Allez bien-heureux gendarmes,
Allez, & vestez les armes
Secourez la fleur de lys:
Ainsi le vineux Denys,
Le bon Bacchus portelance
Soit tousiours vostre defence.
Et quoy ne vaut-il pas mieux
Braues Soldars furieux

De coups éclaircir les foules,
Qu'ainsi éfroyer les poulles
De vos sayons bigarrez.
Allez, & vous reparez
De vos belles cottes d'armes,
Allez bien-heureux gendarmes,
Secourez la fleur de lis:
Ainsi le vineux denys,
Le bon Bacchus porte lance
Soit tousiours vostre defence.
Il ne faut pas que l'hyuer
Vous engarde d'arriuer
Où la bataille se donne:
Où le Roy mesme en personne
Plein d'audace & de terreur
Espouuante l'Empereur.
Tout blanc de crainte poureuse,
Dessus les bors de la meuse.

A ce bel œuure guerriers
Ne serez vous des premiers?
Ah! que vous aurez de honte
Si vne autre vous raconte
Combien le Roy print de forts,
Combien de gens seront morts

A telle ou telle entreprise.
Et quelle ville fut prise
Par eschelle, ou par assaut,
Combien le pillage vaut.
En quel lieu l'infanterie,
En quel la gendarmerie
Heureusement firent voir
Les exploits de leur denoir,
Noble de mille conquestes:
Lors vous baisserez les testes,
Et de honte aurez le taint,
Tout vergongneusement paint.
Las fraudez de telle gloire
N'oserez manger ny boire
A l'eschot des Tauerniers,
Ny iurer comme Sauniers
Entre les gens de village,
Mais portant bas le visage,
Et mal asseurez du cœur,
Tousiours vous mourrez de peur
Qu'vn bon guerrer ne brocarde
Vostre l'ascheté coüarde.
Donc si quelque honneur vous poinct
Soldars ne cagnardez point,

Suiuez le train de vos Peres,
Et rapportez à vos meres
Double honneur, & double bien,
Sans vous ie garderay bien,
Vos Sœurs, allez donc gendarmes,
Allez, & vestez les armes,
Secourez la fleur de lys,
Ainsi le vineux denys,
Le bon Bacchus porte-lance
Soit tousiours vostre defence.

GAILLARDISE. III.

N cependant que la ieunesse
D'vne tremoussante souplesse
Et de manimens fretillars
Agitoit les rognons paillars
De Catin à gauche & à dextre:
Iamais ny a Clerc ny a Prestre
Moine, Chanoine ou Cordelier
N'a refusé son hatelier.

Car le mestier de l'vn sus l'autre
Ou l'vn dessus l'autre se veautre,

Luy plaisoit tant qu'en remuant
En haletant, & en suant
Tel bouc sortoit de ses escelles,
Et tel parfum de ses mamelles,
Qu'vn mont Liban ensafranné
En eust esté bien embrené.

   Ceste Catin en sa ieunesse
Fut si nayue de simplesse,
Qu'autant le pauure luy plaisoit
Comme le riche, & ne faisoit
Le soubresaut pour l'auarice,
Mais ell'disoit que c'estoit vice
De prendre ou chesne ou diamant
De pauure ny de riche amant,
Pourueu qu'il seruist bien en chambre
Et qu'il eust plus d'vn pied de mèbre,
Autant le beau comme le laid,
Et le maistre, que le valet
Estoient receus de la doucette
A la luitte de la fossette
Et si bien les receuoit
Les repoussoit, & remoussoit
De mainte paillarde venuë,
Qu'apres la fiebure continuë

Ne failloit point de les saisir
Pour payement d'auoir fait plaisir
A Catin, non iamais soulée
De tuer, pour estre foulée.
Et qui de tourdions a mis
Au tombeau ses plus grands amis.

   Mais quoy? il n'est rien que l'annee
Ne change en vne matinee.
Catin qui le berlan tenoit
Au premier ioueur qui venoit,
Or se voyant decolorée
Comme vne image de dorée,
Se voyant dehors & dedans
Chancreuses, & noires les dents,
Se voyant rider la mammelle
Comme vn eschoüillé de Cibelle,
Se voyant grisons le cheueux
L'œil chassieux, le nez morueux,
Et par ses deux conduits, souflante
A bas vne haleine puante,
Elle changea de volonté,
Et son premier train éfronté
Par ne sçay quelle frenaisie
A couuert d'vne Hypocrisie.

Maintenant dés le plus matin
Le Secretain ouure à Catin
Le petit guichet de l'Eglise,
Et pour mieux voiler sa feintise
Dedans vn coing va marmotant,
Rebarbotant, rebigotant
Iusque au soir que le Curé sonne
Le couure-feu, puis ceste bonne
Bonne putain, va pas à pas
Piteusement le nez tout bas
Triste pensiue, & solitaire
Entre les Croix du Cimetiere.

Et la se veautrant sur les corps
Appelle les ombres des mors
Ores s'esleuant toute droicte,
Ores sus vne fosse estroitte
Se tapissant comme vn foüin
Contrefait quelque Mitoüin,
D'vn drap mortuere voilee,
Tant qu'elle & la nuict étoillée
Ayant fait peur au plus hardy,
Qui passant là le Mercredy,
Vient de la Chartre, ou de la foire
De Lauardin ou de Montoire:

Catin à mille inuentions
De mille bigotations,
Quand la terre est la plus esprise
De froidure, elle est en chemise
Masquant son nez de toile blanche
D'vn gros caillou se bat la hanche,
L'estomac, les yeux, & le front,
Ainsi comme l'on dit que font
Ceux qui sont marris de leurs meres,
Ou ceux qui mesprissent leurs peres,
Expiant l'horrible forfait
Qu'innocemment ils auoient fait.
　Et toutesfois ceste incensee,
Ayant banny de sa pensee
Le souuenir d'auoir esté
L'exemple de meschanceté,
Ose bien prescher ma pucelle
Pour la conuertir ainsi qu'elle
A mille bigotatons
Dont elle a mille inuentions.
Et quoy (dit-elle) ma mignonne?
Ce n'est pas vne chose bonne
D'aymer ainsi les iouuenceaux
Amour est vn gouffre de maux

Amour affolle le plus sage,
Amour n'est sinon qu'vne rage,
Amour aueugle les raisons,
Amour renuerse les maisons,
Amour honnist la renommée,
Amour n'est rien qu'vne fumée,
Qui par l'air en vent ce respent,
Tousiour d'aymer on se repent.
  Fuyez les banquets, & les dances
Les chaines d'or, les grands bombāces,
Les bagues, & les grands atours:
Pour auoir suiuy les amours
Les saincts n'ont pas sauué leur ame:
Ainsi Catin ia bonne dame,
(Maintenant miroir de tout bien
Prescha dernierement si bien
La ieune raison de m'amie,
Qu'en bigotte la conuertie.
Si qu'or, quand baiser ie la veux
Elle me tire les cheueux
Si ie veux taster sa cuissette,
Ou fesser sa fesse grossette
Ou si ie mets la main dedans
Ses tetins, elle à coups de dents

Me deschire tout le visage
Comme vn singe émeu contre vn page
Puis elle me dit en courroux
Si autrefois auecque vous
M'abandonnant i'ay fait la folle,
Ie ne veux plus que l'on m'acolle:
Pource ostez vostre main d'abas,
Catin m'a dit qu'il ne faut pas
Que charnellement on me touche,
Ha là ma cousine, il me couche,
Ha, ha, laissez, laissez, laissez,
Bran, pour neant vous me pressez,
Bran, i'aymerois mieux estre morte
Que vous m'eussiez de telle sorte.
Ostez vous doncques, aussi bien
Marcy dieu vous ne gaignez rien.
Ma cuisse en biez accoustree
Vous defendra tousiours l'entree:
Et plus les bras vous m'entorsez.
Et plus en vain vous efforcez.
Ainsi depuis vne semaine,
La longue roideur de ma veine,
Pour neant rouge & bien empoint
Bat ma chemise & mon pourpoint.

C

Qu'a cent diables soit la prestresse
Qui a bigotté ma mestresse.

  Sus donc, pour venger mon esmoy,
Sus iambes secourez moy,
Venez iambes sur la teste
De ce luitton, de ceste beste,
Qui ores femme n'estant plus:
Mais ombre d'vn tombeau reclus
Miserablement porte enuie
Aux doux passetemps de ma vie
Qui Dieu me faisoit deuenir:
Et si ne veut se souuenir
Qu'en cependant que la ieunesse
D'vne tremoussante souplesse
Et de maniments fretillards
Agitoit ses rougnons paillards
Ores à gauche, ores à dextre,
Iamais ny a clerc ny a prestre
Moyne chanoine ou cordelier
N'a refusé son batelier.

GAILLARDISE. IIII.

Aquet ayme autant ſa Robine
Qu'vne pucelle ſa poupine,
Robine ayme autant ſon Ia-
quet
Qu'vn amoureux fait ſon bouquet
O amourettes, doucelettes,
O doucelettes, amourettes,
O couple d'amans bien-heureuſe
Enſemble aymez & amoureux.
O Robine bien fortunee
De s'eſtre au bon Iaquet donnée,
O bon Iaquet bien fortuné
De s'eſte à Robine donné.
Que ny les cottes violettes,
Les rubans, ny les ceinturettes,
Les braſſelets, les chaperons,
Les deuanteaux, les mancherons
N'ont eu la puiſſance d'eſloindre
Pour macreaux enſemble les ioindre.
Mais les riuages babillards

C ij

L'oisueté des prez mignards,
Les fontaines argenteletes
Qui attirent leurs ondelettes
Par vn petit trac mousselet
Du creux d'vn antre verdelet.
Les grands forests renouuelees,
Le solitaire des valees
Closes d'effroy tout à l'entour,
Furent cause de tel amour
En la saison que l'hyuer dure
Tous deux pour tromper la froidure,
Au pſid d'vn chesne my-mangé
De main tremblante ont arragé
Des cheneuottes de fougeres,
Des fueilles de tremble legeres,
De buchettes & de brochards,
Et souflant le feu des deux parts
Chauffoient à fesses acroupies
Le cler degout de leurs roupies.
  Apres qu'ils furent vn petit
Desangourdis, vn appetit
Se vint ruer dans la poitrine
Et de Iaquet, & de Robine.
  Robine tira de son sein

Vn gros quignon buret de pain
Qu'elle auoit fait de pure auaine
Pour tout le long de la semaine
Et le trempant au iust des aux.
Et dans le broüet des poureaux,
De l'autre costé reculée
Mangeoit à part son esculée.

D'autre costé, Iaquet espris
D'vne faim merueilleuse a pris
Du ventre de sa pennetiere
Vne galette toute entiere
Cuitte sur les charbons du four,
Et blanche de sel tout autour,
Que Guillemine sa marraine
Luy auoit donné pour estreine,
Comme il repaissoit, il a veu
Guignant par le trauers du feu
De sa Robine rebrousee
La grosse motte retroussee
Et son petit cas barbelu
D'vn or iaunement crespelu,
Dont le fond sembloit vne rose
Non encor a demy declose,
Robine aussi d'vne autre part

C iij

De Iaquet guignoit le tribart,
Qui luy pendoit entre le iambes
Plus rouge que les rouges flambes
Qu'elle attifoit soigneusement.
Apres auoir veu longuement
Ce membre gros & refrongné,
Robine ne la desdaigné :
Mais en leuant vn peu le teste
A Iaquet fit ceste requeste.
Iaquet (dit-ell') que i'aime mieux,
Ny que mon cœur, ny que mes yeux,
Si tu n'ayme mieux ta galette
Que ta mignarde Robinette,
Ie te pry' Iaquet iauche moy,
Et mets le grand pau que ie voy
Dedans le rond de ma fossette.
Helas dict Iaquet ma doucette
Si plus cher ne t'est ton grignon
Que moy Iaquinot ton mignon
Approche toy mignardelette,
Doucelette , paillardelette,
Mon pain, ma faim, mon appetit
Pour mieux te chouser vn petit.
A peine eut dit, qu'ell' s'approche.

Et le bon Iaquet qui l'embroche
Fist trepigner tous les Syluains
Du dru maniment de ses reins
Les boucs barbus qui l'aguetterent,
Paillards , sur les cheures monterent
Et ce Iaquet contreguignant,
Alloient à l'enuy trepignans:
   O bien-heureuse amourettes,
O amourettes doucellettes
O couple d'amans bien-heureux.
Ensemble aimez & amoureux,
O Robine bien fortunee
De s'estre au bon Iaquet donnee,
O bon Iaquet bien fortuné
De s'est à Robine donné,
O doucelettes amourettes,
O amourettes doucelettes.

GAILLARDISE. V.

AV viel temps que l'enfãt
de Rhée
N'auoit la terre dedorée
Les Heroës ne donnoient
Les chiens qui accompagnoient
Fidelles gardes de leur trace
Mais toy chien de meschante race
En lieu d'estre bon gardien
Du trac de m'amie & du mien.
Tu as comblé moy & m'amie
De deshonneur & d'infamie:
Car toy par ne sçay quel destin
Desloyal & traistre mastin
Iappant à la porte fermée
De la chambre ou ma mieux aimee
Me dorlotoit entre ses bras
Couuillant de iour dans les dras,
Tu donnas soupçon aux voisines,
Aux sœurs, aux freres, aux cousines
Toyant plaindre à l'huys lentement

Sans entrer, que secrettement
Tout seul ie fesoy la chosette
Auec qu'elle dans sa couchette.

Et si bien le bruict de cela,
Courut par le bourg ça & là,
Qu'au raport de telle nouuelle
Sa vielle mere plus cruelle
Qu'vne loue ardant de couroux
Sa fille diffama de coups :
Luy escriuant de vergelettes
L'yuoire de ses cottelettes,
Ainsi traistre, ton aboyer
Traistre ma rendu le loyer
De t'aimer plus cher qu'vne mere
N'aime sa fille la plus chere,

Si tu ne m'eusses esté tel
Ie t'eusse fait chien immortel,
Et t'eusse mis parmy les signes
Entre les astres plus insignes
Compagnon du chien d'Orion,
Ou de celuy que le lion
Aboye, quand la vierge astree
Se voit du soleil rencontree.

Car certes ton corps n'est pas laid,
G v

Et ta peau plus blanche que laict
De mille frisons houpeluë,
Et ta basse oreille velüe,
Ton nez camard, & tes gros yeux
Meritoient bien de luire aux cieux
Mais en lieu d'vne gloire telle.
Vne demangeante gratele,
Vne fourmilierre de poux,
Vn camp de puce & de loups,
Da rage, le farcin, la taigne,
Vn dogue affamé de Bretaigne,
Iusqu'aux os te puissent manger
Sur quelque fumier estranger,
Mechant mastin, pour loyer d'estre
Si traistre, ton fidelle maistre,

GAILLARDISE VI.

E N fant quartanier, combien
Ta petitesse a de bien,
Combien en a ton enfance.
Si elle auoit cognoissance
De l'heur que ie dois auoir,
Et qu'elle a sans le sçauoir.
    Mais quand la begue blandice
De ta raillarde nourrice,
Dés le point du iour te dit,
Mignon, vous couchez au lic
Voire és bras de la pucelle,
Qui de ses beautez excelle,
La rose, & de ses beaux yeux,
Cela qui reluit au cieux,
A l'heure, de honte, a l'heure,
Mignon ton petit œil pleure,
Et te cachant dans les dras,
Ou petillant de tes bras,
Despit tu gimbes contre elle
Et luy dis, mamam, ma belle

C vj

Mon gateau, mon sucre doux.
Et pourquoy me dictes vous
Que ie couche auec Ianett?
Puis ell' te baille sa tete:
Et t'appaisant d'vn ioüet,
D'vne clef ou d'vn roüet,
De poix ou de piroüeettes,
Essuye tes larmelettes,
Ha! pauuret, tu ne sçay pas,
Celle qui dedans ses bras
Toute nuict te paupeline,
C'est mignon, ceste maline
Las mignon c'est celle-la
Qui de ses yeux me brula.
 Que pleust a Dieu que ie peusse
Pour vn soir deuenir puce,
Ou que les arts Medeans
Eussent raieuni mes ans,
Ou conuerti ma ieunesse
En ta peu caute simplesse
Me faisant semblable à toy,
Sans soupçon ie coucheroy
Entre tes bras ma cruelle,
Entre tes bras ma rebelle,

Ores te baisant les yeux,
Ores le sein precieux
D'ou les amours qui m'aguettent
Mille fleches me sagettent.

Lors certes ie ne voudroy
Estre fait vn nouueau Roy
Pour ainsi laisser m'amie
Toute seullette endormie

Et peut estre qu'au reueil,
Ou quand plus le doux sommeil
Luy emfleroit la memmelle
Qu'en glissant plat dessus elle,
Ie lui feroy si grand bien,
Qu'elle apres quitteroit bien
Toy ses freres & son pere,
Qui plus est, sa douce mere
Pour me suiure à l'abandon
Comme Venus son Adon
Suiuoit par toute contree,
Fust que la nuict accoustree
D'astres tombast dans les eaux
Fust que les flammeux naseaux
Souflassent d'vne halenee
Hors des eaux la matinee,

GAILLARDISE VII.

Ssez vraymēt on ne reuere
Les diuines bourdes d'Ho-
mere,
Qui dit, que l'ō ne peut auoir
Si grand plaisir que de se voir
Entre les amis à la table,
Quand vn menetrier delestable
Paist l'oreille d'vne chanson,
Et quand l'oste seif échanson
Fait aller en rond par la troupe,
De main en main la plaine coupe,
Ie te saluë heureux boiueur,
Des meilleurs le meilleur resueur.
Ie te saluë ombre d'Homere,
Tes vers cachent quelque mystere:
Il me plaist de voir si ce vin,
M'ouurira leur secret diuin.
Ioye i'entens, chere troupe,
La seule odeur de ceste coupe,
M'a fait vn Rhapsode gaillard

Pour iuger de ce vieillard,
Tu voulois dire bon Homere
Que l'on doit faire bonne chere
Tandis que l'âge, & la saison,
Et la peu maistresse raison,
Permettent à nostre ieunesse
Les libertez de la liesse
Sans auoir soin du lendemain:
Mais d'vn hanap de main en main,
D'vne crepignante cadance
D'vn rouer au tour de la dance,
De meutes de chiens par les bois,
De luts mariez par la voix,
D'vn flus, d'vn dé, d'vne premiere
D'vne belle fleur printaniere,
D'vne pucelle de quinze ans,
Et de mille autres ieux plaisans
Exercez la douce pratique
De la vertu Sybaritique.

    Moy doncques oisif maintenant
Que la froidure est detenant
D'vne clere bride glacce:
L'vmeur des fleuues amassee:
Ores que les vents imdomptez

Tonnent par l'air de tous coſtez,
Ores que les douces gorgettes
Des Deliennes ſont muettes
Ores qu'au ſoir on ne voit plus
Dancer par les antres reclus
Les pans auecques les driades,
Ny ſur les riues les Nayades,
Que feroy-ie en telle ſaiſon,
Sinon oiſeux â la maiſon.
Enſuyuant l'oracle d'Homere
Pres du feu faire bonne chere
Et ſouuent baigner mon cerueau
Dans la liqueur d'vn vin nouueau
Qui touſiours traine pour compagne
Ou la routie, ou la chataigne
En ceſte grande couppe d'or
Verſe page, & reuerſe encor,
Il me plaiſt de noyer ma peine
Au fond de ceſte taſſe pleine
Et d'etranger auec le vin
Mon ſoucy qui n'a point de fin,
Non plus que l'antraille immortelle
Que l'aigle horiblement bourelle,
Tant les attraits d'vn œil vainqueur,

Le font renaistre dans mon cœur
Ce page donne ce Catulle,
Donne ce Tibulle, & Marulle
Donne ma lire, & mon archet,
Depen là tost de ce crochet,
Viste donc, afin que ie chante
Et que ie charme & que i'enchante
Ce soing, que l'Amour trop cruel
Fait mon hoste perpetuel.

   O pere, ô Bachus, ie te prie
Que ta saincte faueur me lie
Dessoubs ton Thirse, à celle fin
O pere, que i'erre sans fin
Par tes montaignes reculees,
Et par l'horreur de tes vallees
Ce n'est pas moy las ce n'est pas
Qui dedaigne suiure tes pas
Et couuert de littere brere
Par la Thrace Euan pourueu pere
Las pourueu pere las! pourueu
Que ta flamme esteigne le feu
Qu'amour, de ses rouges tenailles
Me tournasse dans ses entrailles

GAILLARDISE VIII.
le nuage, ou L'y-
urogne.

VN soir le iour S. Martin,
Thenot au milieu du festin
Ayant desia mille verrées
D'vn gozier large deuorees
Ayant gloutement aualé
Sans mascher maint iambon salé,
Ayant rongé mille saucisses,
Mille pastez tous pleins d'espices
Ayant maint flacon rehumé,
Et mangé maint brezil fumé
Hors des mains luy coula sa coupe:
Puis begayant deuers la troupe,
Et d'vn geste tout furieux
Tournant la prunelle de yeux.
Pour mieux digerer son vinage,
Sur le banc pancha son visage.
Et ia commençoit a ronfler,
A nariner, à renisler,

Quand deux flascós cheuz cótre terre,
Pefle-mefle auecques vn verre,
Vindrent reueiller à demy.
Thenot fur le banc endormy.
Thenot donc qui demy s'eueille,
Frottant fon front, & fon aureille,
Et s'alongeant deux ou trois fois
En furfaut ietta cefte voix:
   Il eft-iour dit l'Aloüette,
Non eft non dit la fillette,
Ha, là là là là là là,
Ie voy deça, ie voy delà,
Ie voy mille beftes cornuës,
Mille marmots dedans les nuës:
De l'vne fort vn grand Toreau,
Sur l'autre fautelle vn cheureau:
L'vne a les cornes d'vn Satyre,
Et du ventre de l'autre tire
D'vn Cocodrille mille tours.
Ie voy des villes, & des tours,
I'en voy de rouges, & des vertes
Voy-les-là, ie les voy couuertes
De fucre, & de poix confis
I'en voy de morts, i'en voy de vifs

I'en voy, voyez les donc? qui emblent
Aux bleds qui foubs la bize tremblent.
   I'auiſe vn camp de Nains armez
I'en voy qui ne ſont point formez,
Troncez de cuiſſes, & de iambes,
Et ſi ont les yeux comme flambes
Aux creux de l'eſtomac aſſis.
   I'en voy cinquante, i'en voy ſix
Qui ſont ſans ventre, & ſi ont teſte
Efroyable d'vne grand' creſte.
   Voicy deux nüages tous plains
De Mores qui n'ont point de mains,
Ny de corps, & ont les viſages
Semblables à des chats ſauuages:
Le vns portent des pieds de cheure,
Et les autres n'ont qu'vne leure
Qui ſeule barbotte & dedans
Ils n'ont ny machoires, ny dents.
   I'en voy de barbus comme hermites
Ie voy les combats des Lapithes,
I'en voy tous heriſſez de peaux
I'entr'auiſe mille troupeaux
De Singes qui d'vn tour de iouë
D'enhaut aux hommes font la mouë,

Ie voy, ie voy parmy les flots
D'vne baleine le grand dos,
Et ses espines qui paroissent
Comme en l'eau deux roches qui croif-
          sent,
Vn y galope vn grand destrier
Sans bride, selle, ny estrier,
L'vn talonne à peine vne vache,
L'autre deffus vn asne tasche
De vouloir iaillir d'vn plain sault
Sus vn qui manie vn crapaut,
L'vn va tardif, l'autre galope,
L'vn s'eflance deffus la crope
D'vn Centaure tout debridé.
Et l'autre d'vn geant guidé,
Portant au front vne sonnette,
Par l'air cheuauche à la genette,
L'vn fur le dos fe charge vn veau,
L'autre en fa main tient vn marteau.
L'vn d'vne mine renfongnée
Arme fon poing d'vne coignée:
L'vn porte vn dard, l'autre vn trident
Et l'autre vn tifon tout ardent.
   Les vns font montez fur des gruës,

I'en voy, voyez les donc ? qui emblent
Aux bleds qui foubs la bize tremblent.
    I'auiſe vn camp de Nains armez
I'en voy qui ne ſont point fermez,
Troncez de cuiſſes, & de iambes,
Et ſi ont les yeux comme flambes
Aux creux de l'eſtomac aſſis.
I'en voy cinquante, i'en voy ſix
Qui ſont ſans ventre, & ſi ont teſte
Efroyable d'vne grand' creſte.
    Voicy deux nüages tous plains
De Mores qui n'ont point de mains,
Ny de corps, & ont les viſages
Semblables à des chats ſauuages:
Le vns portent des pieds de cheure,
Et les autres n'ont qu'vne leure
Qui ſeule barbotte & dedans
Ils n'ont ny machoires, ny dents.
    I'en voy de barbus comme hermites
Ie voy les combats des Lapithes,
I'en voy tous heriſſez de peaux
I'entr'auiſe mille troupeaux
De Singes qui d'vn tour de iouë
D'enhaut aux hommes font la mouë,

Et les autres sus des tortuës
Vont à la chasse auecq' les dieux,
Ie voy le bon Pere ioyeux
Qui se transforme en cent nouuelles,
I'en voy qui n'ont point de ceruelles
Et font vn amas, nompareil,
Pour vouloir battre le soleil,
Et pour l'enclorre en la cauerne
Ou de sainct Patrice, ou d'Auerne
Ie voy sa sœur qui le defent,
Ie voy tout le ciel qui se fend
Et la terre qui se creuace
Et le chaos qui les menasse.
Ie voy cent mille Satyreaux
Ayant les ergots de Cheureaux
Faire peur à mille Nayades,
Ie voy la dance des Driades
Parmy les forets trepigner
Et maintenant se repeigner
Au fond des plus tiedes valees,
Ores à tresses aualees,
Ores gentement en vn rond,
Ores à flocons sur le front,
Puis se baigner dans les fontaines.

Las ces nües de grelle pleines
Me predisent que Iupiter
Se veut contre moy dépiter,
Bré bré bré bré voicy le foudre,
Craq craq craq n'osez vous decoudre
Le ventre d'vn nuau i'ay veu
I'ay veu craq craq, i'ay veu le feu
I'ay veu l'orage & le tonnerre,
Tout mort me briser contre terre

A tant cest yurongne Thenot
De peur qu'il eut ne dit plus mot,
Pensant vrayment que la tempeste
Luy auoit foudroyé la teste.

GAILLARDISE. IX.

T V te mocque ieune ribaude,
si t'auois la teste aussi chaude
Que tu es chaude sous ta cot-
te,
Ie n'aurois besoin de calotte,
Non plus qu'à ton ventre il ne faut
De pelisson tant il est chaut.
    Tous les charbons ardans
    Alument là dedans
    Le plus chaud de leur braise:
    Vn feu couuert en sort,
    Plus fumeux & plus fort
    Que l'air d'vne fornaise.
I'ay la teste froide & gelée.
D'auoir ma ceruelle escoulée,
A ce limonier par l'espace
De quatre ans, sans m'en sçauoir grace:
Et luy voulant vaincre le cu,
Moy-mesme ie me suis vaincu,
    Ainsi le fol sappeur

Au fondement trompeur
D'vn Bouleuert s'arreste,
Quand le fais tout soudain
Esbranlé de sa main
Luy escrase la teste.
Escoute, tu n'es qu'vne sotte,
De te mocquer de ma calotte:
C'est Bure, afin que ma ceruelle
Garde sa chaleur naturelle,
Et que mon double taftas
L'a face deualer en bas.
    L'estomac mieux en cuit
    La viande, & l'induit
    Quand plus chaud il d.meure:
    Or la concoction
    Faicte en perfection
    Rend la santé meilleure.
De là le bon sang prend naissance.
De là s'engendre la semence
Qui aux reins plus chaude s'arreste
Tant plus on a chaude la teste,
De là le sperme coule apres.

D

Plus blanc, plus chaut & plus espaïs,
 Pren l'vn ou l'autre point,
 Ou ne te mocque point
 De me voir en la sorte:
 Ou bien te ramentoy,
 Que pour l'amour de toy
 Malgré moy ie la porte.

GAILLARDISE. X.

Contente-toy d'vn poinct
 Tu es ie n'en ments poinct
 Trop chaude à la curée:
Vn coup sufit la nuict,
L'ordinaire qui suis,
Est tousiours de durée.
 De reims foible ie suis,
Releuer ie ne puis:
Vn cheual de bon estre,
Qui du montoir se plaist,
Sans vn nouueau surcroist

Porte tousiours son maistre.
    Le nombre plus parfaict,
Du premier vn se faict
Qui par soy se compose:
La tres simple vnité.
Loing de pluralité
Conserue toute chose.
    Le monde sans pareil,
Ne porte qu'vn Soleil,
Qu'vne mer, qu'vne terre,
Qu'vne eau, qu'vn ciel ardant:
Le nombre discordant
Est cause de la guerre.
    Ma mignonne croy moy
Mon cas n'est pas mon doy,
Quand ie puis il me dresse:
Tant de fois pigconner,
Enconner, r'enconner,
Ce sont tours de ieunesse.
    Mon cheual blanchissant
De mon cœur va chassant
La force & le courage:
L'Yuer n'est pas l'esté
I'ay autresfois esté,

ij D

Tu seras de mon âge.

Hier tu me brauas
Couchee entre mes bras,
Ie le confesse Bure:
I'eusse esté bien marry
Au regne de Henry,
D'endurer telle iniure.

Lors qu'vn printemps de sang
M'eschaufoit tout le flanc
A gaigner la victoire,
Bien dispos ie rompois
Huict ou neuf fois mon bois
Maintenant il faut boire.

Il resemble au goulu
Qui son bien dissolu
Tout à la fois consomme:
C'il qui prend peu à peu
L'argent qui luy est deu,
Ne perd toute la somme.

Sois donc soulle de peu,
De peu l'homme est repeu:
Celuy qui sans mesure
Le fait & le refait
Mesnager il ne sçait

Le meilleur de nature
Au lieu que l'inconstant
Iouuenceau, le fait tant,
Trop chaud à la bataille.
Demeurons plus long temps,
Qu'vn de nos passetemps,
Quatre d'vn autre en vaille.
Il faut se reposer,
Se taster se baiser
D'vn accord pitoitoyable,
Faire trefue & paix:
Souuent les petits mets,
Font durer vne table.
Ne fronce ce sourcy.
Si tu les veux ainsi
Bure, tu es seruie:
Ie veux sans m'amuser
En me ioüant vser
Et non perdre la vie.

METAMORPHOSE D'Amour en Pet.

Vpidon voulant m'enflamer
D'vne que ie ne puis aymer
Se mist finet, en embuscade
Dans les rayons de son œillade
D'où soudain il me décocha
Vn trait dont le fer reboucha
Contre ma poitrine emmurée
D'vne ranqueur inueteree:
Ce Dieu extrememement faſché
D'auoir sans effeɫt decoché
Sur moy, derechef il m'eſlance
D'vne plus grande violence
Vn autre traiɫt de qui le fer
L'auoit deſia fait triompher,
De plus d'vne centaine d'ames
Qui n'auoient peu vaincre ſes flames
Qui d'autant plus il ſe froiſſa
Que fortement il l'eſlança
Haſtant luy meſme ſa ruine
Contre ma trop dure poitrine

Ce qui le mist en tel despit
Que tout a l'instant il rompit
D'vne vehemente secousse
Les traits qu'il portoit en sa trousse:
Cela fait au Ciel s'en vola,
Puis aussi tost en deualla
D'vne vitesse plus soudaine
Qu'on ne void fondre dans la plaine,
Ou dans quelque aquatique herbier
Le Gerfaut dessus son gibier.
Estant a terre il se promaine
Quelque temps pour reprendre haleine
Puis comme esclair il s'est ietté
Dans les yeux qu'il auoit quitté
Ou estant, il n'eut point de cesse
De songer par quelle finesse
Il pourroit triompher de moy.

　　Luy donc en ce profond esmoy
Qui son entendement abuse,
S'auise d'vne belle ruse:
A sçauoir de se transformer
En vent, puis apres s'enfermer
Dans le corps de ceste fillette
Que mon cœur à bon droit reiette.

D　iiij

Et depuis sortit finement
Par le trou de son fondement.
    Donc ce Dieu en vent ce transmuë
Et dans ceste Dame se ruë
Ou estant se laissa couler,
Par ses boyaux sans grommeler
Iusques pres de la porte infecte
Par ou ceste orgueilleuse pette.
Là sans bruit & sans mouuement
Il attent l'heure & le moment
Que ie m'approche plus pres d'elle
Pour sortir de sa sentinelle.
    Moy, ignorant la verité
D'vne telle subtilité
Ie m'approche pres ceste fille
Et auec elle ie babille,
Tantost la reprenant d'auoir
Mal fait enuers moy son deuoir
Tantost d'vne parole feincte
Ie luy faisois vne complainte
De sa trop grande cruauté,
Et luy disois que sa beauté
Surpassoit celle d'Angelique
La dessus elle ma replique

qu'elle est telle qu'il plaist a Dieu.

Mais qu'il n'est ame en ce bas lieu
Qui luy puisse donner reproche,
Et que son honneur point ne cloche,
Et que point il ne clochera
Ou sa volonté changera
Et quand a pour moy , qu'elle pense
Iamais ne m'auoir fait d'offence,

A peine ce propos estoit
Finy , qu'amour qui m'aguettoit,
De si pres la presse & la gesne
D'ouurir le trou ou ell' vesne
Que malgré qu'elle en eut fallut
L'ouurir , mais si peu , qu'il n'en peut
Sortir sans faire de tempeste,
Tant elle luy serroit la teste.

Tellement que ce serrement
Fist iouer la mine autrement
Qu'il ne cuidoit , car sans ce faire
Entendre de moi son contraire,
Il pensoit franchir ce destroit
Pour apres s'en venir tout droict
A mon nez & par la s'espandre
Par tous mes sens pour me surprendre
D v

Mais moy ayant ouy le son
De ce Pet bruyant comme vn Ton
Soudain, d'vne iambe venteuse
I'abandonnay ceste poteuse,
Qui de vergongne d'auoir fait
Au lieu d'vne vesne vn gros Pet,
Contre terre baissa la face
Voire si bas que sa tetasse
Et son menton s'entre-touchoient
Et si rudement s'ecachoient
L'vn & l'autre que ceste fille
D'ahan encore vn coup distille
Vn Pet plus gros que n'est vn muy
Et en fist sortir apres lui
Plus de cent qui a leur issuë
Chantoient assez haut leur venuë
Moi qui n'auois point de desir
Qu'ils me vincent le nez saisir
Plus loing d'vne course volante
Ie m'escartai de la puante.
Par ainsi ie ne fus surpris
Des ruses du fils de Cipris
Qui en Pet transmué dès l'heure
Se retira vers sa demeure.

A PAMPHILE SVR L'E-
lection de celle qu'il desireroit
pour sa femme.

TV dis Pamphille, que tu veux
Me captiuer sous les saincts
   nœuds
D'hymen, mais auant qu'entreprendre
Cela, ie desire apprendre
Par la suitte de cét escrit
De quèl corps & de quel esprit
Et de quelle humeur ie souhaitte
Estre la fille que i'appette.
 Ie veux, Pamphille, en premier lieu,
Qu'elle craigne & reuere Dieu,
Qu'elle soit moyennement sage,
Qu'elle soit de moyen corsage,
Car le plus souuant les grands corps
Sont les plus lourds & les moins forts
Ie veux qu'elle soit fort allegre
Qu'elle soit entre grasse & maigre,
Car la trop grasse me deplaist
     D vj

Et la trop maigre tousiours est
Sans tetons, & dessous sa cotte
Tousiours cache vne triste motte
Qui en l'acte venerien
Fait plus, de douleur que de bien
Et qui le plus souuent escorche
Les flancs le celuy qui l'embroche.
  Ie veux qu'elle ait l'entendemens
Prompt au mesnage seulement
Car lors que l'esprit d'vne femme
Passe outre, la Corne diffame
  Ie veux qu'elle ayme son honneur
Qu'elle soit de gentille humeur
Et que sa face delicate,
Sans fard vn vermeillon esclate,
Ie veux qu'elle soit en parler
Fort pudique en son aller,
Ie veux qu'elle marche encappee,
Qu'elle soit tousiours occupee
A se tenir honnestement
Et du corps & du vestement
Car sur toutes choses m'agree
La fille proprement paree.
Ie veux qu'elle m'ayme, & aussi

Ie veux luy faire tout ainſi:
Bref ie veux qu'elle ſoit Lucine
De iour & de nuict Ericine,
  Quand a ſes moyens, ne m'en chaut
,, D'autant que iamais vn cœur haut
,, De louange ne s'importune
,, Pour les faueurs de la fortune,
  Or Panphile, ſi celle là,
Dont tu parles a tout cela,
Ie ſuis preſt de rendre ma vie
A ſes volontez aſſeruie,

Et la trop maigre tousiours est
Sans tetons, & dessous sa cotte
Tousiours cache vne triste motte
Qui en l'acte venerien
Fait plus, de douleur que de bien
Et qui le plus souuent escorche
Les flancs le celuy qui l'embroche.

Ie veux qu'elle ait l'entendemens
Prompt au mesnage seulement
Car lors que l'esprit d'vne femme
Passe outre, la Corne diffame

Ie veux qu'elle ayme son honneur
Qu'elle soit de gentille humeur
Et que sa face delicate,
Sans fard vn vermeillon esclate,
Ie veux qu'elle soit en parler
Fort pudique en son aller,
Ie veux qu'elle marche encappee,
Qu'elle soit tousiours occupee
A se tenir honnestement
Et du corps & du vestement
Car sur toutes choses m'agree
La fille proprement paree.
Ie veux qu'elle m'ayme, & aussi

DEPIT D'VNE VIEIL-
le a vn vieillard que l'appelloit
sa marreine.

 Eu que ia la triste vieillesse
De ton froid corps se rend ho-
stesse,
Veu que tes membres sont perclus
Veu que ia tu ne mange plus,
N'ayant aucune dent en bouche,
Veu que ia le trespas te touche,
Veu que ton front est plus ridé
Que cil d'vn vieil Asne bridé,
Veu qu'vne incurable verole:
Te fait nazarder la parole,
Veu que tes yeux sont chacieux,
Veu que tu n'est plus qu'vn chieux
Veu qu'vne orde & gluante bane,
Incessamment ta gueule laue
Veu que ton corps est plus cassé
Que cil d'vn vieil bœuf harassé
Veu que ton haleine est puante
Veu que ta voix est chancelante

Veu que tu ne peux plus marcher,
Veu que tu ne fais que cracher,
Veu que ta main est decharnee
Veu que ta force est toute ernce
Veu qu'vne flematique toux
Esbranle ton sein a tous coups,
Veu que ton nez morne sans cesse
Veu que plus le bout ne te dresse
Veu que tes coüillons morfondus
Sont ta dés long-temps descendus
Sur tes genoux qui les ballottent
Quand en cheminant ils tranblottent
Veu que tu-es ia tout hargneux
Veu que tu-es tout rechigneux
Veu bref, que l'âge qui tout mange
Entre les plus vieillards te range,
Ie mesmerueille qui te fais
O vieillard hideux & infect
Dire que ie suis ta marreine
Moi que le printemps laisse à peine
Moi qui suis plus mignarde en ris
Qu'vne poupine de Paris,
Moi qui suis belle en cheuelure,
Moi qui suis bragarde en alleure

Moy qui ay le front bien poly,
Moy qui ay le geste ioly,
Moy qui ay la dent, yuoirine,
Moy qui porte ronde poitrine,
Moy qui ay l'œil esteincelant,
Moy qui ay le port excelant
Moy qui suis belle sous la cotte.
Moy qui ay ferme & grosse motte,
Moy qui ay le deuis facond
Moy qui ay le ventre fecond
Moy qui ay la main delicate,
Moy qui vn vermeillon esclatte
Moy qui ay le cul gros & rond,
Moy qui ay le maniment prompt,
Moy qui ay la fesse grossette,
Moy qui ay la iambe grassette,
Moy qui ay le pied fretillard,
Moy qui ay le corps tout gaillard,
Bref moy qui suis toute remplie
D'vne grace bien accomplie,
D'vn enbon point qui de vingt ans
Ne peut perdre son passe temps
Oses-tu donc vieil miserable
Vieillard sur tout autre effroyable,

Vieillard caduc & vermeneux,
Vieillard a demy charongneux
Oses-tu de ta voix vilaine
M'appeller par tout ta marrine:
  Or ie t'aduise que mes bras,
Ny mes doigts mignardement gras,
Ny ma main en blancheur extresme
Ne porta iamais au baptesme
Pour estre fait enfant de soy
Vn si sot & gros veau que toy.

D'VNE PVCE.

SI l'on a par fouhaitter
Le plaifir de contenter,
D'vn faux heur fa fantafie:
Par moy ne fera choifie,
La grandeur d'vn paiffant Roy:
Car ie ne veux quand à moy
Me brouiller parmy la peine,
Que cefte grandeur ameine.
Qu'ay-ie affaire de cela,
Ie ne veux employer là
Mon fouhait & ne defire
Ny Royaume ny Empire.

O combien i'aymerois mieux,
Iouyr de l'heur gracieux,
Quand ie voudroy que ie peuffe
Deuenir petite Puce:
Et quand on fe va coucher,
Que ie m'allaffe cacher
Au lict, où ma belle Rofe
Toutes les nuicts fe repofe:

Lors fretillant dans les draps
Ie chatoüillerois ses bras,
Ses tetins, sa gorge blanche:
Son ventrelet & sa hanche:
   Puis montant par fois plus haut
Auecques maint petit saut,
I'entreroy dans la fossette
De sa mollette oreillette.
Ou bruyant & tempestant
Ie luy feroy tout contant
Souffrir la fiere tempeste
Qu' Amour me fait dans la teste:
Lors elle confesseroit.
Quand elle me sentiroit,
Qu'il n'est angoisse pareille
Qu'auoir la Puce à l'oreille.
   Ie dy la Puce d'Amour
Qui me picque nuict & iour:
Mais quoy i'auroy pitié d'elle
Plus que n'a pas la cruelle
De moy son chetif Amant,
Et sortirois doucement,
Coulant dessus la planure
De sa doüillette charnure:

LES MVSES

Tant que fusses deualé
Sur le gazon herbelé,
D'ou cet Archerot me iette
Dans le cœur mainte sagette.

  Lors ie la chatoüilleroy,
Si bien que ie luy feroy
Iusques là sa main estendre
Afin de me cuider prendre:
A l'heure redeuenant
Homme, & nud à nud tenant,
Flanc à flanc & bouche à bouche
A mon plaisir la farouche,
Dites moy penseriez vous
Qu'elle s'en mit en courroux
Me traitant comme vne Puce?

  S'il aduenoit que ie fusse,
En si gratieux danger,
Ie rendroy pour abreger,
Deussay-ie y perdre la vie,
De tout mon Ame assouuie:
En mourant en ce tourment
Mourroy-ie pas doucement
Si i'ay cet heur ie n'aspire
Ny Royaume ny Empire.

N y aucunes des grandeurs
Des Roys & des Empereurs:
La grandeur touſiours ameine
Auec ſoy la triſte peine.

LES CORNES.

R ſus compere iuſqu'icy
Portez ombragé le ſourcy
D'vn pennache qu'auez en
teſte,
Et puis maintenant ceſte creſte
Qui vous repaiſſoit de plaiſir
Vous cauſe vn nouueau deſplaiſir.
Vrayment ie voudrois bien cognoiſtre
Qui eſt cil qui vous fait paroiſtre
Que c'eſt vergongne les porter
Clairement il ſe peut vanter
Eſtre vn grand ſot, & fuſt-ce meſme
Vn Platon, & vous ſot extréme,
Pardonnez le moy, de penſer
Que cela vous puiſſe offenſer.
Mais quoy ? n'eſt-ce gräde merueille
Que le ſourd meſme ouure l'oreille

Au son de ce ventreux honneur,
Sans cognoistre si la grandeur
Soit ou d'vn homme ou d'vne beste
Et à ton esprit s'arreste
Comme vn autre compere dous?

   Est-ce chose estrange entre nous,
Entre nous de porter des cornes?
Et vrayment si peu hors des bornes
De raison, que mesme les Dieux
Les ont en honneur dans les Cieux.

   Iupiter amoureux d'Europe,
Epris de la belle Antrope,
Changea-il pas de poil, de peau,
Pour l'vne se faisant toreau,
Et pour l'autre vn cornu satyre
Pour mieux deguiser son martyre?
Luy-mesme au secours Libyen
Inuoqué, pour trouuer moyen
De les porter (ô cas estrange !)
En belier ce grand Dieu se change.

   Quoy ? la cheure qui l'alaita
Qui le nourit, qui le traita
La seconde cheure Amalthee,
Auoit ell' pas corne entee

Sur le suc & le Cuissené?
A-il pas le front encorné,
Encorné d'vne corne issante
Encor de son feu rougissante!

   D'vne corne à la pointe d'or,
Là bas qui fist brauade encor
Au portier à trongne mastine,
Apres la route Gigantine?

   Le plus bel autel ancien
Que iamais eut le Delien,
Estoit-il fait d'autre artifice
Que d'vn enrichy frontispice
De cornes mises d'vn beau ranc?

   Et la Deesse qui respand,
Et verse aux hommes la richesse
D'vne tant prodigue largesse,
Tient-elle pas entre ses dois
La riche corne d'Achelois
Des Nymphes aussi tost sacree
Qu'ell' fut bronchant deracinée
Par Hercule qui cognoissoit
Le toreau qui la nourissoit?
Honteux qui cele encor sa perte
De ioncs & de roseaux couuerte

La belle emprife de Iafon
Fut elle pas pour la toyfon
D'vn bellier à laine frifée
Iufques à la corne dorée ?
  Et fi tu veux lever les yeux,
Voy dedans la voute des Cieux
La Lune courbe qui chemine
D'vne belle corne argentine.
  Entre les fignes de nos mois,
Pour le moins on en trouve trois
S'enorguilliffans d'vne corne,
Le Toreau, & le Capricorne,
Et le Bellier, à coups de cors,
A coups de front, qui tire hors
De cette grand' plaine eftoillee,
La faifon de fleurs émaillee.
  Regarde ès humides cantons
De la marine les Tritons
Les Dieux des coulantes rivieres.
Tous n'ont-ils pas longues crinieres
Toutes fur leurs fronts emmaffez.
  Cegarde les dieux heriffez
Tapis en l'efpais d'vn boccage
Ou dans vne grotte fauuage.

Les Faunes, Satyres, Chevriers,
Le Dieu fluteur, Dieu des bergers,
N'ont-ils pas la caboche armee
D'vne longue & belle ramee ?
  Sonde compere, si tu veux
Iusques aux enfers tenebreux
Pour voir vne forest branchuë,
Vne forest toute fourchuë
De cornes qui d'vn branlement
Croulent le plus seur element
Et si soudain te vient en teste
Sortir hors de ceste tempeste:
Voyla le somme tout moiteux,
Tout engourdy, tout paresseux,
Qui t'ouure vne porte secrete
D'iuoire & de corne prophete.
Offroit-on les boucs, les agneaux
Le sang des non tachez toreaux
Sur gazons fait d'herbes sorcieres,
S'ils n'auoient les cornes entieres.
  Le digne loyer des labeurs
Qu'on donne aux tragiques fureurs,
Est-il d'vn plus riche trophee
Que d'vn bouc à corne étofee

E

D'vn beau Lierre verdoyant?
Voy vn escadron ondoyant
De piquiers rangez en bataille,
Est-il pas besoing qu'il se taille
Pour mieux garder l'ordre & le ranc
En cornes, en front & en flanc?
Et puis celle-là qui te croissent
Choses d'estoupes te paroissent.
L'Itale en desrobe son nom,
La mer Aegee son surnom,
Et son nom la pecune saincte
Des animaux qui ont emprainte
La corne sur leur front chenu,
Sur leur front doucement cornu:
Puis tu crois que soit peu de chose
De l'vsage qui s'en compose.
 Les bouts sont encornez des dars,
Les bouts sont encornez des arcs,
La lanterne en est encornee,
La patenostre en est tournee,
Le cornet en prent sa rondeur,
Et l'escritoire sa longueur,
Et les peignes leur denteleure,
Et leurs estuits leur encofreure,

Et mille autre commoditez,
Qu'on emprunte de leurs bontez,
Que la raison ingenieuse
A mis en main industrieuse
Pour en façonner au compas
Mille beautez qu'on ne sçait paas.
    Et puis qu'elle en est la pratique
Pour regir vne republique,
La cornette des aduocats,
Et des docteurs, & des prelats
Mille cornes par la campagne,
Parmy les bois, sur la montagne,
La cornemuse des bergers,
La longue corne des vachers,
Des chasseurs la corne bruyante,
La belle corniche regnante
Sur les Palais audacieux,
Et la Licorne qui vaut mieux.
Bref ie croy que la terre basse,
Et tout ce que le ciel embrasse
N'est qu'vne composition,
Qu'vne certe confusion
De cornes mises en nature,
Non les atomes d'Epicure.

                        E ij

LES MVSES

Regarde au ciel, regarde en l'air
Regarde en bas, regarde en mer,
Iette l'œil sur toute la terre,
Sur ce qui vit, sur ce qui erre,
Et certes tu ne verras rien
Qui puisse garder l'entretien
De son estre, sans qu'il ne puisse
Quelque trait de la conardise

  Et pourtant pour dire entre nous,
Viuez, viuez Comperes doux
Viuez, viuez vostre bel âge,
Et mourez auec ce plumage
Et ce bonnet empanaché,
Puis que vous l'auez attaché
A vostre front si proprement,
Viuez Compere heureusement.

L'AMOVR VILAIN.

Enus n'est pl⁹ mere d'amour
L'auarice l'est à son tour,
Qui de iour & de nuit l'alaite
Du laict empesté de sa tette,
Ce qui fait que rien a present
Il n'execute sans present,
Retenant l'auare nature
De sa maudite nourriture.
Vn homme pourroit estre beau,
Autant que cil qui dedans l'eau
Remirant sa beauté supresme
Mourut amoureux de soy mesme,
Que les Dames trouueront laid
S'il n'est en richesses parfait.
On pourroit estre autant agille
En vers que le docte Virgille
Ou qu'Homere, ou que celuy-là
Qui beut de l'onde qui coula
Tout soudain de la pierre morne
Qu'elle reçeu du coup de corne,

E iij

Du pied du cheual emplumé,
Qu'on ne sera point estimé
Des dames si l'on ne possede
De l'or autant qu'vn Roy de Mede.
    On pourroit estre en tous hasards
Vaillant autant que les Cesars,
On pourroit estre à coups d'espee
Adroit autant qu'estoit pompee,
Ou fort autant que fut Hector
Ou autant prudent que Nector:
Que vous serez reputez lasche,
Couard, Poltron, sot & gauache
Des dames, si vous n'auez l'or
De Crese, ou de Polymnestor
    On pourroit estre de ce monde
Le plus excellent en faconde,
Et docte autant qu'estoit Platon,
Que si n'auez l'or de Pluton,
Les dames de ce temps auare
Ne vous reputeront qu'ignare:
Car nul sçauoir n'est honnoré
Maintenant s'il n'est bien doré.
    Au contraire vous pourriez estre
Plus lourd qu'vne beste champestre

Plus laid qu'un Terſite éfronté,
Et mille fois plus eshonté
Que celuy qui força Lucreſſe,
Ou que celuy qui dedans Grece
Rauit Heleine à ſon eſpoux.
Vous pourriez eſtre plein de cloux,
De lepre, de farcin, de rongne:
Vous pourriez eſtre vn ſale yurogne,
Vn ord, vn punais, vn taigneux,
Vn fat, vn ialoux, vn hargneux,
Vn vilain, vn ſoudre, vn etique,
Vn hebeté vn heretique,
Vn verollé tout emplaſtre,
Vn tors, vn nonçont, vn chaſtré
Bref en ſomme, vn tout in-vtile,
Aux ieux de Venus la gentille
Que ſi vous auez à foiſon,
Des moyens en voſtre maiſon
Vous ſerez reputé des Dames
Le parfait des parfaites ames
Et le ſeul accompliſſement
Des corps de ce bas Element.
    Te‸moins ſeront de ces parolles
Beaucoup des filles qui trop folles
        E iiij

Pour estre piaffantes ont
Choisis pour maris des Non font.
Entre toutes vne se treuue
Qui auoit suffisante preuue
Que celuy qu'elle a espousé
Estoit froid & mal disposé
De l'allembic par ou distille
Dans les femmes l'humeur virille.

Elle sçauoit asseurement
Qu'il auoit mauuais instrument,
Elle sçauoit bien que sa pine
Ne pouuoit seruir de poupine
A son conin, qui pour neant
Est toutes les nuicts my-beant
Esperant d'auoir la bechee
Quand la pauure femme est couchee

Elle sçauoit que ses outils
De nature estoient infertils
Et que son Catçe en sa braguette
Ne fit iamais droicte échauguette
Ains tousiours estoit endormy
Monstrant vn capuchon blesmy
Et vne teste rabaissee
Qui iamais ne s'estoit dressee,

Pour faire vn deuoir amoureux
Ainsi que font les genereux.
　Ce neantmoins plus curieuse
D'estre braue & vertueuse,
Elle espousa cet autre Atis
Qui veuf d'amoureux apestis
Et priué d'ardeur naturelle
S'endort toute nuict aupres d'elle.
　On dit (Ie ne sçay si l'on ment)
Qu'au iour de leur espousement
Toutes les mules de Touraine,
De Poitou, d'Anjou & du Maine,
Se prindrent à s'entre gratter,
A braire, à chauuir, a sauuer,
Ioyeuse de quoy ceste fille
Augmentoit leur bande sterille.
　On dit que proserpine aussi
Abandonna l'Orque obscurci,
Et la plhegetontide rade
Pour s'en venir en mascarade
Danser vn balet infernal
En la salle ou estoit le bal,
De cet inepte mariage
　On dit encore d'auantage

Que Berecinte au front plissé
Et au teinct morne & effacé
Vestuë en robbe Phrigienne
Tint ce iour sa feste Origienne,
Et assembla tous les Chastrez,
Qui furent d'elle rencontrez.
Et toutes des filles dont l'âge
N'est plus ydoine au mariage
Ayant par trop de cruauté
Enuieilly leur virginité
Et rendu leur face plus blesme
Que celle-la de la mort mesme.
  Elle inuoqua pareillement
Celles qui n'ont aucunement
Ces fleurs qui donnent tesmoignage
D'vn futeur & plaisant lignage
  O vous parents auaricieux,
Parents seulement soucieux
Des biens & non de la sagesse,
Qui surpasse toute richesse:
Vous ne deuez estre marris,
Ayant donné de tels maris
A vos filles si la nature
Les force à cercher aduanture

Autre part qu'en leur lict nopcier:
Et ne deuez vous soucier
Si d'elles sort vne lignee.
Maussade, lourde & rechignee,
Sans esprit & sans action
Sans ordre & sans perfection
,, Car iamais vne bonne engeance
,, Ne sort de mauuaise semence.

AMOVR MALADE
des dents.

E Dieu qui met en desordre
Nos sens par ses feux ardens
N'a plus garde de nous mor-
　　dre
Tant il a grand mal aux dents.
　Il ne luy chaut de sa trousse
Ny des traits qui sont dedans,
Et contre eux il se courrouce
Tant il a grand mal aux dents.
　Il tempeste en son courage
Ses sanglots sont abondans
D'vne impatiente rage

　　　　　　E vj

Tant il a grand mal aux dents
Il sent au fond de son ame
Mille pincements mordants,
Et a toute heure se pasme
Tant il a grand mal aux dents,
    Incessamment il deteste
L'auteur de tels accidents
Plus qu'vne homicide peste,
Tant il a grand mal aux dents.
    Non il voudroit qu'a cette heure
Les tonnerres plus grondans
L'accablassent sans demeure,
Tant il a grand mal aux dents.
    De ses yeux qu'vn bandeau serre
Sort deux gros fleuues ridans,
Et se veautre contre terre
Tant il a grand mal aux dents.
    Sa mere de dueil outree
Et de trauaux cuidents,
Cerche en chacune contree
Les meilleurs arrache-dents.
    Vous qui dans vostre poitrine
Auez ses feux residens
Cerchez quelque medecine

Commode a guerir les dents.
    Il promet vn autre Heleine
Qui sera sans contendans,
A qui charmera la peine
Que luy fait le mal de dents.

ODE,
PLEINE DE PRESOM-
ption & d'outre cuidance.

Quand ie voy ces mont sourcil-
        leux
    Butes boucliers, de la tempeste,
Qui contre le ciel orgueilleux
Dressent les cornes de leur teste,
Qui chef dessus chef reaussans
Veulent effrayer mon courage,
Et faire blesmir le visage
A mes fiers desseins rugissans.
    Quand ie voy que par le peril
Pour esbranler mon entreprise,
Ils veulent baigner mon sourcil,
Et le feu que l'amour attise,

Mon cœur enflé contre ces monts
Se fait luy mesme vne montaigne,
Si haut, que comme en la campagne
Il void ces rochers dans vn fonds.

Aussi l'orgueil de la beauté
Qui me braue de l'impossible,
Se cuide rendre inacessible
Au cœur amoureux indompté:
Mais ce cœur se fait tout pareil,
Furieux de sa mesme rage,
Aussi beau comme son image
Et orgueilleux de son orgueil.

Ce braue cœur se trouue en soy
Pour brauer ce qui l'esmerueille,
Sa flamme a la flamme pareille,
A sa legereté sa foy,
Contre son lustre il met au iour
L'esclair de sa belle esperance,
Contre sa rigeur, son Amour
Sans espoir de la iouissance.

Au prix d'vn bien-heureux trespas
Il est temps que hardy ie monte,
Que le second plus bas surmonte,
Le premier plus haut de mes pas,

Ie marque du feu de mes yeux
La plus haute superbe roche,
De mon dessein tousiours i'approche,
En approchant tousiours aux cieux.

　　Mais voicy au commencement
Le premier danger que ie treuue,
De venin & de sifflement,
Le pied de ce mont qui se creue
Permet que ces rocs creuassez
Monstrent à mes belles pensées
Milles couleuures amassées
En leurs tourbillons entassez.

　　Ainsi ie voy du premier iour
De ces monstres bruslans l'ennie
Quitta ma vie & mon Amour,
Sans vaincre l'Amour ny la vie,
Monstres venimeux, furieux,
Vous voulez donc me faire guerre,
Vostre ventre traine par terre,
Ie monteray iusques aux cieux.

　　Vous-serez, traistres vipereaux
Comme brisez à mon audace,
Et vous seruirez de carreaux
A ceux-là qui suiuront ma trace,

LES MVSES.

Si vous leuez la teste en haut,
Enflez d'vne petite gloire,
Petits eschelons de victoire
Vous apportez ce qu'il me faut,
    Vne puanteur seulement
D'vne charongne enuenimee
Au lieu de lépouuantement
Porte vne fâcheuse fumee:
Mais i'ay l'amour victorieux,
La palme que iamais on vse,
Qui vaincq la ruse par la ruse,
Et brise les nœuds par les nœuds.

    Que veulent ces torrens? ces eaux,
Filles des neiges & orages,
Si la rage de leurs ruisseaux
Ne bruict aussi fort que mes rages?
L'aueuglee fureur des Ours
Ces monstres veule-ils abbatre
Celuy qui a pour les combatre
Les feux & les fers des amours

    Ie sens de mon front s'escouler
Toutes mes vigueurs trauaillees,
Et le feu de moy d'istiller,
De moy les mouëlles distillees.

Ie me fons ainsi que ce fond
L'humeur, la force chaleureuse,
Et la moelle plus precieuse
Du plus precieux de ce mont.

Là d'vn remede non commun
Se trouue la source diuine
Des eaux d'or, de soulphre, d'alun,
Qui naturelle medecine,
D'vn pouuoir experimenté
Donne en vain quand la maladie
La force au foible, au mort la vie,
Et aux sains laisse la santé.

Mais mon feu qui n'est pas commun
Est cent fois plus chaud que le soulphre,
Et si aigre n'est pas l'alun
Que l'aigreur en aimant ie souffre.
Coulez en la mer, tiedes eaux,
Cerchez voftre Occean, fontaines,
C'est peine d'esteindre mes peines,
Et c'est mal de guerir mes maux.

Contre les chaleurs du grand iour
Ie trouue en suiuant mon voyage
Vne couuerture en Amour,
En la montagne quelque ombrage,

plus haut le rocher monstre au iour
Sa durté, sa blancheur cogneuë,
Nulle feüille en la roche nuë,
Nulle couuerture en amour.

Ces monts chauues & sans cheueux
Que ie laisse en bas en arriere,
Furent des cœurs moins genereux
Qui ne peurent franchir carriere
Ils eurent de superbes vœux,
Le ciel effroya leurs courages,
Leur brusla l'humeur & la rage,
Et les pela de leurs cheueux,

Voyez comme forcé d'ennuis
Leurs branches se chargent de mousse,
Et vn grand mont qui se courrouce
Leur donne d'eternelles nuicts:
Comme on void sortit des profonds
De leurs creux ventres les nuagees,
Ils sentent des plus hauts les rages,
Comme valets des autres monts.

Ie monte ie rencontre apres
Du chaud Soleil la viue face
Qui deuant moy fait fondre expres
Les amas de neige & de glace,

Soleils d'Amour fendez auſſi
De ma beauté la froide grace:
Qui comme neige & comme glace
Eſt blanche & froide tout ainſi.

Voicy ſi ie veux i'ay trouué
De mon trauail la recompenſe,
Ie trouue l'or bien eſprouué
Qui doit finir mon eſperance,
N'eſt ce aſſez de trouuer d'or fin
Pour but de mes maux, vne mine,
Mais mon entrepriſe eſt diuine,
Et ne doit pas auoir de fin.

Pour le certain faut il mes pas
Pourſuiure vne choſe incertaine,
Mais le nom de tourner en bas
Eſt pis que l'effect de la peine:
Tout ceſt or mon affection
Eſpriſe, & non priſe, delaiſſe
Si toſt qu'en ſa belle richeſſe
Se perd en la poſſeſſion.

Voicy au plus haut de ces lieux
La butte qui ſans ſe diſſoudre
Ne ſert que d'exercice aux dieux.
Pour apprendre à ietter le foudre,

La brauerie de ce mont
A l'ire des dieux ennemie
Pour bouclier de sa brauerie,
Il ne leur monstre que le front.

   Les rameaux qui naissent là haut,
Ne sont iamais sans la froidure,
Et n'ont de chaleur que le chaud
Que leur donne la roche dure,
Ils ont voulu leurs pieds cacher
Au ventre de la roche à peine,
Mais la fureur du foudre vaine,
Là dedans ne les peut cercher.

   De leurs rameaux demy cassez,
Des branches seiches & menuës,
Comme de leurs bras enlacez
Ils accollent les tendres nuës,
Et leurs pieds verds pour se sauuer
S'enfoncent en la roche dure,
Ou la demeure est aussi seure,
Qu'elle fut penible à causer.

   Recroissez amoureux boutons,
S'il est qu'vn doux vent vous souspire
Faictes suiure vos reiectons,
Le foudre aussi qui se retire:

Auſſi du haut ciel la rigueur
Ne perd que les branches perduës,
Et les eſperances eſpanduës
Trop loin du rocher de mon cœur.

   Ie n'ay peur qu'au haut de ce mont
De ceſtuy-cy la fiere teſte
Ne ſoit que le pied d'vn ſecond,
Et d'vne nouuelle conqueſte:
Car de loin ie le vis ſi haut,
Mon ame ne peut, incertaine,
Voir par vne ſeconde peine
De la premiere le defaut.

   Ainſi l'inuincible beauté
Cauſé de ma belle entreprinſe,
Fait qu'à ſes pieds eſt ſurmonté
Le beau qu'auparauant on priſe:
O beaux & valeureux eſprits
Entreprenez de ceſte ſorte
Et iamais voſtre peine morte
Ne ſe couronne du meſpris.

   Mais pourquoy le ciel pourſuiuy
A voulu, ſe voyant pourſuiure,
Fuir plus que ie n'ay ſuiuy,
Plus monter que ie n'ay peu ſuiureʔ

Ha! combien l'espoir ma seduit,
Espoir entreprise nouuelle.
O du ciel impuissante eschelle,
Où m'auez vous en fin reduit ?

Le ciel de soupçon refroigné.
Si puissant n'a il point de honte
De fuyr & s'estre esloigné.

Et monter ainsi que ie monte,
Que ce trauail me seroit doux
S'il eust demeuré en sa place:
Car auparauant ma pourchasse
Il estoit appuyé sur vous.

En fin il sera dit de moy,
Qu'aimât mieux mourir que descēdre,
Plustost a manqué le dequoy,
Que le cœur d'oser entreprendre :
Mon cœur paroist par le trespas
Que la force & l'espoir assemble,
Si ne pouuois-ie, ce me semble,
Mourir plus haut, viure plus bas.

Si vn moins braue & plus heureux
Se paist de chose plus certaine,
Si qu'elqu'vn contente ses yeux
De moins de vertu, moins de peine,

Que ie mesprise son plaisir,
Ie bruslerois ou il repose.
Car vn tout non pas quelque chose,
N'est pas la fin de mon desir.

    Ceux-là qui nagent à souhait
En la paisible iouyssance
D'vn fleuue de miel ou de laict
Sans croistre depuis leur naissance,
Croissans ne croissent qu'a demy,
Ils sont en leur aise commune,
Heureux valets de la fortune,
Et i'en suis le braue ennemy.

    Ainsi iamais ie n'ay ployé,
Rien que le ciel ne me maistrise,
Ie tourne mort & foudroyé
Le visage à mon entreprise
Le braue mont ou ie me sieds
Toute autre montaigne surmonte,
On l'abhorre, ie n'en fais conte
Depuis que ie le foule aux pieds.

    Il manque au braue poursuiuant
Le suict, & non l'entreprendre,
Au moins on dira qu'en viuant
Il n'a sçeu que c'est que descendre,

Et mourant ie cerche dequoy,
Le dernier qui meurt c'est ma rage,
Si quelqu'vn blasme mon courage
Qui meurt plus pres du ciel que moy

L'amour du haut ciel en courroux,
Veid ceste belle frenesie,
La crainte assaillit le ialoux,
Et le craintif la ialousie:
Par terre il ietta ses brandons,
Il pousse sa trouppe en arriere,
Et se repentit en colere
D'auoir irrité les chardons:

Il veid les demons parmy l'air
Qui prestoient au braue rebelle,
Pour au ciel le faire voler,
Chacun vne plume d'vne aisle:
L'Amour descend enuenimé,
Trouue ce corps qu'Amour allume
A demy reuestu de plume,
Le cœur desia tout emplumé.

De cent chaisnons de diamant
Il mit d'vne fine surprise
Les pieds & les mains de l'Amant,
Ors l'espoir de son entreprise:

Mais

Mais moy malgré tous ses efforts
L'empoignay par sa bandoliere,
Qui porte flesche meurtriere,
Et saisis l'Amour par le corps.
C'est force à l'Amour de choisir
De me faire auec sa retraite
Voler où vole mon desir:
Et m'emporter où ie souhaitte,
Au ciel qui de droict m'appartient.
Ie veux qu'il m'enleue à cest heure,
Où en terre il faut qu'il demeure,
Où ma foiblesse le retient.

Lors le ciel y contreuenant
Sa force contre moy n'est forte,
Qui void que vif & en aymant
Ioint à l'Amour l'amour m'emporte:
Le ciel s'escria, vois-tu pas
Outrecuidance plus qu'humaine,
Que ton entreprise hautaine
N'est si seure que ton trespas.

I'acheue ma course en parlant,
Ie n'ay peur qu'à laisser ma prise,
Et ie respondois en volant?
Heureuse mort, belle entreprise,

F

Plus doux, plus heureux le trespas,
Ce sont les dieux qui me meurtrissent,
L'ame & le corps se des-vnissent.
Auant que de toucher à bas.

REGRETS D'VN SER-
uiteur contre sa Da-
me infidelle.

STANCES.

L'Ennuy dõt mõ ame est blesee
Et dont ma dolente pensee
Se plaindra tousiours desor-
mais
Vient d'auoir tenu dans mon ame
Pour Deesse vne ingratte femme
La plus femme qui fut iamais.

Qu'elle elle est, telle son courage,
Vn miserable tesmoignage
Me l'a finablement fait voir:
Dont mal-heureuse est l'ignorance,
Mais plus mal-heureux le sçauoir?

Ha Dieu! que faut il ouyr dire?
Que celle pour qui ie souspire
Ayme vn autre & meure pour luy:
Verray-ie qu'vne mesme Dame
Viue maistresse de mon ame,
Et se sert de celle d'autruy.

Non plutost le ciel me transmue
En quelque insensible statuë,
Pour n'ouir & ne veoir plus rien,
Qu'vn autre engage sa franchise,
Que celle de qui sans feintise
Son cœur est tout mien ou tout sien,

O toy, qui que tu puisses estre,
Qui t'en est si tost rendu maistre,
N'en braue point si fierement,
Le bon-heur de ceste accointance,
Tu le dois à son inconstance,
Et non pas à son iugement.

Si le ciel eut logé dans elle
L'ame toute diuine & belle,
Que i'imaginois y loger,
Elle eut recogneu, l'indiscrette,
Qu'estant mon amour si parfaicte,
Sans perdre elle n'eust sçeu changer.

F iij

La volage humeur d'vn caprice
Ne m'auroit point de son seruice
Ainsi dechassé sans pitié.
Car me voyant plein de constance,
Plus elle a eu de cognoissance,
Plus luy eut fallu d'amitié.

Mais que pouuois-ie moins attendre,
D'vne ame si facile à prendre
Aux appas de la nouueauté,
Qui n'a rien que du vent en elle,
Et qui pense qu'estre fidelle
C'est preuue de peu de beauté.

Quelque iour peut estre toy-mesme
De c'est heur qui te semble extreme
Tu te verras deposseder:
Car la femme est comme vne ville
Quand la prise en est plus facile,
Plus difficile est à garder,

REPROCHES D'VNE
Dame à son seruiteur
infidelle.

STANCES.

Eront donc mes pleurs & mes
cris
Par toy, ingrat, mis à mespris
Sera donc ma iuste priere,
Et cest amour & ceste foy,
Qui te font triompher de moy,
Par toy, ingrat, mis en arriere?
Tu as donc toy-mesme trenché
Le nœud dont tu fus attaché.
Tu as donc amorty les flammes
D'vn feu si sainct & si parfait,
Et tes mains ont brisé le traict
Qui souloit entamer nos ames?
Si veux-ie au trespas consentir
Plustost qu'vn autre amour sentir,
Quoy que la cause en fut diuine:

F iij

Car iamais traict tant soit-il fort,
Si ce n'est le traict de la mort,
Ne fera bresche à ma poistrine.
  Encore crains-ie que les dieux
Iustement rendus furieux
Pour ton ingratitude extreme,
Ne te punissent tellement
Que morte dans le monument.
Ie n'en tremble d'horreur moy-mesme.
  Enée est encore aux Enfers,
Parmy les flammes & les fers
Des fureurs iamais appaisées,
Et void pour doubler son ennuy
Leandre qui se rit de luy
Heureux dans les champs Elisées.
  Las ie ne veux pas malgré toy
Retenir le vol de ta foy,
Ny ne veux pas que ta fortune
Pour ma mort retarde d'vn iour
Car à toy qui n'as plus d'Amour
Ma constance est trop importune
  Seulement ie veux te prier
D'vn bien que ne peut desnier
A l'ennemy l'ennemy mesme.

C'est qu'approchant de mon cercueil
Tu faces couler de ton œil
Quelque pleur sur ma cendre blesme.

Mais celuy qui d'Amour vainqueur
N'a plus n'y ses yeux ny son cœur,
Pour voir ma flamme & s'en espandre
Auroit il des yeux pour pleurer,
Ny vn cœur pour ne souspirer,
Quand ie ne seray plus que cendre.

Non, non, helas ie me deçoy,
Va cruel ie ne veux de toy
Larmes, souspirs, ny repentance,
Mais bien qu'ainsi que de ta foy,
Et de mon amour & de moy,
Tu perdes toute souuenance.

Mais c'est à ton but paruenir
De t'arracher le souuenir
De l'offensee & de l'offense:
Car m'ayant conduit au trespas,
M'oublier ce ne seroit pas
Punition, ains recompense.

Ie veux que mon ombre en to⁹ lieux
Nuict & iour s'oppose à tes yeux
Ainsi que l'ombre maternelle,

Dont Oreste fut tourmenté
Pour le punir d'anoir esté
Cruel, ingrat, & infidelle.

CHANSON.

Qvãd i'idolatrois vos beaux yeux
Ie vous iugeois egale aux dieux:
Vos propos m'estoient des oracles
Les moindres de vos actions
Me sembloient des perfections,
Vos perfections des miracles.

Voyant donc en vous chacun iour
Ou naistre ou mourir quelque amour
Et le change estre vos delices.
I'allay soudainement iuger
Que l'honneur de souuent changer
Est mise a tort entre les vices:

Lors resolu d'en faire autant,
Et de me rendre moins constant
Que la giroüette d'vn temple,
Ie rompy soudain ma prison
Estimant faire par raison

Ce que ie faisoy par exemple.

Ainsi vostre legereté
Desbaucha ma fidelité,
Ce qu'elle est m'apprenant l'estre:
Tant qu'en fin ie vous ay fait voir
Qu'en prastiquant ce doux scauoir
L'escholier a passé le maistre.

Vous m'en auez en cent façons
Donné tant & tant de leçons
Et par exemple & de parole,
Qu'il ne pouuoit qu'en vous suiuant
Ie ne deuinsse bien scauant
Sous vn si bon maistre d'echole:

C'est donc â tort que vostre cœur
M'en blasme auec tant de rigueur
Me le reprochant comme vn crime:
Car en fin, iniuste est celuy,
Qui hayt & condamne en autruy
L'humeur qu'en soy-mesme il estime,
I'appelle à tesmoin le Soleil,
Que ce fut pour plaire à vostre œil,
Qu'ainsi ie me changay moy-mesme,
Sçachant bien qu'il faut qu'vn amant
S'aille tant qu'il peut transformant

Au naturel de ce qu'il ayme.

　Maintenant d'vn si doux plaisir
Ie ne puis plus me desaisir,
Mon ame en reçoit nourriture:
Ie l'ay si long temps exercé,
Qu'il m'est en coustume passé,
Et puis de coustume en nature.

　L'honneur de ma premiere foy
Se verra refleurir en moy,
Quand vous ne serez plus legere:
Faisant du mesme lieu sortir
L'exemple de me repentir
D'ou me vient celle de mal faire.

　S'il plaist donc à vostre beauté,
Ressusciter ma loyauté,
Quittez ceste inconstance extreme,
Ne changez plus à tous les coups,
Quand vous pourrez cela sur vous,
Ie le pourray bien sur moy-mesme:

LE PARDON DV SAN-
glier qui tua le bel Adonis.

Lors que Cythere vid mort
L'Adon qu'elle aymoit si
fort:
Lors qu'elle vid son visage
Ombré d'vn pasle nuage,
Et sa bouche sans couleur
Et ses cheueux pleins d'horreur,
Furieuse elle commande
A la delicate bande
Des officieux amours
Qui l'accompagnent tousiours,
Soudain de se mettre en conqueste
De la meurdriere beste.
Adonc ces Cupidonneaux
Volent plus vistes qu'oyseaux
Par la forest ombrageuse
Ou ceste beste outrageuse
Se mussoit, ayant le cœur
Glacé d'vne extreme peur,

Tout auſſi toſt qu'ils la virent
Sus elle aſprement ſe mirent
La garottant de liens
Serrez a nœuds gordiens
L'vn ademy luy empeſtre
Les iambes d'vn fort cheueſtrex
L'autre d'vn chanureux licol
Tuy empriſonne le col
Employant ſa force entiere
A l'oſter d'vne ronciere.
L'autre ſans aucun repos
De ſon arc, luy bat le dos:
L'autre du bout de ſa trouſſe
La poing la pique & la pouſſe
L'autre de ſon trait d'acier
Luy eſpine le feſſier:
L'autre de ſes mains vermeilles
La tire par les oreilles.
Quand elles ſe vid aupres
De Venus qui de regrets
Et de complaintes funeſtes
Combloit les voutes cœleſtes
Regardant de ſon aymant
Le cruel treſpaſſemenz,

De peur elle se recule
Et contre terre s'acullę.
Adonc Venus s'auança
Et en ce point la tança.

Beste plus fiere & maudite
Que nulle autre qui habite
Les rochers & les forests
Et l'horreur desantre frais,
As-tu offencé cet baigne
Qui en abondance saigne?
As-tu meschant animal
Osé commettre vn tel mal?

As-tu donc fait cette playe
Qui trop fiere en son sang noye
La vie de mon amy
Qui fuit au regne blemy?

Alors ceste pauure beste
Soulenant vn peu la teste,
D'vn cœur a demy transi
A Cythere dit ainsi

Belle & diuine Cythere,
Ne me sois point trop austere!
Ie iure par tes beaux yeux
Honneur des troisiesmes Cieux,

Par ta bouche delicate
Qui si doucement esclatte
Vn besson escarlatin,
Ou par ton double tetin
Et par toutes tes merueilles:
De tes beautez nompareilles:
Ie iure par ton Adon
Et par ton fils Cupidon
Et par ces cordes estrainctes
Dont mes forces sont contrainctes
Et par ces Veneurs qui m'ont
Amené deuant ton front,
Que ie n'auois au courage
Nul vouloir de faire outrage
A ton gentil amoureux,
A ton adon genereux.
    Mais bien le voiant semblable
A vn pourtraict delectable
Qui en parfaite beauté
Deuance l'humanité,
Ma volonté fut rauie
D'vne si ardente enuie
De le baiser a plaisir,
Que forcé de ce desir

Ainçois d'vne amour feruente
I'allay la gueule beante
Ou ie le voyois, afin
De baifer l'iuoire fin
De fa cuiffe qui charnuë
A mes yeux paroiffoit nuë
   Mais las fa grande blancheur
Fut caufe d'vn grand mal-heur
Car elle accreut ceft ennie
Qui m'auoit l'ame rauie
Du defir de la baifer:
Qui fift que fans auifer
A telle delicateffe
I'allay de telle viteffe
Ains de telle affection
Baifer la perfection
De fa cuiffe toute nuë,
Qu'vne mienne dent crochuë
Luy couppa comme vn coufteau
Sa tant delicate peau.
   Or pour vn tel malefice
Belle Déeffe d'Erice,
Arrache toutes les dents
Qui paroiffent au dedans

De ma gueule meurdriere,
Qu'il n'en demeure vne entière
Et si vn tel chastiment
Ne t'apaise entierement
D'vne fureur exessiue
Arrache aussi ma gensiue
Mes leures , & de ton poing
Froisse moy tout le grouin.

A ce langage Cythere
Aneantir sa colere
Et pensant en son ennuy
Eut compasion de luy.

Donc soudain elle commande
A la delicate bande
Des amours, de deslier
Cet humble & triste Sanglier
Qui de telle courtoisie
Humblement la remercie

Depuis ceste faueur la
Quittant les bois , il alla
Tousiours auecque Cythere
Reuerant son doux mistere.

EPITAPHE DV
Chien Trigalet.

EN fin la parq̃ trop meſchãte
De ſon allumelle trenchãte
A couppé le tendre fillet
De la vie de Trigalet:
Ainſi le temps qui toute choſe
Meurit, change & metamorphoſe
Helas ! a changé a grand tort
En vne deſplaiſante mort
La gentille & plaiſante vie
Qui ne deuoit eſtre rauie
Si toſt, pour l'honneur & le bien
Que ſçauoit cet excellent chien
Iamais ceſte gentille beſte
Ne s'adonnoit qu'à choſe honneſte
Et iamais ne ſoüilloit ſon corps
Sur les fumiers ſalles & ords
Ny ſur les charongnes rélantes,
Mais bien ſur les robbes & mentes
Du Seigneur a qui il eſtoit,

Aussi iamais il ne sentoit
Le cagnard, comme ceux qui fouillent
Dans les esgouts & qui ne bougent
De ronger dessus les fumiers
Les relicats des Cuisigniers.

　Il aymoit tellement son maistre
Qu'en repos il ne pouuoit estre
Sans le cherir ou sans le voir
Ou sans asseurement sçauoir
Ou il estoit & de grand erre
S'il esgaroit s'alloit enquerre
De luy, aux lieux qu'il frequentoit
En si grand peine il se mettoit
A le chercher, qu'en peu d'espace
De temps, il en trouuoit la trace :
Et puis apres Dieu sçait comment
Le cherissoit a tout moment
En luy faisant carresse & feste
Et de la queuë & de la teste.
Bref iamais ne partit d'Artois
Vn chien plus fidelle & courtois
A son Seigneur ne plus propice
A tout domestique seruice :
Pour ce son maistre l'estimois

Et sur toute chose l'aymoit.

Il auoit l'oreille si bonne

Et si subtille que personne

Ne touchoit a l'huis tant soit peu

Qu'il ny gallopast tout esmeu

Aboyant de sa voix plus forte

A fin qu'on allast à la porte,

Tellement qu'impossible estoit

D'entrer ou son maistre habitoit

Sans parler, ainsi la demeure

De son maistre estoit tousiours seure.

Quand à la chasse il la sçauoit

Mieux que nul autre, & en auoit

Vne si longue experience

Que peu seruoit la diligence

Au Lieure, au Connil, au Renard

Et les poursuiuoit par tel art

Par les spacieuses campagnes

Par les bois & par les montagnes

Qu'en bien peu de temps Trigalet

Mettoit la dent sur leur colet.

Son poil sembloit de telle sorte

A celuy que le Leuron porte

Que quand par les champs il courroit

Pour vray Leuron on le prennoit
Outre cela, sa corporence,
Estoit de fort belle apparence,
Il auoit le front esleué,
L'œil sec & non iamais laué
D'humeur chasi use & gluante,
Il auoit l'haleine plaisante,
Aussi ne mangoit-il iamais
A ses repas que de bons mets
Dont on souloit couurir la table
De son bon maistre venerable.
Bien est que quand son appetit
Manquoit, il prenoit vn petit
De repaire d'homme ou de femme
Pour luy restaurer vn peu l'ame,
Trigalet estoit bien camard
Et auoit le nez plus mignard
Qu'vn petit chat, & son oreille
Estoit en beauté nompareille.
    Il auoit la dent mille fois
Plus blanche que l'iuoire Indois
Il auoit la gorge arrondie
Et la poitrine rebondie
Et manioit par beaux accords

Les membres de son noble corps
Sa cuisse estoit bien ordonnee
Sa iambe bien esperonnee
Sa queuë iamais ne tomboit
En bas, mais bien se recorboit
D'vne façon mignardelette
Dessus sa crouppe rondelette
  Il auoit le geste gaillard
Et le maniement fretillard,
Il estoit bonne creature,
A nul il ne faisoit iniure,
Il est vray qu'il se deffendoit
Quand quelqu'autre chien le mordoit,
  A nul il ne portoit enuie
Il estoit de tres bonne vie
Et n'auoit vn plus grand desir
Qu'à faire a son maistre plaisir.
Il estoit fort discret & sage,
Et ne gastoit point le mesnage
Comme d'autres qui souillent tout
De l'eau qu'ils iettent de leur bout.
  Il auoit la trongne si bonne
Et l'apparance si mignonne
Que toutes les chiennes d'autour

LES MVSES

L'importunoient de son amour,
  Mais helas! son amour commune
Fut cause de son infortune
Car voulant faire le gaillard
Autant en son aage viellard
Qu'en sa ieunesse printaniere,
Il s'efforça tant le derriere
A iauculer, que tels efforts
Luy disloquerent les refforts
Du cul, voire de telle sorte
Que la pauure beste en est morte.
  Ainsi pour auoir trop esté
Prodigue de sa charité
Pendant sa plus foible vieillesse
Il est mort au cul d'vne vesse.

INVENTAIRE D'VN
Courtisan.

Pres auoir chez vous diſné,
Iuſqu'à ventre deboutōné,
Prié Dieu curé la machoire
Auec vn curedent diuoire,
Damaſquiné, fait à Milan,
Que me donna le iour de l'an,
Dans l'antichambre d'vn monarque,
Vn gentil-homme de remarque,
Pour auoir fait vn beau diſcours,
Sur le ſubiet de ſes amours :
Apres vous auoir dit prouface,
Vn leuant ſon cul de la place,
Venerable & matin & ſoir
Faiſoit tous les poëtes aſſeoir
Pour boire à vous en voſtre couppe,
Et pour manger de voſtre ſouppe,
Et ſçachant bien que ces rymeurs
Sont excellens eſcorniſleurs:

Que souuent leur verue diuine
Se pert a faute de cuisine,
Et mesme en cest âge peruers
Ou ces pauures gens font des vers
Pour quatre deniers la douzaine,
Car on les fait sans nulle peine,
Apres (dis-ie) d'vn air nouueau
Vous auoir fait le pied de veau,
Comme on fait à la Cour du Louure.
Où le point d'honneur se descouure.
Ie m'en suis allé coleré
Au quartier de sainct Honoré,
Et la i'ay veu parmy les ruës
Vne grande trouppe de gruës,
Que tout ainsi que les humains
Auoient nez oreilles & mains,
Et portoient de façon nouuelle
Des plumes au lieu de ceruelle
Car le monde en est despourueu:
D'ailleurs i'ay veu ce que i'ay veu
I'ay veu la mine furieuse,
Et la desmarche glorieuse
D'vn sergent qui prenoit au corps
Auecques trois vilains recors

V

Vn courtisan de belle taille,
Qui n'auoit ny denier ny maille,
Pour appaiser ses crediteurs,
Plus importuns que des flateurs,
Les laquaiz tous couuers de soye
Voyant ainsi leur maistre en proye
Auec sa housse & son cheual,
S'en sont allez soudain aual,
Et faisant de la chatemite
Ont souspiré pour la marmite,
Lors qu'auec vn petit roollet
Decreté dans le Chastelet.
Ces gens à ce foudre de guerre
Preparoient vn pourpoint de pierre,
Il s'escria tout plein d'ennuy
Que le sergent allast chez luy,
Sans luy faire plus de scandalle
Et la qu'il trouueroit sa malle,
Ou des meubles il y auoit
Pour plus d'argent qu'il n'en deuoit,
Dont il pourroit faire saisie
Encore que la courtoisie
N'abite point chez ces gens là.
Le sergent illec s'en alla.

Et fist faire vn bel inuentaire,
Duquel estoit le secretaire
Vn garçon de sainct Innocent,
Il ne sera point indecent
De vous en dire les articles
Primo. Deux paires de bezicles
Pour vn procureur d'Alençon,
La coquille d'vn Limasson
Pour bien lisser vne rotonde,
Vne carte entiere du monde,
Des gans neufs de peau de souris,
Vne once de poudre d'Iris,
D'vne Dame la pourtraiture
Dont l'art passeroit la nature
S'elle auoit le don de la voix:
La boite estoit faicte de bois
Auecque beaucoup d'artifice
Comme vne chasse de galice
Qu'vn pelerin porte à son col,
Le petit colletin d'vn fol,
Vn gobelet à fond de cuue
Vn frottoir qu'on porte à l'estuue,
Vne paire de vieux chaussons,
Vn repretoire de chansons.

Des preceptes pour la grimasse,
Vne grosse trompe de chasse,
Vn papier tout plein de ruban,
Et les deux manches d'vn caban,
Vn compas pour l'Astrologie.
Plusieurs figures de Magie,
Vn chapeau gris, quatre boutons
La rogneure de deux testons,
Vn poignart, le fer d'vne pique
Auec vn discours antique
De la grandeur de ses ayeux
Descendus des Roys de Bayeux.
Vn fer pour friser la moustache,
Des gauffres, vn peigne, vn panache
Dont il se pare quelquefois
Allant à la maison des Roys,
Vn petit allambic de cuiure
Deux chevilles de luth, vn liure,
Ou tous les iours à son leuer
Il veut sa fortune trouuer,
En la pierre philosophalle,
Vne raquette auec la balle
Vn Almanach, vn chapellet
Finallement vn bracelet,

G ij

Où iadis furent quatre perles
Grosses comme des yeux de merles,
Qu'vne amante auecques feruenr
L'honora de ceste faueur.
Mais il perdit, ceste vandange
Les perles sur le pont au change,
Et pour memoire de ses vœux
N'est demeuré que les cheueux:
Quand on eust fait ceste besogne
Comme il se tenoit sur sa trogne,
Tout cela, luy dit le sergent
Monsieur ne vaut pas mon argent,
C'est pourquoy quittez ceste espee:
Lors de pleurs la face trempee.
Il dit ces mots en desarroy.
Dequoy seruiray-ie le Roy?
Mais tenez, faictes vostre office,
Il faut obeyr a iustice
Les hommes sont bien impudens
Qui se font arracher les dens.
Le sergent oyant sa harangue
Frotta sa barbe auec la langue,
Afin d'animer son propos
Et respond soyez en repos,

Ie ne sçaurois pardieu mieux faire
Vous sçauez que le Roy prefere
La iustice à vos passions
Nous sçauons ses intentions,
Cependant ie vas faire estendre
Vos meubles en greue pour les vendre
Adieu ! cessez d'estre affligé
Vous m'estes bien fort obligé,
Au lieu de faire ceste plainte
Encor deuriez vous payer pinte,
Car vous pouuant mettre en prison
Ie vous laisse en vostre maison,
Les cheualiers gaignent la porte,
Le Courtisan se desconforte,
Et dit, que n'ay-ie tout tué ?
Que ne me suis-ie esuertué.
D'empescher leur effronterie:
Qu'elle diable de batterie
I'eusse fait, n'eust esté qu'on dit
Que pour conseruer son credit
Au diocese de Ponthoise
Il ne faut point auoir de noyse:
Combien de meurtres i'eusse fais
Mais nostre prince ayme la paix.

Puis apres, l'Eglise Romaine.
Enioint à la prudence humaine
De souffrir pour l'amour de Dieu,
Et de l'honorer en tout lieu,
Lors qu'on reçoit quelques escornes
Fusse mesme celles des cornes,
Ie suis gentil-homme en effet
Sans cela que n'eussay ie fait
Pour extirper ceste canaille,
Ces regrateurs de quinquenalle
Morbleu. toutbeau ! ie n'ay rien dict
Il est deffendu par l'Edit
De iurer, il faut estre sage,
Ie m'en veux aller au village
Et là faire le rabageois
Entre mes pauures villageois.
Qui m'estiment autant qu'vn Prince,
Où qu'vn gouuerneur de Prouince
Ie ny couray point de hazar
Ie suis de l'humeur de Cesar,
Pour le moins côme on trouue au liure.
I'aymerois mieux mille fois viure
Parmy les vendeurs de harans
Et y tenir les premiers rans,

Que d'abaisser mon arrogance
Parmy les plus grands de la France,
Voicy la fin de l'argument
Que ie sçay bien asseurement
Pource que le Sergent habille,
Me voyant au monde in-vtille
Comme sont beaucoup d'Aduocas
Ma pris pour tesmoin en ce cas.

G iiij

D'VN SOT QVI SE DI-
soit Senateur.

E N attẽdãt que plein de ioye
Dãs voſtre maiſon ie vous
voye
Ainſi que i'en ay le deſir,
Ie vous veux compter par plaiſir,
Belle dame, pour qui i'enrage
Ce qu'au païs de Badaudage
Eſt arriué depuis huict iours :
Et pour commencer mon diſcours,
Vous ſçaurez s'il vous plaiſt dentẽdre,
Qu'vn Senateur s'eſt venu rendre
En la ville où nos deffuncts Roys
Cognoiſſant la rigueur des loix,
Et le pouuoir de la nature
Ont fait baſtir leur ſepulture,
    Or ce Docteur s'en allant veoir
Le Landy, deſireux d'anoir.
Ainſi que portoit le memoire,
Qu'à ſon partement apres boire

Auec ſa femme il auoit fait
Vn eſtuit d'vn attifait.
Deux tiers de thoille d'arignee,
Vne perruque bien peignee,
Le tableau de la paſſion,
Et l'entiere deſcription
Du Royaume de Corniculle.
Deux onces des ongles d'Herculle
Pour faire engraiſſer vn mullet
Vne hallebarde à ſon vallet,
La legende de ſainĉte Luce
En la liſant lors qu'vne puce
Nous detient l'oreille en tourment
Elle meurt tout ſoudainement
Quand on à bonne conſcience
De griſelidis la patience,
Et les Hynnes de Rabelais
Sur la victoire de Callais.
Pour faire ceſte belle amplette
A peu de frais toute complette
Il s'equippe de bon matin,
Il gringotte vn mot de latin
Prenant congé de ſon eſpouſe
Pour coniurer l'humeur ialouſe.

G v

Il fait trois ou quatre fois
Le petit signe de la Croix,
Et luy dit ma mignonne escoute
De ta constance ie ne doute,
Mais le diable caut animal
En peu de temps fait bien du mal.
C'est donc pourquoy ie te suplie
Par celuy qui iamais n'oublie.
D'assister la fidelité:
Et mesme pour la dignité
Du bonnet cornu que ie porte,
Dont la puissance est assez forte
Pour me venger de quelque affront
De faire en sorte que mon front,
Au retour du Landy puisse estre
Aussi liz que celuy d'vn prestre.
Elle ne respondit, sinon
Puissay-ie deuenir guenon,
Si iamais de foy ie vous manque
Alors le bon homme luy flanque
Auec des souspirs bien ardans
Certains baisers entre les dents,
Qu'elle receut pleine de honte
Et puis sur son mullet il monte,

Tout aussi tost qu'il fust sorty
La Dame auoit desia party.
Auec vn de qui l'alliance
Luy faisoit mettre en oubliance
La foy promise a son espoux
Cent fois plus cornard que ialoux
Le mignon plein de musc & d'ambre
Alla trouuer dedans sa chambre
Ceste femme qui l'attendoit,
Et là comme elle pretendoit
Il fist plein d'amoureuse flamme
Ce qu'vn amant fait a sa dame,
Alors qu'elle est de bonne humeur
En attendant vne rumeur
Qui se prepare en se mesnage:
Enfin nostre grand personnage,
Sur son mullet les gands en main
Contre faisant le vieux Romain,
A qui le valet sert descorte
Trouue tout aupres de la porte
De la ville, vn homme de Cour,
Duquel il rioit vn bon iour
Sans le rendre, non point par gloire,
Mais c'est qu'il faut que l'escritoire

Se maintienne en sa grauité:
Le courtisan tout despité,
Deuant son visage s'aduance
Son pied rudement il eslance
Contre les flancs de son courrier
Gros & gras comme vn financier
Le cheual ressentant l'attainte
De l'esperon, sans autre plainte
Fist de tresmauaise santeur
Vn pet au nez du Senateur,
Apres ceste salle nazarde
En ce lieu plus il ne tarde,
Du Docteur les sens estonnez
Feirent qu'il tint long temps sonnez
En ces deux mains, criant persde
La mulle qui sentoit la bride
Plus lache qu'elle ne souloit,
Alla du costé qu'ell' vouloit
Et son lieu le plus delectable
Estoit sans doubte son estable?
Car Monsieur le Baudet y Courc
Tandis que son maistre discourt,
Cependant auec violance
L'orateur blasme l'insolence

Du Courtizan , dont l'esperon
D'auoir fait halte à l'enuiron
De sa personne Magistralle,
Il tient la court toute brutalle,
Bref , il s'escria tellement
Qu'il dit ce n'est pas seulement
Vn archi-pet , mais vn tonnerre
Qui ma presque ietté par terre.
Tandis le mullet le conduit
Ou sa femme prend son desduit,
Et retenant en sa pensee
De ce pet l'odeur estancee
Il dit: O bon Dieu tout puissant,
Quand les chiens vessoient en pissant,
Nous n'auions pas tant de miseres,
Ou sont les vertus de nos peres,
Ou sont les loix du temps-iadis
Dont le genereux Amadis
Auoit par tous autres notice
Ou sont les respects qu'a iustice
Nos ancestres firent porter
Afin de la reconforter
Quand elle perdit sa calotte
Et qu'on luy donna la marrotte

En Ianuier la terre hyuernoit,
L'aueugle à taton cheminoit,
Le pauure demandoit l'aumosne.
On trouuoit de l'eau dans le Rosne,
Et sur la seine des basteaux,
Le Marechal de ses marteaux
Sans peché bastoit vne enclume
Les Sergens viuoient de la plume,
L'on mettoit les gens en credit:
A la Rochelle comme on dit
On fist pendre la my-caresme,
Pour auoir mis son diadesme
Comme on fait vn sabot percé
Quand on a le talon gercé.
Sur tout quand on alloit au temple
Si bien qu'elle seruit d'exemple
A toute la posterité
O ciel n'es-tu point irrité
Toute chose est a la renuerse
Contre fortune la diuerse,
Les vandangeurs de Gatinois
Ont moins d'escus que de tournois,
Ceste oraison ayant pris cesse,
La frayeur du pet le delaisse,

Mais il reserue dans son cœur
Tousiours vne forte rancœur
Qui luy fait promettre miracle
Le voila dans son tabernacle
Faisans des regrets infinis
De n'auoir pas veu Sainct Denis
Toutes fois comme on le console
Mesme quand on a la verolle
Il veut sa tristesse dompter
Et dedans sa chambre monter
Affin de dire son vacarme,
Tout ainsi qu'vne forte allarme
A celle qu'il ayme sur tout
De l'vn iusques à l'autre bout
Il l'a trouue, sçauez vous comme
Dessus vn lict, aupres d'vn homme
Lassé de la course d'amour
Qui n'attendoit pas son retour?
La femme fust bien empeschee,
Car estant sur le lict couchee
La trauailloit tout endormy,
Pres d'elles son fidel amy
Le mary ce forfait admire,
Il s'en approche il s'en retire.

'A peine croit-il ce qu'il veoit,
Il taſte puis apres il croit,
Et iure, ventre d'vne vaſche
'A quoy tien-il que ie n'arache
Vos cœurs afin de les manger?
Fuyez, euitez le danger
De ma colere foudroyante,
Elle luy repond l'armoyante,
Plutoſt que de vous faire tort
I'aimerois mieux ſouffrir la mort
Ou bien eſtre miſe en gallere,
Ne vous mettez point en colere
Premier que d'ouir ma raiſon,
Vous trouuez dans voſtre maiſon
Vn gentil-homme, de qui l'ame
Ne merite pas qu'on le blaſme
Ie ne ſçay pas s'il eſt menteur,
Il vous nomme ſon Rapporteur
Il dit qu'il a beaucoup d'affaire
Et que tout ſon fait ſe differe
Iuſq' a voſtre commodité,
Il eſt homme de qualité
Pour le moins ſa mine le monſtre,
Ie ne ſouſtiens ny pour ny contre,

Il est monté iusque icy haut
En disant l'haleine me faut,
Pasle, tremblant, melancolique,
Comme s'il eust eu la colique,
Et cest qu'il a le corps atteint
Ainsi qu'on dit d'vn mal de sainct,
Qui veut qu'à son aise on le mette
Qu'on destache son esguillette
Qu'on luy froisse tout son collet,
Et qu'on marmotte vn chappelet
Dont vn chartreux donna l'vsage,
Tout au plus pres de son visage
Ce que i'ay fait auec pitié
Sans autre forme d'amitié
C'est chose de Dieu commandee
Si dois-ie estre vilipendee
Au temps que Saturne beuuoit,
Chacun à sa mode viuoit
L'heureuse saison ce me semble
Tout le monde couchoit ensemble
Sans toutefois en mal penser,
Nul ne s'en pouuoit offencer,
Car chacun faisoit à sa guise,
On ne portoit point de chemise,

Et depuis ses bien heureux iours
De moindre heureux plaindre leur cours
Nommez le siecle d'or sauuage,
Où toute sorte de breuuage
Se beuuoit comme du vin doux
On ne parloit poit de ialoux.
Alors toute excuse estoit bonne
On eust peu veoir vne personne
En faisant la meschanceté,
Que l'on ne s'en fust pas douté.
Tant on auoit l'ame benigne,
O siecle heureux! ô siecle insigne,
Maintenant le nostre est peruers:
Si tout le monde est à l'enuers
Ie n'en suis pas esmerueillee,
L'honneur ma si bien conseillee
Que i'iray tousiours chastement,
Pour crime dont faucement
Vostre langue auiourd'huy m'accuse,
Ie ne veux point chercher de ruse
Mes pieds en telles actions
Offusquent vos detractions.
Or la voyant si bien parlante
Auec sa face estincelante

Il se repentit tout soudain
D'auoir eu le cœur si mondain,
Car il luy dit, ma papelarde
De qui l'œil ma poitrine l'arde
Des traits d'amour, excusez moy
Si ie me suis mis en esmoy.
L'amitié force la prudence
Au lieu de croire qu'on m'offence
Ie tiens a beaucoup de bon-heur,
De ce qu'en ce temps sans honneur
Vostre èloquence me recorde
Les œuures de misericorde
Agreables au Roy des cieux,
Continuez ou faictes mieux
Et luy faisant vne accolade
De peur d'offencer le malade
Qui lors de tous maux estoit net,
Il monta dans son Cabinet
Pour attendre l'heure opportune
De bien raconter l'infortune
Qui la fait reuenir chez luy
Si tost & si comblé d'ennuy.
Voyla comment au pauure drolle
La Dame sçeut iouër son roolle,

Et comme son mary cocu
Par ses parolles fut vaincu,
Pardonnez moy si ie vous offre
Ces propos cornus comme vn coffre
Il est de fascheux entretien
Aussi vray que ie suis crestien
Et que vous estes belle & braue
Si prouient-il de vostre esclaue.

DISCOVRS D'VNE
Maquerelle.

Epuis que ie vous ay quitté
Ie m'en suis allé depité,
Voire aussi remply de colere
Qu'vn voleur qu'on meine en gallere,
Dans vn lieu de mauuais renom
Ou iamais femme n'a dit non.
Et la ie ne vis que l'hostesse
Ce qui redoubla ma tristesse
Mon amy, car i'auois pour lors
Beaucoup de graine dans le corps,
Ceste vieille branslant la teste
Me dit excusez, c'est la feste

Qui fait que l'on ne trouue rien
Car tout le monde est Ian de bien,
Et si i'ay promis en mon ame
Qu'à ce iour pour euiter blasme
Ce peché ne seroit commis
Mais vous estes de nos amis
Parmanenda ie le vous iure,
Il faut pour ne vous faire iniure
Apres mesme auoir eu le soing
De venir chez nous de si loing
Que ma chambriere i'ennoye
Iusques à l'escu de Sauoye:
Là mon amy tout d'vn plain saut
On trouuera ce qu'il vous faut,
Que i'ayme les hommes de plume,
Quand ie les voy mon cœur s'allume.
Autresfois i'ay parlé Latin,
Discourons vn peu du destin,
Peut-il forcer les professies,
Les pourceaux ont-il des vessies
Dites nous quel autheur escrit
La naissance de L'antechrist.
O le grand homme que Virgille,
Il me souuient de l'Euangile

Que le preſtre a dit auiourd'huy:
Mais vous prenez beaucoup d'ennuy
Ma ſeruante eſt vn peu tardine,
Si faut il vrayment qu'elle arriue
Dans vn bon quart d'heure d'icy.
Elle m'en fait touſiours ainſi,
En attendant prenez vn ſiege
Vos eſcarpins n'ont point de liege
Voſtre collet fait vn beau tour.
A la guerre de Montcontour
On ne portoit point de rotonde:
Vous ne voulez pas qu'on vous tonde
Les choſes grands ſont de ſaiſon,
Ie fus autresfois de maiſon
Docte, bien parlante, & habille
Autant que fille de la ville,
Ie me faiſois bien decroter,
Et nul ne m'entendoit peter
Que ce ne fuſt dedans ma chambre
I'auoy touſiours vn collier d'ambre,
Des gands neufs, mes ſoulliers noircis
I'euſſe peu captiuer Narcis
Mais helas! eſtant ainſi belle
Ie ne fus pas long temps pucelle

Vn cheualier d'authorité
Achepta ma virginité.
Et depuis auec vne drogue,
Ma mere qui faisoit la rogue
Quand on me parloit de cela
En trois iours me repucela.
I'estois faicte à son badinage
Apres pour seruir au mesnage,
Vn prelat me voulant auoir,
Son argent me mist en deuoir
De le seruir, & de luy plaire,
Toute chose requiert sallaire:
Puis apres voyant en effect
Mon pucelage tout refait,
Ma mere en son mestier sçauante
Me mit vne autresfois en vente,
Si bien qu'vn ieune tresorier
Fust le troisiesme aduenturier
Qui fit boüillir nostre marmite:
I'apris autresfois d'vn Hermite
Tenu pour vn sçauant parleur
Qu'on peut desrober vn voleur
Sans se charger la conscience,
Dieu ma donné ceste science

C'est homme aussi riche que laict
Me fist espouser son valet
Vn homme qui se nommoit Blaise,
Ie ne fus onc tant à mon aise
Qu'à l'heure que ce gros manant
Alloit les restes butinant,
Non pas seullement de son Maistre
Mais du cheualier & du prestre.
De ce costé i'eus mille frans
Et i'auois ia depuis deux ans
Auec ma petite pratique
Gaigné dequoy leuer boutique
De tauernier à Mont-lhery
Ou naquist mon pauure mary
Helas ! que c'estoit vn bon homme
Il auoit esté iusqu'à Rome,
Il chantoit comme vn rossignol,
Il sçauoit parler Espagnol,
Il ne receuoit point discornes
Car il n'é porta pas les cornes
Depuis qu'auecques luy ie fus,
Il auoit les membres touffus,
Le poil est vn signe de force
Et ce signe à beaucoup d'amorce

Parmy

Parmy les femmes du mestier,
Il estoit bon arbalestrier
Sa cuisse estoit de belle marge
Il auoit l'espaule bien large,
Il estoit ferme de roignons
Non comme ces petits mignons
Qui font de la saincte nitouche,
Aussi tost que leur doigt vous touche.
Ils n'osent pousser qu'à demy,
Celuy-là poussoit en amy,
Et n'auoit ny muscle ny veine
Qu'il ne poussast sans perdre haleine:
Mais tant & tant il a poussé
Qu'en poussant il est trespassé.
Soudain que son corps fust en terre
L'enfant amour me fist la guerre,
De façon que pour mon amant
Ie prins vn bateleur normant,
Lequel me donna la verolle
Puis luy prestay sur sa parolle,
Auant que ie cogneusse rien
A son mal, presque tout mon bien,
Maintenant nul de mon accure
Ie ne se suis aux bic de ceure

Ie suis außi seiche qu'vn os
Ie serois peur aux huguenos
En me voyant ainsi ridee
Sans dents & la gorge bridee,
S'il ne mettoient nos visions
Au rang de leurs derisions,
Ie suis vendeuse de chandelle
Il ne s'en void point de fidelle
En leur estat comme ie suis:
Ie cognois bien ce que ie puis
Ie ne puis aymer la ieunesse
Qui veut auoir trop de finesse
Car les plus fines de la Cour
Ne me cachent point leur amour:
Telle va souuant à l'Eglise
De qui ie cognois la feintise,
Telle qui veut son fait nier
Dit que c'est pour communier.
Mais la chose m'est indiquee
C'est pour estre communiquee
A ses amis par mon moyen
Comme Heleine fust au Troyen.
Quand la vieille sans nulle honte
M'eust acheué son petit conte,

Vn Commiſſaire illec paſſa
Vn ſergent la porte pouſſa,
Sans attendre la chambriere
Ie ſortis par l'huis de derriere,
Et m'en allay chez le voiſin
Moitié figue & moitié raiſin,
N'ayant ny triſteſſe ny ioye
De n'auoir point trouué de proye.

LA BANQVE.

A L'heure que i'être au couple
Mon mouuemēt eſt ſi ſouple
Qu'il fait feu cōme vn fuſil,
Surpaſſant les traiz qu'on decoche,
Mais moy & mon petit coche
Ne pezons qu'vn grain de mil,
  L'hiuer & l'Eſté ie ſuë
Et qui me touche s'engluë
Comme vn fourmis dans le miel:
Ie ſuis plus leger que verre
Touſiours le cul ſur la terre
Et les yeux deuers le ciel.

H ij

Dans Paris ie tiens escolle
Et chez moy chacun s'enroolle
Sous la baniere d'amour
Tenant en mon art habille
Et le bourdel de la ville
Et la banque de la cour.

Ie resemble au rat d'Esquinee
Ou la voye qu'on a trainee
Tout le long d'vn grand chemin
Discours, poulets, ambassades,
Bayes, remises, & Cassades,
Sont les fleurs de mon iardin.

Mais desployant ma boutique
Tant i'ay louable pratique
Vn seul ne veut mon deuant
Ainsi qu'vn gueux de voyrie
Passant la rôtisserie
Pour n'en humer que du vent.

Ie ne suis qu'esprit & vie
Et quand mon art ie desslie
Tout arriue à mon souhait,
Ie glisse ainsi qu'vn anguille
Et par le trou d'vne aiguille
Ie passe comme vn fillet.

Vous me voyez vieille & laide
Mais c'est un mal sans remede
Et signe que i'ay vescu:
Voyez la grande Perrette
Ie vous supplie qu'on luy mette
Vne mariolaine au cul.

AVTRE.

VN Roy dãs les Grecques histoires
   Sçachant des siens la trahison
Veut pour en tirer la raison
Qu'on leur couppe les geniteires:
Leurs femmes font des consistoires
Chacune quitte sa maison
Pour dire en temps & en saison
Au Roy ces paroles notoires
S'il est vray (S I R E) qu'on punisse
Nos maris, fay que leur supplice
Soit à quelque autre compencé:
Afin qu'exerçant ta clemence
Nos &c. qui n'ont point offencé
Ne facent point de penitence.

                    H iij

AVTRE.

CEste vieille & noire corneille
Des ans la honte & la merueille
Des vifs l'horeur & les desgous,
Qui desia seiche, froide & blesme
Porta la saliere au baptesme
De la sibille de Pensous.

Ceste respirande momie
Dont l'on cognoist l'anatomie
Au trauers du cuir transperçand,
Et dont la peau salle & inique
Rendoit dedans vne boutique
Sçauant vn barbier ignorant.

Son œillade louche & lizerne
Sembloit vn verre de tauerne
Terne chassieux & crasseus,
Qui brille en sa morne estincelle
Comme vn moucheron de chandelle
Quand vn page à marché dessus.

Sa taille tout d'vne venuë
Sembloit vne andoüille menuë
Et son tetin tout transpercé

Poiuré d'vn onguent de verolle
Sembloit vn lieure à l'eſpagnolle
Qu'on rotit ſans eſtre lardé.

　Ses cuiſſes flaſques & beantes
Rendoient des vapeurs ſi puantes
Que les morpions eſtonnez
De l'odeur de ceſt ciuette
En fuyant ſonnoient la retraite
Et courant ſe bouchoient le nez.

　Amour la ſuiuit en colere
Comme vn Poupar fait ſa grand mere
Crie, rechine & ſe debat,
Et ſemble à la voir de la ſorte
Vne ſorciere deſia morte
Qui mene ſon fils au ſabat.

　Folle d'amour qui la tranſporte
Le ſoir vient heurer à ma porte
Ialouze du iour qu'elle fuit
Cherchant l'effroy de ſon viſage
Elle cherche ſon aduantage
Dedans les ombres de la nuit

　Elle m'approche, elle me touche
Et faiſant la petite bouche
Dit quelque mots du temps iadis
H iiij

Lors ie luy dis tout plein de rage
Ie n'entens point voſtre langage
Vous parlez plus vieux qu'Amadis,
　Et ceſte guenuche ridee
Par mon baiſer affriandee
Aux délices de Cupidon
Rode ma porte vagabonde
Ignorant la faute ſeconde
Ne me parlez point de pardon.

　Car pour entendre ces harangues
Il euſt fallu le don des langues
De l'vn & l'autre teſtament:
Ou tirer des foſſes humides
Nos grands Peres les vieux Druides
Pour luy ſeruir de truchement.

　Ne ſçachant au ſurplus que faire
Ie fus contraint pour m'en diſtraire
Sans parler venir aux effects.
Et vous iure en ma conſcience
Que pour lors ie fis penitence
De tous les pechez que i'ay faits.

SONNET.

CE corps defiguré bafty d'os &
　　de nerfs
Couuert d'vn parchemin ou
l'horreur eft eforite,
Qui fait veoir au trauers vne flamme
　illicite
Pour feruir de laterne a defcendre aux
　enfers.
Et ce cœur tout rongé de mille & mille
　vers
Que la vengeance prend lors que l'a-
　mour le quitte,
Ou l'incefte, le meurtre & la fureur ha-
　bite,
Et les forfaits comis fe montrent def-
　couuerts.
Qui a veu d'vn tel corps vne telle
　ame hoftefse
Corps infect & defait, ame faulce &
　traiftrefse

H 2

S'as estre des-vny vous passerez la bas
Et si vous nous restez semence de desordre.
C'est que de vo° l'enfer ne veut encore
pas
Et la mort sur vos os ne peut trouuer
que mordre,

POVRVNEVIEILLE
Courtisane.

Vand ie voy sa face effacie
Que les ans de mesme ont tra-
cee
Comme vn charroy le vieil chemin
Grand visage ou l'effroy reside
Qu'vn haut brandon lasche luy ride
Comme le feu le parchemin,
Quand ie voy ceste teste antee
Dans vne fraize mal montee
Ce col qui ne se peut ployer
Long & charnu comme vne fleche
Ie pense voir vne cheueche

Dans vne fueille de papier.

Quand ie voy que toute elle tremble
Serrant les espaulles ensemble,
Ie me figure auoir trouué,
Vne leurette de laissee
Galeuse de souffre graissee
Qui va trottant sur le paué.

Quand ie voy son teint pasle éticque
Terny battu melencolique
Ce cuir pendant vsé & flac,
Qui mieux semble Epacte communs
Pour marquer la fin de la Lune
Que d'vn veritable almanac.

Quand ie voy sont front de malade
Sophistiqué par la pommade
Iaune de l'enfleure du fiel,
Cest œil qui tousiours espionne
Qu'vn cercle à l'entour enuironne
De la couleur de l'arc en ciel.

Quand ie voy sa laide grimasse
Non plus de grace, mais de glace
Ses pas accourcis & tracez.
Dedans vn cabinet elle entre

H vj

Penſant qu'elle ais le flux de ventre
Soudain ie bouche le nez.

  Quand ie voy l'horreur de ſes leures
Ie penſe a ceux qui ont les fieures
Tremblans aux friſſons de laccez,
Et de ſa façon i'imagine
La triſte zeſte & noire mine
D'vn qui a perdu ſon procez.

  Quand ie penſe aux hemorroides
De ſang & de bourbe humides
Qui luy bordent eſgallement,
Le fondement & la nature
Tout cela n'eſt qu'vne ouuerture
Qui ioint auec le fondement.

AVTRE

Il ne faut point que ie me flate
Ou me trompe en mõ iugemẽt
Ie n'ay point la peau delicate
Le poil blond ny l'œil d'vn amant,
  Pais que le cordage eſt deffait
Qui vn temps m'auoit peu cõtraindre
I'ay ſi peur d'eſtre ſatisfait
Que meſme ie n'oſe m'en plaindre.

Quoy m'en plaindre ou bien m'en fascher
C'est auoir le goust aussi fade
Qu'vn qui se plaindroit de cracher
L'humeur qui le faisoit malade.
  Car ce ne fust amour ny choix
Il n'en faut point fair. la fine
Si ie vous ay veuë autresfois
Ce ne fust que par medecine
  Et iouir de vostre beauté
Ce n'est pas fortune qui vaille
D'en tirer plus de vanité,
Qu'a pisser contre vne muraille.
  Qui vostre amour aura gaigné
Ne me mettra point en colere,
Non plus que s'il c'estoit baigné
Apres moy dans vne riuiere,
  Allez aimez qui vous plaira
Que vostre humeur ie manifeste,
Car celuy qui vous aymera
Ne sçauroit auoir que mon reste.

DESDAIN.

Sortez du creux d'enfer Megere
Que vostre bouche mensongere

M'inspire les vers que i'escrits,
Car si ie blesse de ma plume
Vn seze contre ma coutume
Ie n'en veux pas estre repris.

  Ie ne suis que le secretaire
Des vers que ie ne puis plus taire
Belle ne vous en piquez pas,
Maintenant il faut que i'ecriue
Encontre vous femme chetiue
Que ie hay plus que le trespas

  Sus escoutez que ie la peigne
Ceste grande mulle brehaigne
Ie vais apprester mes panceaux
Ce demon ceste femme antique
Ceste chimere fantastique
Ceste gaine à mile cousteaux.

  Mais qu'elles douleurs infernalles
Et qu'elle couleurs sepulcralles
Seruiront pour vn tel subiet,
Ie crains de rompre le silence
Viens doncq infecte medisence
Pour en commencer le portrait,

  Tout ce que l'Espagnol auare
Tire de plus cher & plus rare

De l'inde & de ses riches bors,
Le bresil l'iuoirre & Lebeine
Corail & coste de baleine
Tout cela vient de vostre corps.

　Et vostre peau faicte en escorce
Seruiroit d'vne seiche amorce
Les genoux , d'vn fuzil bien fait
Les iambes & doigts d'alumettes,
Les cuisses pour des esponzettes
Et du cul i'en fais le soufflet

　Tout ainsi que la pierre Ponce
Iamais vostre corps ne s'enfonce
Vous pourrez seruir de batteau,
De perche a guider la nacelle
Et qui vous auroit soubs lescelle
Ne doibt craindre d'aller soubs l'eau,

　vostre pance tousiours farcie
De vent ainsi qu'vne vesie
Pourroit bien seruir au besoing
Ou de balon ou de nageoire
pour passer la Seine & le Loire
Ou pour conseruer du vieux oingt.

　Vostre enbonpoint est descabelle
Vos bras de casse & de canelle

Vos dents de crotte de lapin,
Et vos cheueux de regaliſſe
Voſtre nez fait en eſcreuiſſe
Et voſtre oreille en eſcarpin,
    Vous eſtes plus ſeche que paille
'Ainſi comme vne huiſtre à l'eſcaille
Et parlez comme vn ſanſonnet
Mais au lieu de ciuette & d'ambre
Vous ſêtez comme vn pot de chambre
Et riez comme vn Simonnet,
    Vous eſtes propres a tous vſages
Voſtre corps à diuers viſages
Pourroit ſeruir a tous meſtiers
A prendre les renards au piege
Mais non ſi vous eſtes de liege
Il vous faut vendre aux ſauetiers,
    Voſtre peau qui ſent la moluë
Ne laiſſe pas d'eſtre veluë
L'on vous fille roit comme lin
L'on vous carderoit comme laine
Mais ceſte peau laide & vilaine
Eſt comme du cuir de chagrin.
    Touſiours d'vne façon brillante
Et d'vne œillade eſtincelante

D'vne bouche qui sent le bran
Vous dictes quelque grand sottize
De branslez sur pied ou assize
Comme l'esguille d'vn Cadran.

　Vos mains & vostre teste folle
Branslent comme vne banderolle
Et tournant comme vn moulinet,
Vous mouchez verd comme Emeraude
Et quoy que tousiours seche ou chaude
Vous pissez comme vn Robinet.

　Encore auez vous esperance
D'auoir quelque galand en France
Auec vos discours gratieux,
Mais si de pres l'on vous regarde
Vous prenez comme la moustarde
Par le nez & non par les yeux.

　Vos os sans entrer en dispute
Sont creux tout ainsi qu'vne flute
Qui vous souffleroit dans le cu,
Vous feroit sonner comme vne orgue
Ie voudrois bien voir vostre morgue
M'en deust-il couster vn escu.

　Vieux clauessin de la chappelle
Vieille haire sans chanterelle

Lut duquel on creuſe le trou
Et dont la table debarce
Auec la rozette enfondree
Ne vaut plus qu'à pendre à vn clou
 A cauſe de voſtre vielleſſe
Vous eſtes propre a mettre en piece
On ne vous doit plus demander
Allez deſormais ie depite
Cheuille qui me ſoit petite
Et nerf qui ſe puiſſe bander
 Mais n'eſt ce pas choſe admirable
A vous veoir marcher ſur le ſable
Sans laiſſer marque de vos pas?
Voſtre corps ſans poix & ſans nombre,
Et beaucoup plus leger que l'ombre
Qu'on voit & qu'on ne touche pas.
 Ie crains qu'au ſortir de la porte
Le vent vn iour ne vous emporte
Ou que du Soleil les regards
Vous eſleuent comme rozee
Et depuis du chaut embrazee
Vous tombiez en foudres eſpars.
Quand ie voy peignee & droitte
Le nez rouge & la taille eſtroite.

Ne s'asseoir ny plier iamais
Ie iure qu'elle est de mouelle
Qu'elle a du plomb sous la semelle
Bref que c'est vn cul du Palais.

   Vous allez courant par la ville
Et comme l'argent vif mobille
Tousiours sur pied, tousiours debout,
On ne vous vist oncques perchee
Et iamais ne fut couchee
Si ce n'est lors que l'on vous sout

   Si vn mal-heureux vous terrasse
Et de pres il ne vous embrasse
Vous, l'allez soudain deceuant,
Vous glissez ainsi qu'vne nuë
Et au lieu d'vne femme nuë
Il n'estraint que l'air & le vent.

   Encor pourriez vous aux entrees
Pour entortiller les fueillees
Seruir de mousse ou d'orepeau
Et dessus le portail assize
Monstrer quelque belle deuize
Tenant en la main vn roulleau.

   Vous estes d'vn mullet la houpe
Et crois que ce n'est rien qu'estouppe

Qui vous bat le ventre & le sein
Et si vous entrez dans la grange
Ie crains qu'vn asne ne vous mange
Ainsi comme vn botteau de fouin
  Souuent vous faictes la farouche
Et fuyez tournant vostre bouche
Mais par vne estrange vertu,
Ie vous attire auec de l'ambre
Quãd vous estes au bout de la chambre
Comme si c'estoit vn festu.

  Baston à faire la dentelle
Celuy-là qui tousiours sautelle
Vous auoit trouuée finement
Non pas par art ny par lecture
Mais par vostre propre nature
Le perpetuel mouuement.

  Vous sonnez ainsi que cliquettes
Vous tintez comme des sonnettes
Si quelqu'vn vous vient secouer
Vous branslez ainsi que cinballes
Vous auez au menton des balles
Mais personne n'en veut iouer.

  Vostre estomac fait en estrille
Pourroit encor seruir de grille

Vos flancs de harse ou de ratteau,
Et de vos pendantes mammelles
Vn bissac ou des escarcelles
Pour mettre l'argent d'vn bordeau.

　Au lieu de sang dedans vos veines
De souffre on les voit toutes pleines
Et brusler ainsi qu'vn tizon.
Cachant le feu dessous la cendre
Mais si le vent la vient espandre
On ne verra que le charbon.

LE COMBAT DE BER-
nier, & de Matelot, Poëtes
Satyriques.

NſPire moy Muſe fantaſque
Decriuant vn combat falot
Sur la peau d'vn tambour de
Baſque
A la gloire de Matelot,
Et permet, que d'vn pied de griue
Auec les orteils ie l'eſcriue.

En la ſaiſon que les ceriſes
Combattent la liqueur des vins
Barnier & luy vindrent aux priſes
Vers le quartier des quinze vingts,
Pour vuider vne noiſe antique
Vaillamment en place publique.

Barnier ayant ſur ſes épaules
Satin veloux & taffetas
Meditoit pour le bien des Gaules

D'estre enuoyé vers les Estàts,
Et meriter de la couronne
La pension qu'elle luy donne.

Il void d'un œil plein de rudesse
Semblable à celuy d'un ialoux
Regardant l'amant qui caresse
La femme dont il est espoux !
Matelot de qui l'esquipage
Est moindre que celuy d'un Page.

Sur luy de feureur il s'aduance,
Ainsi qu'un pan vers un oyson,
Ayant beaucoup plus de fiance
En sa valeur qu'en sa raison:
Et d'abort luy dit plus d'iniures
Qu'un greffier ne fait d'escritures.

Matelot auec patience,
Souffre ce discours effronté,
Soit qu'il le fit par conscince,
Ou de crainte d'estre frotté.
Mais à la fin Barnier se iouë
D'approcher la main de sa iouë.

Aussi tost de colere blesme,
Matelot le charge en ce lieu.
D'aussi bon cœur comme en Caresme

Sortant du seruice de Dieu
Vn petit Cordelier se ruë
Sur vne piece de moruë.

De fureur son ame boüillonne
Ses yeux sont de feu tous ardens
A chaque gourmade qu'il donne
De despit il grince les dents
Comme vn magot a qui l'on iette
Vn charbon pour vne noisette.

Matelot de qui la carcasse
Peze moins qu'vn pied de poulet
Pren soudain Barnier en la face
Et se iettant sur son colet
Dessus ce grand corps il s'acroche
Ainsi qu'vne anguille sur roche.

Il poursuit tousiours & le presse
Luy donnant du poing sur le nez
Et ceux qui voyent la foiblesse
De ce geant sont estonnez
Pensant voir en ceste deffaicte
Vn corbeau sur vne alouëette

Ce Goliat remply de rage
Auec les pleurs respend son fiel
Et son sang luy fait le visage

De la couleur de l'arc en ciel?
Ou bien de ceste estoffe fine
Que l'on apporte de la chine,

Phebus dont les graces infuses
Honnorent les diuins cerueaux,
Comme permets tu que les Muses
Gourmandent ainsi leurs museaux
Et qu'vn peuple ignorant se raille
De voir tes enfans en bataille.

Barnier pour toute sa deffence,
Mordit Matelot en la main
Et l'eut mangé comme l'on pense,
Si le bedeau de sainct Germain,
Qui reuenoit des Tuilleries
N'eut mis fin à leurs batteries.

Mais ce venerable beaupere,
Preu d'homme comme vn pelerin,
Dit à l'vn d'eux bonne galere,
A l'autre, bon sainct Mathurin,
Ie vous ordonne ces voyages
Mes amis pour deuenir sages.

Au bruit de ces grandes querelles,
Ou Barnier eut les yeux pochez.
Vne troupe de maquerelles

I

Sortant du seruice de Dieu
Vn petit Cordelier se ruë
Sur vne piece de morue.

De fureur son ame boüillonne
Ses yeux sont de feu tous ardens
A chaque gourmade qu'il donne
De despit il grince les dents
Comme vn magot a qui l'on iette
Vn charbon pour vne noisette.

Matelot de qui la carcasse
Peze moins qu'vn pied de poulet
Pren soudain Barnier en la face
Et se iettant sur son colet
Dessus ce grand corps il s'acroche
Ainsi qu'vne anguille sur roche.

Il poursuit tousiours & le presse
Luy donnant du poing sur le nez
Et ceux qui voyent la foiblesse
De ce geant sont estonnez
Pensant voir en ceste deffaicte
Vn corbeau sur vne alouëtte

Ce Goliat remply de rage
Auec les pleurs respend son fiel
Et son sang luy fait le visage

De

LES MVSES

Conduittes par les sept pechez,
Prestes de faire vn bon office
Luy vindrent offrir leur seruice,
  Si tost qu'elles voyent sa face,
Pleine de sang & de crachat
Elles font plus laide grimace,
Que la souryprise du chat,
Et leur plainte semble aux oreilles
Vne musique de corneilles.

  Mais Barnier en mordant sa leure,
Leur promit qu'il n'en mourroit pas,
Matelot s'enfuit comme vn Lieure
Et le Bedeau haste ses pas,
Ayant appaisé ceste escrime
Pour aller faire sonner Prime.

SONNET.

De Maillet contre A. Poëte.

Xcremēt de Parnaſſe, erriu
de la nature,
Seulemēt imparfaite en ce
qu'elle t'a fait:
On ne la void rougir que pour voir ceſt
effect:
N y ſe deſigurer, que par ceſte figure.
Dieu! que c'eſt à l'oreille vne triſte
aduenture,
D'ouir la voix qui ſort d'vn goſier tāt
infect:
Et ſa traſſe ignorāte eſt iointe à tel mef
fect,
Qu'elle accuſe d'aigreur les doux airs
de Mercure.
Hibou pour ton foible œil, ie luys trop
viuement,
L'excez de ma lumière eſt ton aueugle-
ment:

I ij

Oy donc la verité qui contre luy diſpite.
Tapren que Maillet parle, ainſi qu'on
   fait aux cieux,
Et que s'il n'égaloit en parler tous les
   Dieux
Il ne deuroit parler de ceſte Marguerite

RESPONCE.

IE ne ſuis point excrement,
  Mais vous eſſes vne beſte
  Qui n'auez dedans la teſte
Ceruelle ny iugement.
  Ou bien ie ſuis ſeulement
Excrement pour voſtre bouche,
Car vous eſtes vne mouche
Qui ne vit que d'extrement.
  Toutesfois ie parle mal,
Car à voir voſtre ſottize,
Vous auez trop de beſtiſe
Pour vn ſi petit animal.
  Ce ſeroit morceau pour vous
Si ie l'eſtois d'auanture,
Car vn pourceau de nature

Trouue les excremens doux.

Mais pour estre vn gros pourceau,
Comme on vous iuge à la troigne,
Il ne s'enfuit pas yurogne,
Que ie sois vostre morceau.
Il s'enfuit bien mieux vrayment
A veoir vostre poësie,
Si relante, & si moisie,
Que vos vers sont d'excrement.

LA CASCARETTE.

Lepton le Boëme effronté
Cogneu pour sa subtilité
Habille à ioüer de la harpe.
Clepton aux cheueux noirs & gras,
Luy courant l'espaule & le bras,
Et le tapis verd en escharpe.
Gageant auec les imprudens
Qu'il est dehors, qu'il est dedans.
Trouua Cascarette la brune
Cascarette au bec destourneau,
Au nez tout rond comme vn pruneau,
Et les yeux noirs comme vne prune

Ma fille ce dit le Narquois,
Dans la main mettez moy la croix,
Voſtre bonne aduanture eſt grande,
Vn ſou lors elle luy bailla
Qu'elle auoit gaigné ce iour la
A danſer vne ſarabande.

Petite, dit-il, ie voy bien
Qu'homme iamais ne vous fit rien,
Bien qu'vn chaud deſir vous conſomme
Mais vous auez vn iour baiſé
Vn grand vilain barbet frizé
Qui vous fit ce que fait vn homme.

Et ce fut vous qui de vos doigts
Le mites en ces doux abbois:
Puis vous vous ioignites tout contre,
Remuant deſſous ce matin
Dru comme vn reueille matin
Frappe le timbre d'vne monſtre.

Mais vous auiez auparauant
Mis le doigt dans voſtre deuant,
Et cela ne vous pouuant plaire
Auecques du cuir & du fil
Vous fites vn engin viril
D'vn des vieux gands de voſtre mere.

LA GRANDE
Sauuage.

Le mal- heureux équipage,
De ceste grand féme sauuage,
Des plices de son manchon,
L'on feroit bien vn Capuchon
Trois bottines & deux mitaines:
Ie luy donne pour ses estreines,
Vn masque couuert de velours.
Puisque le sien de tous les iours
De son vieux satin iette l'huile,
Comme pluye tombe sur thuille.
   Vne biche qui du bois sort,
A ses alleures & son port,
Et vn sainct Crespin de boutique,
Les traits de sa medaille Ethique,
Les ioncs de son verdugadin,
Les cheruis de son iardin,
Et les vitres de sa chappelle,
Ont autant d'embonpoint comme elle:
Sa robbe courte en vieux hail'on,

I iiij

Encores plus son cottillon,
Ses calsons pour la duree,
Sont de forte vasche paree
    Comme epoussettes de cheual,
Et non de toyle de Laual,
De Cambré, Quintain, ou Holande
Ses chemises elle demande,
L'esguillette de son calson,
Et curé comme vn limaçon,
D'vn maroquin passé en gale:
Au demeurant la forte gale
Est sur elle en toute saison,
Comme poux en plumes d'oyson,
La mal-heureuse ne s'achette
Iamais ny chausson, ny manchette,
Qui parle de rien parfumé
Dans sa maison a blasphemé,
On la void maigre & rechignee,
Chercher au planché l'araignée,
Faire n'euf tours dans le logis:
Puis comme le sorcier maugis
Aux iours solemnels de l'année
S'en aller par la cheminee.
Et sans patin & sans rabat

Tenir son rang dans le sabat,
Paroistre en chat dans les goutieres
En esprit dans les cimerieres,
Puis en carcasse toute d'os
De la court troubler le repos,
Et se faire bailler finance
Sans raison, ny sans apparence
La Nymphe de Charinary
A trouué vn pauure mary,
Qui l'estime sa seconde ame,
Comme le cerf fait le dictame.
Chetif ou auez vous les yeux:
La monstriez vous sans estrieux,
Ie mesbahis cheual de Bresse
Que son pas bien fort ne vous blesse,
Maigre auiourd'huy grasse demain
Elle a tousiours le ventre plein.
Car ce qui fait femme nourrice
C'est son maniable exercice,
Ses enfans au nèz d'escargot,
Naissent aussi longs qu'vn fagot,
Et comme cailles desnichees,
Soudain vont chercher leurs bechees,
Alans par toute les maisons

I v

Comme rats ou petits oyſons,
Ceſte image de iument morte,
S'en va par tout de porte en porte,
Deſſous ſa coiffe de cabat.
Paree d'vn demy rabat
Sans cheſne perle ny dorure
Comme de cappe ſans fourure
Longue & droicte comme vn ormeau
Elle entre a grands pas de chameau
A trois petites reuerence,
Comme payſane qui dance.
Sans ſçauoir dequoy, ny comment
Elle aſſeure fort ſon ſerment.
Sur tabouret, ou baut de coffre
Elle s'aſſied ſans qu'on luy offre
Et d'vn pied non iamais leué,
En courſier frappe le paué,
Baſton de lict longue eſcabelle
Des vieux ſiecles la gargamellé:
Aigle ou chainet fait de metal,
Eſcorniſleuſe d'hôpital.
Ie veux qu'en France l'on vous croye
Femme du grand cheual de Troye,
Comme luy groſſe de ſoldars.
De tabourins & deſtendars,

Et par tout de peur d'embuscade
Contre vous l'on se barricade,
Que les enfans en tous endroits
Vous voyans esleuent leurs voix.
Comme les pages dans le Louure
Quãd maistre Guillaume on decouure
Ainsi sorciere de fort lieu
Retirez vous dans le millieu,
D'vn grand gueret semé d'auoine
Prenez l'aumuce d'vn chanoine
Pour vous faire vn cachemuseau,
En bouche tenez vn fuseau,
Prenez vne robe de paille,
Armez vous d'vn Iaque de maille,
Et couurez vostre long ergot
Non d'vn soulier mais d'vn sabot
La soyez ferme & immobile,
Comme le but d'vn ieu de bille,
Sinon qu'en gros & en destail
Vous remuez vostre esuentail,
Afin d'enpecher que la gruë
Sur le grain semé de seruë,
Demeurez la bien sagement
Iusques au bout du iugement,

                    I vj

QVATRAIN EN Dialogue.

Dieu vous gard la pucelle ainsi
comme ie pense?
Et vous, Monsieur le borgne
ainsi comme ie voy.
Ce sont mes ennemis qui m'ont fait
ceste offence:
Et ce sont mes amis qui me l'ont fait à
moy.

EPIGRAMME.

Iamais plus ny folle, ny sotte
N'auront en mõ ame de part,
L'vne leue trop tost sa cotte
Et l'autre la leue trop tard.

EPIGRAMME.

Sçauez vous pourquoy si souuent
L'incarnat & iaune elle prise,
Elle les porte à sa chemise,
L'vn derriere & l'autre deuant.

EPIGRAMME.

Rien ne nous serd la medine
Contre les amoureux appas,
Car l'amour ne se guerit pas
D'herbe de ius, ny de racine:
Voulez vous sçauoir vn remede
Pour en guerir tout en vn iour
Il ne faut qu'vne femme laide
Cest vn vray remede d'amour.

EPIGRAMME.

Iaquette quand vous me contez
Que vous n'estes pas assez belle
Pour voir vos merites chantez
Vous serriez le bec en puccelle,
Et cognoissant bien vos merites
Vous pensez plus que vous ne dites:
Accordez moy le dernier point:
Car pour moy-ie ne semble point,
A quelque trompette éclatente
Qu'on fait sonner auant le choq
Paquette, ie resemble au Coq
Alors que ie l'ay fait ie chante

EPIGRAMME

Margot faignoit d'estre de feste,
Afin de tromper son ialoux,
Et fist tant par humble requeste
Qu'elle eut des souliers de veloux,
Mais tandis qu'il va par la ville
Elle fait venir son valet,
Qui vous l'empoigne & vous l'enfile
Ainsi qu'vn grain de chappelet:
Des iambes son col elle acolle,
Et pendant qu'au branle du cu
Ses pieds passoient la cabriolle
Voycy reuenir son cocu.
Alors il cria de la porte,
Voyant ce nouueau passetemps:
Si tu vas toufiours de la sorte
Tes souliers dureront long temps

SIXAIN.

Beauté dont ie me ris quand on dit
que l'Amour
Se plait tant en vos yeux qu'il y fait
son seiour,

N'auez vous pas du sens pour iuger
    qu'on vous flatte?
Qu'il ne s'y loge point il est tout euidēt,
Sinon qu'il y logeast ainsi qu'vn presi-
    dent,
vronōçāt des arrests en robe d'écarlate

EPIGRAMME.

IE voudrois ma belle brunette,
Voyant vostre sein rondelet
Iouer dessus de l'espinette
Et au dessous du fiageolet.

EPITAPHE.

I'Ay vescu sans nul pensement
Me laissant aller doucement
A la bonne loy naturelle:
Et ne sçaurois dire pourquoy
La mort daigna penser a moy,
Qui n'ay daigné penser en elle.

POVR VN SOLICITEVR de proces.

SONNET.

Etit rat de brefil qui vous à
bottiné,
Ou allez vous ainfi en robe
de Guenuche?
Les bras fur les roignons comme ceux
d'vne cruche
Vous froncez le fourcil, estes vous mu-
tiné?

Vousre ffemblez bien fort au petit do-
miné
Et iouerez bien tout deux au mail
vne huche:
Ceft le moine du ieu deffoubs, fa coque-
luche,
Il fe prepare au bal, puis qu'il eft fatiné

Petit homme de plomb, pour iamais
ie vous loge
Le marteau dans la main à deux pas
de l'horloge.

Ayant la plume au vent, gaillard & re
   bondy.
Escrimez tous les iours auecques les
   corneilles
Haut les bras, taquemard, il faut sonner midy
Si vous craignez le brait bouchez vous
   les oreilles.

EPIGRAMME.

Olin à beaux deniers contens
Corrompit vn chambriere,
qui entre celles de son temps
Remuoit fort bien le derriere
Elle pour despecher matiere
Laissant a part tout entregent,
Entre moussant de la crouppiere
Montroit les tours de son corps gent,
Alors iurant comme vn sergent,
Colin luy dit tout en colere:
Puis qu'icy la chair est si chere
Menageons vn peu mon argent.

SONNET.

NEst il pas bien ioly ce page de
litiere
Lors que vous le voyez monté sur son ergot
C'est vn conin debout, mon-dieu qu'il
est ragot
Peut on bien faire vn homme en si peu
de matiere.

Il donnera le mot dans vne râboliere
Ie le voudrois bien voir à l'ombre d'vn
fagot
Danser sa canarie en robe de magot
Et ioüer aux eschets dans vne gibe-
ciere.

Qu'il prenne vne arquebuze ou vn arc
à ialet
Qu'il face vn morion du chapron d'vn
balet
Qu'il s'arme de la peau d'vne coque-
sigruë

qu'on luy baille pour lance vn ionchet
    dans la main
Qu'on le botte de paille & qu'on selle ce
    dain,
Ce sera Nabotin qui combatra la gruë.

LE IEV AVX
Dames.

Elle qui tient les belles ames
Subiettes aux loix de l'amour
Pour s'égayer aux ieu des da-
M'enuoya querir l'autre iour.   (mes
  Moy qui ne prise rien ma vie
Au pris de son contentement
Pour faire passer son enuie
Ie vay chez elle promptement.
  La ceste main que i'idolatre
Auoit l'estat appareillé
Dedans vn beau d'amier d'albastre
De belles ref's emaillè.
  Les pions blancs elle vient prendre
Pions d'imortelle valeur

Et moy ie prens pour me deffendre
Les pions de rouge couleur.

   La belle pour gaigner la lice
S'efforce à ioüer finement
Et ie conioints à l'artifice
Ma main, mon œil, mon iugement.

   Pour frustrer le point ou i'aspire
Elle se tient tousiours de loin,
Et quand au combat ie l'attire
Elle se retire en vn coin.

   Moy de nature impatiente
Ie fonds d'ardeur & de desir
La belle nage en ceste attente
Dans vn doux fleuue deplaisir.

   Elle dillaye & moy ie brule
De voir bien tost la fin du ieu
Il est vray qu'elle dissimule
Lors que son ame est toute en feu

   En fin pour detourner ses ruzes
Vn combat nouueau i'entreprends,
Rien ne luy seruent ses excuzes
Elle me prend & ie la prends
En ceste prise mutuelle
Ie fis si bien sans me tromper

Qu'en vn coin i'enferme la belle
Sans esperance de schapper.

Elle voyant ceste surprise
Tasche de sortir de ce lieu
Mais vaine fut son entreprinse
Car i'auoy gaigné le my-lieu

Alors ceste Astre de nostre âge
Baissant de honte vn peu les yeux
Et puis haussant son beau visage
Me dit ce propos gratieux.

O douce cause de mes flames
Le sort accompagne ton heur,
Nous iourons bien souuent aux Dames
Si tu conserues mon honneur.

TOMBEAV D'VN
Poëtastre.

Icy git vn Poëte veau,
Qui doit estre regretable
Car sans la Parque fauorable
Il seroit Poëte thoreau.

Quand il mourut ie ne sçay pas

S'il crachoit les vers par la bouche,
Mais ie sçay bien que du grimouche
Les vers prendront vn bon repas
Il trespassa l'an qu'il mourut
Priez Dieu qu'en paix il sommeille
Car il vuidoit vne bouteille
Lors que la Parque le ferut,
Mais auant que rendre l'esprit
Se souuenant tousiours de boire
Il commanda que pour memoire
Quelqu'vn luy grauast cest escrit.
Sur ces os icy recueillis
Priez passans, que l'eau ne tombe
Et couurez de pampre ma tumbe
Au lieu de roses & de lis.

BALLET DES
Maquereaux.

Nous sommes du pays d'Erice
Bien cognus par nostre artifice
Des plus illustres de la Cour,
Le grand Amour est nostre maistre

Et nous auons la gloire d'estre
Les Ambassadeurs de l'amour.

Nous sçauons si bien par vsage
Comme il faut faire le message
Et rendre les petits poulets
Qu'il faut que l'on se persuade
Qu'en ceste amoureuse Ambassade
Nous sommes d'insignes valets.

Nous sçauons faire des merueilles
Quand il faut charmer les oreilles
Des esprits mesmes inuaincus,
Et l'on peut dire en asseurance
Que nostre art à fait en France
Plus d'vn regiment de cocus.

Belle si quelqu'vne souhaitte
D'arborer la belle Cornette
Du signe luisant des Thoreaux
Nous sommes à vostre seruice:
Car nous ne tiendrons pas à vice
De vous seruir de Maquereaux.

SONNET.

Vn iour Mars & l'Amour
publioient leur vaillance
Mars vantoit sa valeur co-
gnuë en mille lieux,
Et comme au temps passé luy seul en-
tre les dieux,
Les superbes geants surmõta de sa lãce.
Amour oyant que Mars mesprisoit sa
puissance,
Cesseras tu, dit-il, ce propos glorieux,
Sçais tu pas que mon trait de tous vi-
ctorieux
T'a rãgé mille fois sous mon obeyssance.
Mais toutesfois (ô Mars voicy le
grand Henry
Aux mestiers de nous deux également
nourry.
Il en prononcera si tu veux la sentence.
Ie les veux bien dit Mars, mais tu per-
dras, Amour,

Puis

Puis qu'on voit auiourd'huy les cheuaux à la Cour
Monter sur maquereaux pour auoir de
l'engeance.

EPITAPHE.

I'Ay vescu sans soucy, ie suis mort sãs
　regret:
Ie ne suis plain d'aucun : car ie n'ay
　plains personne:
De sçauoir ou ie vay cest vn trop grand
　secret:
Ie le laisse à iuger à Messieurs de Sor-
　bonne

AVTRE EPITAPHE
d'vne Damoiselle qui mourut
de la petite verolle.

N'Appellez la parque meurtriere
O beaux esprits dedans vos vers
De ce que la belle Chatriere

K

SONNET.

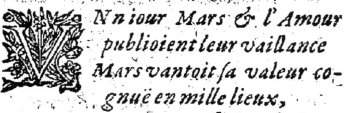

Vn iour Mars & l'Amour
publioient leur vaillance
Mars vantoit sa valeur co-
gnuë en mille lieux,
Et comme au temps passé luy seul en-
tre les dieux,
Les superbes geants surmōta de sa lāce.
Amour oyant que Mars mesprisoit sa
puissance,
Cesseras tu, dit-il, ce propos glorieux,
Sçais tu pas que mon trait de tous vi-
ctorieux
Ta rāgé mille fois sous mon obeyssance.
Mais toutesfois (ô Mars voicy le
grand Henry
Aux mestiers de nous deux également
nourry.
Il en prononcera si tu veux la sentence.
Ie les veux bien dit Mars, mais tu per-
dras, Amour,

Puis

Est le repas de mille vers :
Que ceste raison vous console
Qu'au moins la petite verole
A mis ce flambeau de l'amour
Dedans le creux de ceste fosse
Puis que sans doute quelque iour
Elle fut morte de la grosse.

EPIGRAMME.

VN mary frais dit à sa Damoiselle
Souperons nous, ou ferons le des-
duit ?
Faisons lequel vous plaira, dit la belle,
Mais le souper n'est pas encore cuit.

AVTRE.
Rapporté sur vn Tombeau.

DE Venus, les graces d'amour,
La beauté, l'attrait, le flambeau,
Se voit, se sent, luit en plain iour
En son œil son front son tableau,

AVTRE.

IL a paßé son meilleur temps,
Et vous veut faire vn aduantage,
Et auec beau escus contens
Achepter vostre pucelage.
Vous dittes qu'il est ia trop d'âge
Et qu'il n'auroit enfans de vous
Mignonne vous n'estes pas sage,
Et où suis-ie, & où sommes nous.

LES FVRETEVRS
aux Dames.

GE faux garçon qui nous tra-
uaille.
Le cœur & l'ame nuit & iour
Par nos furets ce faux amour
Sera pris quelque part qu'il aille,
Et s'il n'est pris en ces deserts
Que nous soyons pris pour des Duppes.

K ij

Fuſt-il caché deſſous vos iuppes
Si vos clapiers nous ſont ouuerts,
Il ſera pris fuſt il ſous terre
L'euſſiez vous recelé chez vous
L'euſſiez vous caché dans vos trous
Belles nous luy ferons la guerre.

Nous auons poches & furets
Propres à faire ceſte chaſſe
Qui luy feront quitter la place
Fuſt-il aux fonds de ces forets

Car eſtant Fureteurs mes Dames
Nous voulons pour vous l'atteſter
Trouuer moyen de fureter
Celuy qui furette nos ames.

Ce meſtier que nous exerçons
Nous fut appris par la nature,
Comme il n'eſt point de creature
Qui n'en retienne des leçons.

Auſſi depuis noſtre ieuneſſe
Nous auons touſiours fureté
Et n'auons autre volupté
Sinon de fureter ſans ceſſe,

En furetant nous fuſmes faits
Vous meſmes en ſçauez que dire

Celles qui vous prenez à rire
Oyant parler de nos effects.

Si c'est quelque vieille tasniere
Trou de cheureux & de renards
Nos furets se monstrent couards
Et veulent retourner arriere.

Mais au lapins de qui les bords
Sont couuerts de nouuelle mousse
Plus la chasse leur semble douce
Plus ils sont rigoureux & forts.

Dans les routes plus recellees
Ils vont esuanter le gibier
Et battent si bien vn clapier
Qu'ils suiuent toutes les coulees.

Pourueuz donc de furets si fins
Nous ne sçaurions faillir a prendre
Et si l'Amour s'en peu deffendre,
Belles nous prendrons vos connins.

K iij

LE HAVT DE CHAVSSE
du Courtisan.

Vis que desia l'on a descrites
Les loüanges & les merites
D'vn manteau vieil & d'vn
pourpoint
Il faut que mon stile se hausse
Pour d'escrire vn vieil haut de chausse
Car son pareil ne se void point
  C'est bien raison que ie le chante
Car l'estoffe la plus meschante
Soit de drap, velours, ou satin
D'vn haut de chausse est venerable
Et tousiours le premier à table
On la fait asseoir au festin.
  Tant de beaux ouurages d'aiguilles,
Que font les femmes, & les filles
Diuers en couleurs & façons
Pour couurir bancs, selles & chaises

Ce n'est que pour mettre à leurs aises
Hauts de chausses & callessons.

Ma plume aux muses ne s'addresse
Aussi bien aux filles de Grece
Les callessons sont defendus,
Ains leur robbe iusques à la hanche
Descouure à nud leur cuisse blanche,
Par les costez, qui sont fendus,

Vieillard & chetif haut de chausse,
D'vn petit hobreau de Beauce,
De velours tout gras & taché
Iamais Samedy ne se passe
Qu'on ne te couse & rapetasse
Tandis que ton maistre est couché.

Nous auons fort peu de lumiere,
De ton origine premiere
(Qui peut parler de si long temps)
Mais il n'y a marchant de soye
Tailleur ou frippier qui te voye
Qui ne te donne cinquante ans.

Tu seruis en premier vsage,
A couurir mulets de bagage
Estant velours incarnatin
Velours destiné pour les bestes

K iiij

Demy asnes aux faulses testes,
Qui n'a point changé son destin,
  Le multier l'ayant mis en vente
Vne Damoiselle suiuante
S'en fit tailler vn cottillon
Puis on en fit vne valise
Aporter toute marchandise
Sur la croupe d'vn postillon.

  Apres vne ieune seruante
A tailler ou coüdre sçauante
Retournant la soye en dedans
S'en fit en guise de fourure
Des callessons pour la froidure
Exposez à mille accidens

  En fin te voyant trop antique
Elle t'enuoye en la boutique
D'vn frippier regratteur d'habits
Ou l'on te frotta de l'essiue
De tac, terre blanche, & chaux viue
Et de fiel de bœufs, & brebis

  Vn morceau d'estamine noire
Et la dent d'vne d'ecrotoire,
Presque tout le poil t'arracha,
Sur toy mainte playe ancienne

Au lieu de la Nicotiane
Par l'eguille se reboucha
  Lors ton estoffe retournee
D'vne brayette ornee
Qui sailloit demy died dehors
Et la doublant de deux reueches
On en fist de grosses guerguesches
Ainsi qu'on les portoit alors
  Tu seruis long temps de parade,
Tantost a faire masquarade
Pour les iours gras, & carnéual,
Tantost pour les Rois de l'escolle
Qui d'vne ambition plus folle
Font la my caresme à cheual
  Combien de fois ta belle soye
A reuestu le Roy de Troye,
Et les cheualiers d'Amadis.
Quand Agnan à la laide troigne
Iouoit à l'hotel de Bourgoigne
Quelque histoire, du temps iadis.
  Ie ne sçay comment se peut estre
Qu'a la fin tu fus à ton maistae
Soit mal pris, ou soit acheptê
Il te fit oster mainte tache,

K iij

Et te mit vn long bas d'attache
Que le marchant auoit presté.
   Long temps a la Cour on ne porte
Vn habit d'vne mesme sorte
En six mois tu fus bien changé
En nouuelle taille & cousture
Ayant pris dedans la teinture
Le gris brun apres l'orangé.
   En longue chausses bien enflees
Comme les voiles boursouslees,
D'vn nauire qui va nageant
Tu te changeas & ta pochette
Du larcin la seure cachette
Fust trois gallons de faux argent.
   Et depuis qu'on fit la defence
De porter l'argent en la France
Dessus les habits superflus
Vn haillon verd à trois rangees
Et les aiguillettes changees
Font qu'on ne te recognoist plus,
   Mais en ceste forme nouuelle
Tu fis en court mainte querelle
De ceux qui parloient tous les iours
Que c'estoit gaze ou toile teinte

Chacun tenant pour vne feinte
De dire que ce fuſt velours.

Le pourpoint deſloial & traiſtre
Vn iour abandonna ton maiſtre
Comme il ſortoit de la priſon
Mais toy noüé d'vne aiguillette
Suiuant au cul de la charette
Tu fus exempt de trahiſon.

Haut de chauſſe viel & malade
Mangé de graiſſe & de pelade
Donner vn conſeil ie te veux
Tu es pelé comme ton maiſtre
Comme luy pour ne point paroiſtre
Porte vne coiffe, de cheueux,

Il faut que ce maiſtre tu laiſſe
Ne pouuant plus par ta vieilleſſe
Le garentir de la froideur
Et faut que de chez luy tu ſorte
pour ſeruir d'enſeigne à la porte
De quelque pauure rauaudeur.

K vj

LE DESPLAISANT
plaisir tiré des Amours
de Lilie.

QVe de traits, que d'attraits,
que de feus, que de flames
Que de maux, que dassauts,
Que de coups, que de morts,
que deffrois, que de crois, que de rudes
effors,
Trauaillent des amants, & les corps
& les ames
que de pas, que d'appas, que de tours
que de trames,
Que de mers, que descueils, que de
pors sans abords,
Que de cris, que de pleurs, que de
murs, que de forts,
On force, on fausse, on bat au seruice
des dames.

Que de nuicts , que dennuys, que de
　　forte douleurs,
Que d'estranges tourments, que de
　　fascheus malheurs,
On souffrent pour vn rien , ou si ceſt
　　quelque chose
Ma belle le ſçay bien,lors que tout à
　　loiſir,　　　　　　　　(plaiſir
Bras à bras,flanc à flanc, ie luy donne
Et que laſſé d'amour ſur elle ie repoſe.

AVTRE,

Pourquoy bon Dieu la faiſiez vous
　　ſi belle:
Sil me failloit eſtre pris en ſes rets,
Amour pourquoy luy donnois tu tes
　　traits
Pour me bleſſer d'vne playe mortelle.
　Si de ſes yeux vne ſeule eſtincelle
Darde ſur moy le moindre de ſes rais
Ie ſuis vn feu puis auſſi toſt apres (tell'
Ie deuiē glace en ma flamme Immor-
Mais las! Amour peut tu biē voir ainſi

LE DESPLAISANT
plaisir tiré des Amours
de Lilie.

QVe de traits, que d'attraits,
que de feus, que de flames
Que de maux, que dassauits,
Que de coups, que de morts,
que deffrois, que de crois, que de rudes
effors,
Trauaillent des amants, & les corps
& les ames
que de pas, que d'appas, que de tours
que de trames,
Que de mers, que descueils, que de
pors sans abards,
Que de cris, que de pleurs, que de
murs, que de forts,
On force, on fausse, on bat au seruice
des dames.

Que dãs vn feu mõ cœur foit tout tranfi
Et qu'en tourmẽt a nul ie ne reffemble.
Que dif.ie amour non nôce n'eſt pas toy
C'eſt ſa beauté qui nous donnant la loy,
Nous peut bruſler & geler tout enſem-
ble.

CHANGE D'AMOVR

CE n'eſt plus moy qui ſous la viue
ardeur   (telle,
D'vn bel amour tè veux rendre immor
Ce n'eſt plus moy d'vne ſlãme plus belle
Ie ſens bruſler mon eſprit & mon cœur,
Vn autre Dieu de moy ſe fait vais.
queur.
Autre beauté plus chaſte & plus fidelle
Autre deſir mon eſprit enſorcelle,
Que l'aſſeruir ſous vn dieu ſi trõpeur
De nuiĉt de iour ie ſaluë ta porte
I'ay fait des vers en mille & mille ſorte
Penſant ainſi ton amour eſmouuoir,
Mais a la fin iugeant que les parolles
N'enfoncẽt pas cõme coups de piſtolles,
Ie quitte amour, & ris de ſon pouuoir.

Reprife d'Amour.

NE penfant plus que ceft enfant
        volage
Peu maffernir vne feconde fois
Ie defdaignoy fon arc & fon carquois,
Tout refolu de me luy faire hommage.
Mais auiourdhui que cefte viue image
Dont la parolle animeroit les bois
Dont la beauté me retient fous fes lois,
Ie fuis contraint de rentrer en feruage
Seruage non i'y pren ma liberté
Car de mourir aux pieds d'vne beauté
Qui d'vn regard calme toute deftreffe:
Ceft viure heureux que le ciel & le fort
Iurët tous deux mõ defaftre & ma mort
Celuy vit bien qui meurt pour fa mai-
        ftreffe.

SVR VN POIL TROP
toft Couppé.

PEtit tertre pelu?
Ce beau poil crefpelu

N'ay pour te faire vmbrage
Santist mal apropos
Des ciseaux d'Atropos
Ce trop fatal outrage,
Las; qu'on ne deuoit pas
Mettre si tost en bas
Ceste tige doree.

Mais quoy ce qui est beau
Trouue tost son tombeau:
Et a peu de duree
Ainsi l'on voit le lis
Et l'œillet a maint plis
Et la rose nouuelle.
flestrir estant enfleur
Et perdre leur couleur
En leur saison plus belle.
De mesme ses cheueux
Dont maintenant ie veux
Honorer la memoire
Ne remonstroient encor
Leur belle pointes d'or
Qu'on fait tort a leur gloire,
Helas! qu'auez vous fait
Main vous auez d'effait

Le thresor de Nature
Que deuiendra Venus
Et les Amours tous nuds
S'ils sont sans couuerture
    Main ie vous blasme à tort
Quand vn bois est trop fort
On y fait vn passage
Si c'est pour ce regard:
Qu'auez fait tel escart
Main vous estes bien sage.

A VNE DAME TROP
Amoureuse.

SI pour les vifs trop rechercher
L'on n'entre point dessous la tombe
Ie veux payer vne hecatombe
Si la mort vous fait tresbucher.

CHASSE ET PRISE D'VNE
puce qui euſt la teſte tranchee
par la main d'vne Da-
moiſelle.

Ah! petite puce mignarde
Tu as beau faire la fuiarde
Ie te tiẽ priſe ſous ma main
Helas! nõ elle eſt eſchappee
Ceſte finette ma trompee
Ie la reſſen dedans mon ſein
Tout-beau tout-beau petite folle
Tout doucement : car tu maſſolle,
Tu me piques iuſques au ſanc,
A ce coup cy tu ſeras priſe
Deuſſe ie leuer ma chemiſe
Et me trouſſer iuſques au flanc.
Ie te ſen petite friande
Ie te voy petite gourmande,
Trop aſpre à me mordre touſiours,
Ie croy que d'vne audace entiere
Tu veux loger ſur la frontiere
Pour prendre le païs d'amour.

Or ie t'y tien tu y es prise
Desperer iamais ta franchise,
Tu ne le dois, & ne le faut
Car au regard de ceste troupe
Ie veux que la teste on te couppe
Dessus vn funebre eschaffaut.

    Voy-cy donc la chasse, & la prise
Non pas de la fille d'Acryse,
Par la finesse de Iuppin
A si doux subiets ie n'aspire
Et ma muse ausi ne veut dire
Que d'vne puce le destin.

Regrets sur la prise.

PEtit animal noirelet
    Fauorisé d'vn Dieutelet,
Qui porte au dos deux ailerettes
Et vn bandeau dessus les yeux
Comme luy tu aymes les lieux
Ou leur plaisir font leur retraittes
Tousiours en te mignardelant
De place en place sautelant,
Folastre à ton gré tu follettes

Et sans redouter les destins
Tu te niche sur les tetins,
Des plus gentilles pucelettes.

Mais s'il arriue quelquefois
Qu'vn petit mouuement des doigts
Te desroutte de ces montagnes
Sur la gentillesse d'vn saut
Tu ruses & sçais comme il faut,
Regaigner les basses campagnes.

Où là sans crainte du trespas
Tu prens & repos & repas
Sous le frais d'vn si doux vmbrage
Et pres du paradis d'amour
Tu vas te sgayant nuict, & iour,
Comme l'oyseau dans son boccage.

Petite puce en bonne foy
Ie voudrois estre auecque toy,
Mais non pas quand ton homicide
Tranche ta teste d'vn cousteau
Et t'enuoye dans le batteau,
De la riuiere Acherontide.

RENCONTRE
d'Amour.

NY Lune ny soleil
Ne luysoit à mon œil,
Quand vne Damoiselle
Descochoit dans mon cœur:
De l'Archerot vainqueur
La sagette cruelle
Ie dis suyuant ses pas
Tu ne recognois pas,
Belle que ie reclame
Que tes diuins attraits:
Percent de mille traits,
Et mon corps, & mon ame.
Ainsi souuentefois
Le veneur en vn bois,
Amoureux de la chasse
Tuë sans le sçauoir,
Blesse sans plus reuoir
La biche qu'il pourchasse.
De mesmes de tes yeux
Claires flammes des Cieux

Seullement d'vne œillade,
Sans iamais t'auoir veu
Tu me mets tout en feu,
Et me rends tout malade

A peiné euf-ie parlé
Que L'arc heroï aiflé
Vaincu de ma deftreffe,
Sçachant mon amitie,
Me fit voir par pitié
Le temple, & la Deeffe.

Ou lors plein de defirs
Ie voy mille Zephirs
Volleter fur fa face,
Les vns a petits nœux,
Frifotoient fes cheueux
Pour accroiftre fa grace

Les autres plus iolis
Sur la rofe & le lis,
De fa iouë vermeille
Sauouroient les douceurs,
Comme font fur les fleurs,
Les petites abeilles.

Voyant tant de beautez
Plaines de deïtez

Doucement ie la baise
Et puis d'vn doux trespas
Ie fonds entre ses bras,
Soubs le faix d'vn doux aise.
    Elle veut m'empescher
Ie la fay tresbucher,
Sans faire grand tumulte
Tellement qu'elle fit
Dessous moy sur vn lit,
L'amoureuse culbute.

SONNET.
Sur vn songe tiré des Amours de Lilie.

'Vn beau printemps la plai-
sante verdure,
Ne me rẽd point en riẽ moins
soucieux.
De iour, de nuict ie voydeuãt mes yeux
Vne beauté pour laquelle i'endure.

Ie l'entretien, ie luy donne ouuerture
De la douleur qui me fait enuyeux,
Ie me contemple en son œil gracieux,
Et de ses traicts ie fay ma nourriture.

Ie la rebaise, & rebaise cent fois,
Ie tien sa main, ie folastre à ses dois,
Ne pensant plus au tourment qui me
ronge.
Mais aussi tost que ie suis reueillé,
Ie voy mon mal qui m'est rappareillé,
qui me faict voir que mon bien n'est
qu'vn songe.

AVTRE

AVTRE.
Du mesme sur les miseres d'Amour.

NE point dormir, en vain faire
    des pas,
Salembiguer à faire des chimeres,
Ne boire rien que des larmes ameres,
Et de sanglots faire tout son repas :
    De iour, de nuict, souhaitter son tres-
    pas,
Dauenir sot, prendre façons austeres :
Chercher l'abry des roches solitaires,
Ce sont d'amour les plus plaisans appas
    A autre but cependant ie n'aspire,
Qu'à me ranger sous l'amoureux em-
    pire :
Et vous offrir vn cœur plein d'amitié.
    Que dis-ie helas ! que ma folie est
    grande,
Que me sert-il de faire telle offrande
Si de mes maux vous ne prenez pitié

APOLOGIE POVR LES
Dames en faueur de Lilie.

Beaux esprits, qui volez au pl⁹
    haut du Theatre,
  Ou la gloire & l'hōneur à l'en
uy se font voir:
Par ou vous mattaquez, par là, ie veux
  vous battre
Terrassant à mes pieds vostre orgueil-
  leux pouuoir.
  Vos escrits emplumez de parolles le-
    geres,
S'escoulent par les airs, ainsi que fait le
  vent,
Et haissant le vray, les choses menson-
  geres
Contentent vos esprits & les vons de-
  ceuant.
  Recourir au mespris d'vne chose di-
  uine,

Que Dieu mesme à voulu faire naiſtre
    icy bas:

C'eſt ſe rendre ignorĕt de ſa propre ori-
    gine,

Car ſans femme auiourd'huy l'homme
    ne ſeroit pas.

Ceſte porte d'Amour, ce Paradis ay-
    mable,

Qui reçoit auſſi bien les grands que les
    petits,

Doit eſtre de chacun tenu pour honora-
    ble,

Puis que c'eſt par ce lieu que vous eſtes
    ſortis.

Auſſi vous aduoüirez, que nature biĕ
    ſage,

De ce temple ſi beau voulant vous met-
    tre hors,

A voulu qu'en naiſſant vous luy fiſſiez
    homage,

Et que la teſte en bas vous en baiſiez
    les bors.

Pour entrer en ce lieu tout remply de
    delices,

Iupiter en eau dor, s'est changé quelquefois:

Et amour tient celuy digne de tous sup-
plices,

Qui pour le mespriser ose leuer sa vois.

Ne nous blasonnez plus ames pleines
d'enuie

Iaçoit que vos blasons nous soïet moindres qu'vn rien,

Car en causant la mort, nous causasmes
la vie.

En faisant du mal, nous auons fait du
bien.

Mais c'est assez parlé ie hay trop le
long terme.

Si vous haissez tant ce lieu tout plein
d'appas

Ie prie que pour vous ceste porte se ferme

Et qu'y voulât r'entrer vous ne le puis-
siez pas.

STANCES.
Sur la veuë d'vne beauté.

NOn non, ce n'eſtoit pas vne
    Dame mortelle,
Qui paroiſſoit tātoſt au deuāt
de mes yeux:
Vne humaine beauté ne peut eſtre ſi
   belle,
C'eſt quelque deïté, dont l'eſſēce eſt des
   Cieux.

Sur ſon front plus poly qu'vne piece
   de glace,
Cupidon s'eſgayoit armé de tous ſes
   traits,
La gloire auec l'hōneur, & la premiere
   grace
Y faiſoiēt leur ſeiour, auec tous leurs at
   traits.

Dedans ſes blonds cheueux agencez
   en arcades,
Les Amours ſe ioüoient en guiſe de
   Zephirs,

             L iij

LES MVSES

Qui à tous regardant dreſſoient tant
d'embuſcades,
qui failloit eſtre pris, ou mourir de deſirs:
Ses yeux, (Aſtres gemeaux) d'eſco-
choient tant de flamme
que les cœurs plus glacez s'en pouuoiēt
enflamer,
Car moy qui n'eus iamais que la glace
dans l'ame
Les voyant, ie bruſlay deſirant les aymer.
Mais las ! que diſ ie aymer ? c'eſt
nourrir ſa deſtreſſe,
C'eſt pour ſe conſumer mettre du bois au
feu,
Pour dignement ſeruir vne telle Deeſſe
Il faut eſtre plus qu'homme, & peu
moindre qu'vn Dieu.

SVR LE TREPAS
d'vn Bidet.

Etit de corps & grãd de cœur,
Petit Bidet le fort vaincœur,
T'a fait a ce coup recognoiſtre
Le quel des deux eſt le plus fort
Le fier aiguillon de la mort,
Ou le doux eſperon de ton maiſtre.

Quiconque il ſoit, il euſt grand tort,
Celuy qui t'eſchauffa ſi fort,
Ta peau fut toute à nage miſe,
La mort ne t'euſt pas eſtoufé
Si lors qu'il te veid eſchauffé
Il t'euſt fait changer de chemiſe.

Apres t'auoir fait galopper,
On te rameine ſans ſoupper,
Tout en eau, tout chaud hors d'haleine
On te coucha dans vn celier
Sans mangeoire, ſans ratelier,
Sans foin, ſans paille, & ſans aucine.

L iiij

La ta chaleur se refroidit
Ta teste qui se morfondit
Soudain de fieure fut saisie
Mal dessus mal n'est pas santé
Il te vint vn mal de costé
D'où ce format la pleuresie.

Vrayment tu fus trop mal soigné,
Car tu deuois estre saigné
Pour alleger ton mal de teste,
Mais sans en rien te secourir,
Bidet on ta laissé mourir,
Tout seul comme vne pauure beste.

Ne regrette point tes beaux iours,
Bayard ne vescut pas tousiours
Ny le Bucephal d'Alexandre,
Ils ont esprouué le trespas
Et maintenant on ne sçait pas
Ou sont leurs tumbeaux & leur cendre.

Quand nos iours dureroient cent ans,
La mort cruelle auec le temps,
Hors de ce monde nous emporte,
La vielle mule de Grandis,
En vescut bien soixante & dix
Toutefois en fin elle est morte.

Bucephal fut tant regretté
Qu'on fit baftir vne cité,
Qui Bucephale fut nommee.
Ton maiftre n'a rien fait baftir
Mais il fut cinq iours fans fortir
Pleurant en fa chambre fermee
　Mais auffi qu'il ne pleure pas
De ton prematuré trefpas
Les rigoureufes deftinees
De deux ans tu n'euffes efté
En l'age de ta puberté
Car tu n'auois que douze annees,
　Maigrin vrayment euft bien raifon,
Eftant parent de ta maifon
De plaindre ton fort fi funefte
Plus que tous il te regrettoit
Et luy feul de fes yeux iettoit
plus de larmes que tout le refte.
　Car tu luy feruois de relais
Non pas pour aller au Palais
Mais pour aller faire fa brigue
Il euft fait de maint pafté
Si nous euffions encore efté
au mal-heureux temps de la ligue.

Aussi Bidet recognoissant
qu'il t'alloit ainsi cherissant
Tu n'as vsé d'ingratitude,
Luy laissant par ton testament
Ta peau pour faire vn vestement
Et les liures de ton estude.

   Pour le bon traictement passé
A ton maistre tu as laissé
Les habits de ta garderobbe
De tu n'en auois point,
Tu marchois en pourpoint
Comme vn Bidet de courte robbe

   Au Pré-au Clercs au bord de l'eau,
Ils t'ont fait mettre en vn tumbeau,
Qui te sert d'estable derniere
Tout expres on t'y loge afin
Que dans vn pré tu n'aye faim
Ny soif au bord d'vne riuiere.

LE COQ

POVR RESPONCE AVX
VERS DV SIEVR PRIAN,
sur la perte d'vn cochet de
soye grise, qu'vne Nym-
phe luy auoit donné,
en l'annee 1592.

Ôn Prian ton Cochet gris
Que les gendarmes ont pris,
N'est qu'vne peinture morte
Le mien est bien d'autre sorte,
Car c'est vn coq tout viuant
Marchant, mangeant, & beuuant,
Vn coq qui tousiours caquette
Vn coq qui tousiours becquette
Coq bien fait, coq genereux,
Coq des poules amoureux.
   Aussi soigneux ie le garde
Et tant ie ne me hazarde

L c j

Comme toy de le mener
Parmy les champs proumener,
Car ie n'aurois bien ny ioye
Si mon coq estoit la proye,
Et tomboit entre les mains,
Des gendarmes inhumains.

Vrayement ce seroit dommage:
Car il a trop beau plumage,
Plus diuers que n'est vn pré
De mille fleurs diapré
Et porte dessus sa teste
Vne trop gentille creste,
Plus rouge qu'vn feu ardent:
Dont il se va panadant
Comme vn caualier branache
Fait ondoyer son panache.

Il a l'œil iaune doré,
Le bec gros courbe & serré
Vn peu court, blanche l'oreille
La barbe longue, & vermeille
Le col droit & rehaussé:
Tout le corps bien ramassé
La iambe courte escaillee
De tasche d'or esmaillee,
L'ongle luysant, & tortu.

Et l'ergot roide & pointu,
D'vne bonne grace il porte
Sa queüe superbe & forte,
Qui ses plumes recourbant
Et sur le col luy tombant
Ombrage si bien sa teste,
Qu'a peine void on sa creste.

Mon Prian, cest bien raison
Que tu saches sa maison,
Sa race & son parentage:
Ses parens sont de village,
Qui gratoient sur le fumier
D'vn gros & riche fermier,
Mais nostre guerre ciuile
Les fit venir en la ville,
Pour cuiter aux perils:
En diuers lieux de Paris,
Leur demeure ils ont choisie
Ils ont droit de bourgeoisie,
Car desia par an & iour,
Ils font icy leur seiour.

Il ne sçay qui fut son pere
Mais ce n'est grand vitupere
Plusieurs hommes apparens

Ignorent bien leurs parens.
 Toutefois c'est ma creance
Que mon coq est de l'engeance,
De quelque oiseau passager
Qui chez moy se vint loger.
Peut estre le Phœnix mesme
Espris de l'amour extreme,
De celle qui la ponnu
En mon logis est venu,
C'est ma grande poule noire
Car Prian, tu me doit croire
Qu'alors dedans ma maison
Ie n'auois coq, ny oyson,
Pigeon, hestoudeau, ny caille,
Et bref pour toute volaille,
Chez moy tu n'eusses trouué
Que celle qui la couué
Ma poulle si bien formé e
Quelle est digne d'estre aymée,
Du Phœnix ou de l'oyseau
Qui rauit le damoyseau,
Lors qu'il poursuiuoit sa proye
Dedans les forests de Troye.
 Ie t'ay maintenant appris

D'ou sa naissance il a pris
Sa race & son parentage:
Mais tu sçauras dauantage
Ses humeurs & ses vertus
Et comme il a combatus
Tous les coqs de la paroisse:
Auant que l'aube apparoisse,
Sur les bords de l'Orizon
Le premier de la maison
vront de sa perche il desloge
Son chant me sert d'vne horloge,
Quand l'aurore au teint vermeil:
Nous retire du sommeil:
Car il bat trois foys de l'aille
Saluant l'aube nouuelle
Et de cent coquericoqs
Reueille les autres coqs.
Apres luy se void leuée
De rang toute la couuée:
Qui le suiuant pas a pas
S'en vont prendre leur repas
De son, d'orge, de criblures
D'auoine & de chapelures
Qui sont les plus friands mets

LES MVSES

Ignorent bien leurs parens,
Toutefois c'est ma creance
Que mon coq est de l'engeance,
De quelque oiseau passager
Qui chez moy se vint loger.
Peut estre le Phœnix mesme
Espris de l'amour extreme,
De celle qui la ponnu
En mon logis est venu,
C'est ma grande poule noire
Car Prian, tu me doit croire
Qu'alors dedans ma maison
Ie n'auois coq, ny oyson,
Pigeon, hestoudeau, ny caille,
Et bref pour toute volaille,
Chez moy tu n'eusses trouué
Que celle qui la couué
Ma poulle si bien forme'e
Quelle est digne d'estre aymée,
Du Phœnix ou de l'oyseau
Qui rauit le damoyseau,
Lors qu'il poursuiuoit sa proye
Dedans les forests de Troye:
Ie t'ay maintenant appris

Que dans ma court ie leur mets,
S'il se trouue sur la place
Vn morceau de bonne grace
Mon coq tout soudain la pris
Mais il est si bien appris,
Que proprement il l'esmie
Pour le donner a s'amie,
S'amie qu'il aime mieux
Que sa creste & que ses yeux,
C'est vne ieune poulette
Belotte, & mignardelette,
Entre celle du poullier
Il ne pouuoit s'allier,
Ny mettre en meilleure race:
Elle est d'vne belle grace,
Et noire comme vn corbeau:
Car cest le teint le plus beau
Des poules, & non des Dames
Ses yeux sont remplis de flammes,
Et d'vne graue douceur.

Il est vray qu'elle est sa sœur,
Mais tu sçais qu'entre les bestes
Telles amours sont honnestes,
On leur permet d'imiter

Les nopces de Iupiter,
Qui par vn amour imfame
Sa sœur Iunon prist à femme:
    Il n'y a chat si hardy
Ny leuron tant estourdy,
Ny belette si rusee
Ny fouine tant aduisee,
Renard, Milan ou Vautour
Qui puisse entrer en ma cour
Soit pour y faire rapine:
De quelque grasse geline,
Soit pour y faire vn larcin
De quelque ieune poussin
Car mon coq qui fait la garde
D'vn œil ardent les regarde,
Et braue court au deuant
Sur ses ergots s'esleuant,
Et plein d'orgueil, & d'audace
Criant de loin les menace,
Que s'ils ne veulent sortir
Il les fera repantir.
    Et s'ils ont tant de courage
De faire assay de sa rage:
On le void tout furieux

Se lancer droit a leurs yeux,
Et n'a relache ny treuue
Que l'vn ou l'austre il ne creue.
  Lors que ie suis de loisir
Pour me donner du plaisir
I'enuoye aux maisons voisines
Qui nourrissent des gelines,
Deffier poulles, & coqs
A se combattre en camp clos,
Contre le mien qui brauache
Et plein de valeur ne tache,
Qu'immortaliser son nom
D'vn perpetuel renom.
  Or tout le voisinage
Il ne reste vn seul mesnage,
Qui n'accoure pour y voir
Qui fera mieux son debuoir,
Et à qui la destinee
A la victoire ordonnee
D'vn combat si hazardeux.
  Nous gageons vn quartron d'œufs,
Pour le prix de la victoire:
Mais le mien en a la gloire,
Et moy le gain du combat

Car tous les autres il bat,
Et ſi rudement les traiſte
Qu'ils ſont premiers la retraiſte
Et poltrons ſe vont cacher
Mais mon coq les va chercher,
Et en ſigne de conqueſte
Il les traine par la creſte,
De ſang par tout degoutans:
Lors qu'elqu'vn des aſſiſtans
Eſmeu dè pieté me prie,
Que i'appaiſe ſa furie:
Et qu'entre proches voiſins
Qui peut eſtre ſont couſins,
Ceſte ſanglante victoire
N'auroit pas beaucoup de gloire.
Mais ce mutin ne veut pas
Qu'ils eſchappent du treſpas,
Si ce n'eſt que ie m'efforce,
De les enleuer par force.
Si toſt qu'il les a vaincus
Il les fait de coqs cocus,
Cochant deuant eux leurs femmes
Pour les rendre plus imfames
Et de cent coquericoqs

Il braue ces pauures coqs.

O l'honneur de la volaille
O l'honneur de la poullaille,
Ainsi tousiours puisse tu
Vaincre, & n'estre point batu,
Ainsi iamais l'eau croupie
Ne te donne la pepie,
Et ne puisse tu iamais
Des friants estre le mets,
Soit aux poyreaux soit au cardes
Mais sur tout que tu te gardes,
De tomber entre les mains
Des gendarmes inhumains.
Las ! ils te couproient la gorge
Tu ne mangerois plus d'orge
De criblures ny de son,
Et fut ce vn iour de poisson
Acte digne de reproche
Il te mettroient à la broche,
Finissant auant le temps
Les beaux iours de ton printemps,
Las ce seroit grand dommage
Pour ton excellent plumage,
Plus diuers & plus luisant

Que n'eſt celuy d'vn faiſant.

Lors qu'en la vieilleſſe extreme
La mort au viſage bleſme.
Fera de ton corps mortel
Vne offrande à ſon autel :
Pour eternelle memoire
De ton nom & de ta gloire
Ie te veex faire attacher
Sur la pointe du clocher,
D'vn gros & riche village
Tu ſeruiras de preſage,
Soit l'eſtè, ſoit le printemps
De la pluye & du beau temps
Et deſſus la couerture
S'y lit a ceſte eſcriture.

Le Coq de ce clocher eſt encores vi-
uant,
Il ſe tourne, il remeuë & la creſte, & la
plume
Mais il ne chante plus comme Il a de
couſtume,
Car en couchant dehors à la pluye & au
vent
Il a perdu la voix par la force du reume
BOVTEROVE

CONTRE LE REVERSIS.

CE n'est point mon humeur, ce
n'est point ma couſtume.
De meſdire en parlãt, & mois
auec la plume,
Tout eſprit meſdiſãt eſt plein de vanité
Si ie blaſme en ces vers le ieu de deſ-
plaiſance,
Qu'õ nomme Reuerſis, ce n'eſt pas meſ-
diſance,
Car on ne meſdit pas quand on dit ve-
rité.
On voit quatre ioüeurs, où pluſtoſt
quatre idoles,
Qui ſont ſans mouuemẽt, ſans voix &
ſans paroles,
Si ce n'eſt pour crier quãd on à renoncè.
Leur eſprit eſt reſueur, & creuſe eſt leur
ceruelle,

De la ce triste ieu le Reuersis s'appelle,
Pour ce que les ioueurs ont l'esprit ren-
uersé.
Parler à ces ioueurs, c'est parler a des
arbres,
C'est vouloir s'accoster des rochers &
des marbres,
Tant au cartes du ieu leur esprit est
tendu
Il leur faut deuiner par l'art de la me-
moire,
Ce qui reste a ietter de couleur rouge ou
noire,
Qui en diroit vn mot, le ieu seroit perdu
Mieux vaudroit s'amuser à vn ieu
delectable
A piquer d'vn poinçon les mousches sur
la table,
Comme faisoit iadis vn Empereur Ro-
main,
Ou iouer, au vollant, à la mousche, à la
darde,
A ces ieux de berlant, ou l'argent se hazarde,

Aux foires S. Denis, S. Laureus, S.
    Germain,

Si ces ieux sont communs, & sont sans
    artifice,

Au moins sont ils sans peine , & sont
    sans malefice,

Le corps est exercé l'esprit demeure sain

Au ieu du Renuersis l'on trouue le con-
    traire

L'esprit triste & chagrin, & le corps,
    sedentaire,

Nourriront le mulet de quelque me-
    decin.

Pour preuue que ce ieu tient du vice
    & du crime,

C'est que tousiours l'excés en la vertu
    s'estime,

Des crimes, & desmaux, le moindre est
    souhaitté

Icy la moindre carte est celle qu'õ desire

Si la carte est plus haute on l'en estime
    pire.

Et qui plus en releue, il est plº mal traité

Si i'ay quelque ennemy, ce n'est point
    mon

Pagination incorrecte — date incorrecte

NF Z 43-120-12

Aux foires S. Denis, S. Laurens, S.
    Germain,

Si ces ieux sont communs, & sont sans
    artifice,

Au moins sont ils sans peine, & sont
    sans malefice,

Le corps est exercé l'esprit demeure sain

Au ieu du Renuersis l'on trouue le con-
    traire

L'esprit triste & chagrin, & le corps,
    sedentaire,

Nourriront le mulet de quelque me-
    decin.

Pour preuue que ce ieu tient du vice
    & du crime,

C'est que tousiours l'excés en la vertu
    s'estime,

Des crimes, & des maux, le moindre est
    souhaitté

Icy la moindre carte est celle qu'õ desire

Si la carte est plus haute on l'en estime
    pire.

Et qui plus en releue, il est plº mal traité

Si i'ay quelque ennemy, ce n'est point
    mon

mon enuie.

Qu'vn voleur luy rauiffe & les biẽs &
la vie,

Ou qu'il foit par fes gens dedans fon
lict occis

Ny qu'vn feu deftruifant en fa maifon
fe mette,

Ou la foudre du ciel, bien pis, ie luy fou-
haitte:

De iouer tous les iours vne heure au reuerfis.

Si quelque fcelerat a trahy fa patrie,
Le mal fauorifé, l'innocence meurtrie
Bref commis de grands maux & d'vn
nombre infiny,

Il ne faut point de feu, de tenaille, de
roüe

Mais il faut ordonner que iour & nuict
il ioüe,

Au ieu du reuerfis, il fera mieux puny.

Ce n'eft pas fans fuiect qu'vn mal ta-
lent ie porte,

Au ieu du reuerfis, & qu'vne haine forte
Par vn iufte defpit anime mes efcrits.

M

Il retient tous les iours ma maistresse
    enfermee
M'empeschãt de iouyr de sa presence ay
    mee,
Tant ce ieu desplaisant a charmé ses es
    prits,

LES MVSES

Il retient tous les iours ma maistresse
enfermee
M'empeschãt de iouyr de sa presence ay
mee,
Tant ce ieu desplaisant a charmé ses es
prits,

LE IEV DE LA
Boule.

Au sieur de Mongautier.

Ongautier, en contre-eschãge
De l'immortelle loüange
Que tu fais en tes beaux vers
Des esbatemens diuers
Que ta belle ame pratique
En l'exercice rustique,
Ie veux ayant le ceruéau
Enyuré de la saincte eau,
Qui d'Hypocrene destoulé
Te chanter mon ieu de Boule
Et les diuers passetemps
Que nous y prenons au temps
Des dimanches & des festes,
Apres auoir eu nos testes
Benistes des doigts sacrez
De nos vigilans Curez,
Car iamais telle liesse

M ij

Ne prenons qu'apres la meſſe
Et qu'apres auoir prié
D'vn cœur tout humilié
Ce grand Dieu de qui la grace
Maintient noſtre humaine race.

   Sçachez donc qu'apres la mort
De mon pere i'eu par ſort
De ſon petit heritage
Vn iardinet en partage
Que le gracieux Soleil
Regarde d'aſſez bon œil
Au plus beau milieu de l'Iſle
Qui eſt pres de noſtre ville,

   Dans ce iardin l'embriſſé
De maint pampre entrelacé
Eſt vne gentille allee
De treilles emmentellee
Dont les coſtez ſont flanquez,
De grands Roſiers emmuſquez,
Et de maint arbre dont l'ombre
Rend ce lieu freſchement ſombre,

   A ces deux extremitez
On voit deux buts limitez
Qui d'vne façon gentille
Font monſtrer au plus habille

L'endroit d'ou faut approcher
Afin de plus pres toucher
Le clou qui haut manifeste
D'vn rameau sa basse teste.

   Là l'esprit plus auisé
Est maintefois abusé
Car ayant vn long espace
De temps mesuré la trace
Par ou doit rouler le buis
Ne faut qu'vn petit pertuis
Qu'vn petit monceau de terre
Ou qu'vne petite pierre
Ou qu'vn saut pour empecher
Le buis roulant d'approcher.

   Là se voyent mille gestes
Mille branslemens de testes
Mille tordions de corps
Mille differends discors
Mille & mille singeries
Mille & mille mommeries:
Si quelqu'vn demeure court
Viste apres sa boule court
Pour l'auancer de l'haleine
Dont il rend la trace pleine

             M iij

L'autre qui trop à poußé
Se tient le dos renuersé
Comme vn cocher qui essaye
Tirant sa forte courraye
D'arrester de ses coursiers
Les pas rapides & fiers:
L'autre a vn poteau s'attache
Et en le tirant, il tasche
De retenir le galop
De sa boule qui court trop.
L'autre auant de fois se penche
Sur l'vne & sur l'autre hanche
Qu'il desire d'eschaper:
Vne boule, ou l'atraper:
L'autre incessament tempeste
Apres son buis qui s'arreste
Voulant auancer son cours
Par le bat de ses pieds lourds.

    L'autre d'vne addresse brusque
De dessus le but desbusque
Son contraire: l'autre aux cieux
Leue tristement les yeux
Et contre luy se despite
D'auoir passé le limite.
L'autre pousse trop vn peu

L'autre demeure à my ieu
L'autre à vn des siens en charge
De faire vne longue charge:
L'autre dit, charge deça,
L'autre dit, charge de là
L'autre mainte iniure endure,
L'autre prend vne mesure
Dont il tasche puis apres
A voir qui est le plus pres
L'autre crie a pleine teste
Pied au clou, ou ie t'arreste,
L'autre demande par ou
Il faut approcher du clou:
L'autre de despit s'enflambe
L'autre en biaisant sa iambe
Tasche de faire mouuoir
Son buis selon son vouloir,
L'autre à sa boule dit happe,
  Et l'autre luy dit, eschappe,
L'autre dit dessus le but
Reuertere bouli but:
Bref la cent mille paroles
Cent mille disputes foles
Cent mille ioyeux propos

Cent mille geste difpos
Cent mille pantalonefques
Cent mille action tudefques
Nous donnent cent mille esbats
Plus plaifans que tu n'en as
Mais nos lieffes meilleures
Sont entre trois & quat'heures
Mongautier, car là aupres
Deffous vn ombrage frais
Eft vne table d'ardoife
Ou nous nous feons à l'aife
Ayant le vin deuant nous
Le formage & le laict doux
La crefme bien enfucree
La falade preparee
Les pains blancs & les paftez
Et le tourteaux fueilletez
Là les guignes & les cerifes
Cà & là deuant nous mifes
Des leurs rougiffans efclats
Gayment colores nos plats.
Là, dedans maint plat fe laue
La more fraiche & la raue
La, par quartiers l'artichaut

Se void pour le poiure chaud,
La, est la fraise amoureuse
Et la framboise areneuse,
Et mille & mille autre mets
Que ie ne pourois iamais
Nombrer tant en sont estranges
Les innombrables meslanges

Apres auoir bien repu
Et fort modestement beu
Nous allons sur la riuiere
Prendre vne heure de cariere
Pour l'oisiueté tromper
En attendant le souper:

Et bien donc, penses tu estre
En ta demeure champestre
Plus esloigné de soucy
Que nous ne sommes icy?
,, En tout lieu l'homme modeste
,, Trouue vne liesse honneste.
Or s'il te plaist de venir
En ce lieu & t'y tenir
Quelque temps tu verras comme
Ie suis vn véritable homme
Et que les Poëtes tousiours
Ne mentent en leurs discours.

M v

CONTRE VNE VIEILLE Courtisane.

Este vieille aux yeux pleins
de glus
A qui depuis vingt ans oupl.
La galle dont elle est le giste
Les cloux, les poux gros & moyens.
Et tous les quatre mandiens
Tiennent la chandelle beniste,
Ceste la dis-ie, qui iadis
Eut d'amour vn vray Paradis
Quand ces beautez vindrent à naistre
Est si plaine d'imfirmité
Qu'elle est ores l'extremité,
De cela qu'elle souloit estre
Elle n'a plus ces blons cheueux
Où l'on voyait en mille nœuds
Les ames soudain prisonnieres,
Car son vieil poil rude & blanchard
Ressemble à ce fer de richard,

Dequoy l'on fait des Sourrißieres
  Sa belle gorge dont la voix
Charmoit tant d'esprits autrefois
Est de chancres si dißipee
Que l'organe de ses tuyaux
Au besoin seruiroient d'appeaux
Pour prendre vn diable a la pipee.

  Quand à ces yeux iadis soleils,
Pour le iourd'huy les nompareils
L'vn s'est caché deßus la brune
D'vne maille ou par son malheur,
Il respresente la couleur.

D'vne vraye eclipse de Lune,
  L'autre fixe en vn petit coin
Du fait de quelque coup de poing
Ne voit si le col ne desplace
Ny plus ny moins à l'enuiron
Que la lanterne d'vn larron
Qui n'esclaire que d'vne face,

  Sa belle bouche qui desmail
Sur passant mesme le corail
Sembloit de roses tapißee
N'est plus qu'vn vlcere fluant
De qui ce vilain ius puant

       M vj

En plusieurs endroits la gersee,
Au lieu de ce baume odorant
Que les cœurs alloient respirant
De la faueur de son attainte
Il en sort vn parfun si fort
Qu'on le prendroit pour ce qui sort
D'vne chandelle mal esteinte,
    Au reste on ny void plus dedans:
Ce double rang de belles dents
Rangees auec tant d'adresse
Car la pluspart mal arrachez
Ressemble aux creneaux ébrechez
De quelque vielle forteresse.
    Au reste ce nez dont le trait
Faisoit l'honneur de ce portrait
N'est maintenant qu'vne pleupade,
De bourgeons l'vn sur l'autre entez
Aussi pres apres raportez
Que les pepins d'vne grenade.
    Bref, ce nez gros comme le poing
Deffend sa bouche de si loing
Auec l'odeur puante & forte
D'ou ses deux nazeaux sont remplis:
Qu'il semble d'vn maische coulis

Qui deffend le sueil d'vne porte:
  Pour le surplus quand a ce corps
Pourry dedans comme dehors
Et de qui la veuë est funeste,
Il infecte tellement l'air
Que le vouloir desueloper
C'est vouloir engendrer la peste.
  Ainsi celle qui d'autre fois
Tenoit sous ses seueres loix
Les plus dignes cœurs en seruage
Fait qu'ils sont ores desgagez,
Et plus encore que vengez,
Au seul regard de son visage.
  Voila comme l'antiquité,
A fait voir a sa cruauté
Qu'au temps tout obeyt & cede
Que toutes choses ont leur tour
Et comme vn remede d'amour
S'est fait d'vn amour sans remede.
  Au reste ie croy que le point
Estans ia si vieille & blesme
C'est a mon aduis que la mort
Craint de se prendre a son fort,
Comme a la mort de la mort mesme.

LE BALLET DES
Biberons.

Nous sommes troupe guerrie-
    re,
Qui d'vne nouuelle maniere,
Au lieu d'estoc & de pauois
Portons la bouteille & le verre
Auec quoy nous pouuons en guerre
Imiter les plus vieux Gaulois.

Car si ceux-qu'on dit par le monde
Cheualiers de la table ronde
A table ont acquis tant de los,
Vostre valleur desmesuree
Fait qu'en table ronde & carree
Nous ne tournons iamais le dos.
Que si ces genereuses ames
Iadis pour l'honneur de leurs dames
Expletoient tant de hauts desseins
Nous ferions bien d'autres merueilles,
Si l'on venoit à nos bouteilles

Pour les enleuer de nos mains.

Que si pour mieux se faire craindre
Ils portoient le rouge pour feindre
D'estre plus au sang adonnez
Nous n'auôs pas dé moindres charmes
Car s'ils le portoient par les armes,
Nous le portons dessus le nez.

Si lors des rencontres plus fieres,
Le feu de leurs ames altieres
Sembloit regorger de leurs yeux
Ce rouge qui si bien esclatte
Dans nos yeux bordez descarlatte
Ne nous rend pas moins furieux.

S'ils souloient à l'antique guise
Porter des armes & deuise
Ou sur la guerre ou sur l'amour
Nous portons pour nos panses seu'es
Trois flacons d'or en champ de gueulles
Et PLVS PLAIN QVE VVIDE à l'ãtour.

Mais combien qu'en mœurs & vail-
lance,
Eux & nous ayons ressemblance
D'vn point nous sommes discordans
Car au lieu que ces vieux gendarmes

Par dehors endoſſoient les armes,
Nous les endoſſons par dedans.
  Si donc quelqu'vn icy peu ſage
Pour eſprouuer noſtre courage,
Veut de nous attendre le choc
Il vera comme a coups de verre
Nous mettons plus d'hommes par terre
Qu'il n'en peut faire a coups d'eſtoc.

AVBADE D'VN DIMAN-
che gras aux dames par
les Maſques.

S I ce iour monſtré vous auez
  Le deuant aux table friandes
  Moïs encor la nuiĉt vo⁹ deuez
Tourner le derriere aux viendes
Voicy le Careſme approcher,
Belles n'eſpargnez pas la chair.
  Le Dieu des feſtins à demy
Sert à nos plaiſirs de mattiere,
Mais le Dieu d'amour eſt l'amy
Qui nous fait faire chere entiere

Le vin, & l'eau, meslez tous deux
Sont pour vostre bouche, mes dames?
Mais les baisers & les doux ieux
Sont les breuuages de nos ames.

   Voicy le Caresme approcher,
   Belles ! n'espargnez pas la chair.
Si vous ne voulez plus iouyr
Auec nous de douceurs pareilles,
Prestez nous peur nous resiouyr
Au moins le trou de vos aureilles:
   Voicy le Caresme approcher,
   Belles ! n'espargnez pas la chair.
Et vous filles qu'vn beau desir
Fait tant songer en cet affaire,
Croyez que moindre est le plaisir
De le penser que de le faire:
   Voicy le Caresme approcher,
   Belles ! n'espargnez pas la chair.

POVR DES MASQVES

courans les ruës, & dónant des
boîtes de dragées, auecques
ces quatrains, aux Dames qu'il
leur plaisoit.

A vne Dame mariee de nouueau.

Vous ne ferez pas vn grand lucre
De ce que ie vous vay donnant,
Puis que vous goustez maintenant
Des choses plus douces que sucre.

A vne Fille.

Prenez ce sucre, Poupinette
Pour le tesmoin d'vn doux plaisir
Qu'on auroit de mettre à loisir
Vne corde à vostre Espinette.

A vne Dame.

Voy, chere Isabelle! ma sœur
Dans ceste liqueur emperlée

L'aymable obiect de ta douceur,
Si tu n'es bien dissimulée.

A vne Damoiselle.

Reçoy de bonne volonté
Cette boïte de sucre pleine
Qui tesmoigne la douce peine
que ie reçoy de ta beauté.

A vne Dame.

Receuez ce sucre, Madame
Pour tesmoignage s'il vous plaist
De la douceur dont me repaist
L'Idée de vostre belle ame.

DE DEVX BOSSVS
mariez enfemble.

Iacquet & Iacquette nous monftrēt,
Qu'ils feront mentir deformais,
Tous ceux qui diront que iamais
Deux montaignes ne fe rencontrent.

CHANSON.

Belle remettant noftre affaire
Toufiours du iour au lendemain,
C'eft que vous ne voulez rien faire
Auant l'argent dedans la main.
  ,, Fy fy de faire pour le lucre
  ,, Vn tel plaifir plus doux que fucre.
Vrayment vous eftes bien rebourfe
A moy qui fuis voftre amy gent.
  ,, Car vous voullez voulant ma bourfe,
Auoir le plaifir & l'argent:
  ,, Fy fy de faire pour le lucre
  ,, Vn tel plaifir plus doux que fucre.

Pourquoy ceste volupté douce
qui doit estre commune à tous
Par nostre commune secousse
Dois-ie acheter plustost que vous

,, Fy fy de faire pour le lucre
,, Vn tel plaisir plus dous que sucre,

Pourquoy ceste volupté grande
Qui nous dois tout deux contenter,
Faut-il qu'vn de nous deux la vende
Et l'autre la doiue acheter?

,, Fy fy de faire pour le lucre
,, Vn tel plaisir plus dous que sucre.
,, Ce n'est plus amour, mais c'est vice
,, D'vn cœur barbare & indigent:
,, Car amour deuient auarice
,, Aussi tost qu'on parle d'argent.

,, Fy fy de faire pour le lucre
,, Vn tel plaisir plus doux que sucre.

Ie resemble au Coq qui s'alege
Tant plus il se prend à ce bien:
Mais mon naturel de college
Veut que ie le face pour rien.

,, Fy fy de faire pour le lucre
,, Vn tel plaisir plus doux que sucre.

CHANSON.

I'Ayme vne fille de village
De qui le gros sein pommelé
Montre qu'elle tient recelé
Sous sa cotte vn gros pucelage:
  Aussi est-ce à elle qu'on baille
De son village tout l'honneur,
Capable d'allumer vn cœur
D'vne autre flamme que de paille.
  Mon opinion n'est point fause,
Le feu ne inge pas mieux l'or
Qu'elle ne peut mieux faire encor
Son iugement d'vn haut de chausse
  Ie ne beus tant & fus en flame
De son vin qu'elle me vendit:
Car soudain ma soif descendit
De ma langue dedans mon ame:
  Iamais l'amour d'vne pucelle
Ne me frappa d'vn si grand coup
N'estoit-ce pas l'aymer beaucoup
Que de laisser le vin pour elle.
  Ce fut plustost vne merueille
Qu'vn amour d'vn leger effort
Car ie n'aimay iamais si fort
Que i'en quittasse la bouteille.

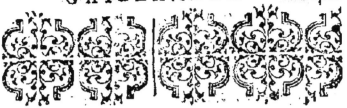

SONGE.

LIsant vn iour en mon estude,
La chaleur, & la solitude,
Me trauaillerent tant l'esprit
Que soudain le sommeil me prist.
En dormant il me vint vn songe,
De verité non de mensonge,
Le songe sous l'obscurité,
Monstre souuent la verité.
Ie voyois alors ce me semble,
Des fous qui combattoient ensemble:
Ayant tous des chapperons verts,
De mainte sonnettes couuerts
Ausquels y auoit attachees
Deux grandes aureilles panchees
Or en ce perilleux combat,
Qui venoit d'vn maigre debat,
Pas vn d'eux n'eschappa sans pertes
Les vns de leurs capuches vertes,

Les autres alloient regrettant
Leurs marotes qu'ils aymoient tant,
Où se plaignoient d'auoir perduëes.
Quelque sonnettes despanduës.
Vn grand bruit me vint reueiller
Et cogneus que pour oreiller
I'auois mon sac de plaidoyries
Tout remply de chicaneries,
De papiers, contracts & dossiers,
De quelques bourgeois plaidassiers,
Ces proces en ceste pratique.
Causoient mon songe fantastique,
Car ayant la teste dessus
Dedans mon cerueau ie receus
Les images, & les Idées
De tant de ceruelles vuidees,
Qui plaident iusqu'à leur decés
Consommant leurs bien en procés
Puis ayant perdu leurs substances,
Font cession, & par sentences,
Les iuges declarent assez,
Que ces plaïdeurs sont incensez,
Iugeant que d'vne tocque verte
Ils auront la teste couuerte.

EPIGRAM

EPIGRAMME.

E promenant en rabaioye
Plus plein d'amour que de
monnoye,
A l'heure que l'astre du iour
Se guinde au plus haut de son tour.
Et là d'vne façon nouuelle,
Ie voy brusler vne chandelle.

A la porte d'vne maison
Soudain ie cherche la raison,
Pourquoy ce flambeau l'on allume.
On me dit, c'est vne coustume,
Ceste coustume (dis-ie alors)
Me semble estre bien ridicule:
Car il faut de l'eau par dehors
Pour esteindre vn dedans qui brusle.

N

AVTRE.

VN Amant plein d'vn beau lan-
  gage,
Autant que de chastes amours,
Voulant monstrer par son discours
Qu'il estoit homme de courage,
Dit que du front comme des dois,
Il cassoit l'escorce des nois.

  Mais a peine eust-il dit le mot,
Qu'on luy fit responfe aussi tost,
Ce n'est donc pas chofe nouuelle
Si parmy tant de beaux esprits,
Tu n'as iamais gaigné de pris
Estant de si dure ceruelle.

ODE,

Sur les Tetins de Lilie.

Voicy la feste de Lilie
  Faisons luy vne ode iolie,
Et d'vn fredon mignardelet,
Chantons ces petits, monts de lait
Où l'on voit au sommet assise
Vne fraise ou vne cerise
Que mille beaux petits Amours
Baizent & rebaizent tousiours:
Beaux petits monts, ie vous reuere
Autant qu'vn enfant fait sa mere,
Et ne vous compare sinon
Qu'aux roses & Lys de Iunon.
Quand vne enfanteline bouche,
En se mignardant vous attouche,
Elle fait doucement couler
Vn ruisseau, qu'il faut egaller
A quelque ondelette sucree,
Qui des Dieux la langue recree.

Alors qu'vn violent desir
De bien boire les vient saisir
Aussi en si belle fontaine,
Apollon iamais n'y ameine,
Que le sainct troupeau de ses sœurs,
Qu'ayant gousté les douceurs
De ceste source iumelette,
Va resonnant de sa musette
Dix mille amoureuses chansons,
Ou les graces dansent au sons,
Qui prennent pour leur compagnie
Des graces la troupe iolie,
Qui vient hommager en ce lieu
La beauté qui est au milieu,
Auec honneur qui l'accompagne
Dansant au haut de la montagne

   Montagne ou quiconque a esté
A veu d'vn printannier esté
Les œillets iolis & les roses
Dessus ces mons de lait écloses.
Petits gazons de lait caillé
Ie vous ay ainsi esmaillé
Afin de grauer vostre gloire
Dedans le temple de memoire,

Et mes vers ne meritent pas
D'estre chantres de tant d'appas,
Gentilles tours, qu'Amour a faictes
Comme les choses plus parfaictes
Qu'on admire en tout l'Vniuers
Si serez vous dedans mes vers,
Comme l'argument de ma plume
Qui de vous doit faire vn volume
Afin d'eterniser l'honneur,
De la beauté qui tient mon cœur.

LE SACRIFICE
d'Amour.

LA biche atteinte dans le flanc
D'vn trait qui luy hume le
sang,
Trouue secours en son dictame:
Et moy qui porte dans le cœur
Le trait de l'amour mon vainqueur
I'atten guerison de madame.
C'est a elle aussi que ie veux
Adresser à iamais mes vœux

N iij

Alors qu'vn violent defir
De bien boire les vient faifir
Auffi en fi belle fontaine,
Apollon iamais n'y ameine,
Que le fainct troupeau de fes fœurs,
Qu'ayant goufté les douceurs
De cefte fource iumelette,
Y a refonnant de fa mufette
Dix mille amoureufes chanfons,
Ou les graces danfent au fons,
Qui prennent pour leur compagnie
Des graces la troupe iolie,
Qui vient hommager en ce lieu
La beauté qui eft au milieu,
Auec honneur qui l'accompagne
Danfant au haut de la montagne

    Montagne ou quiconque a efté
A veu d'vn printannier efté
Les œillets iolis & les rofes
Deffus ces mons de lait éclofes.
Petits gazons de lait caillé
Ie vous ay ainfi efmaillé
Afin de grauer voftre gloire
Dedans le temple de memoire,

Et en luy offrant mon seruice,
Luy dire au moins rare beauté
N'vses point tant de cruauté,
Reçoy vn cœur en sacrifice.

Mes souspirs seront les encents
Ma voix & mes tristes cents,
Seront les chantres de ma peine.
Et mes pleurs roulants de mon œil
Pour mieux purifier mon dueil,
Ne seruiront que de fontaine.

Le bucher sera fait du bois,
Des traits de l'Amoureux carquois
Mon corps fournissant de matiere:
Et le temple ou sera l'autel,
Sera le seruice immortel
Que i'ay promis à ma meurtriere:

Mon cœur sera au milieu,
Lamentant tousiours à son Dieu,
Enuironné de claire flamme,
Disant ô ! qu'heureux est mon sort
De pouuoir endurer la mort
De la belle main qui l'enflamme,

LETTRE EN GALI-
matias.

Hagrin haletant morfondu
Couché de trauers eſtendu,
Paſle comme les mains d'vn
ſinge
Ayant ſur l'eſtomac vn linge,
Qu'auec beſoin l'on m'a chauffé
Et m'eſtant iuſtement coiffé
En femme qui bat la leſſiue,
Ie vous eſcrits ceſte miſſiue
Madame pour vous faire voir
Que ie recognoiſt le deuoir
Dont enuers vous mon cœur s'oblige
En mon mal tout ce qui m'afflige
C'eſt que mon œil ne vous voit plus,
Car ie ſuis dans vn liɛt reclus,
Ou tout ainſi qu'vn fou qu'on lie
Ie reſuace mainte folie.
Ie voy mon goſier s'attacher
Aux eaux qui coulent d'vn rocher
I'en boy dedans vne coquille

Ie defrobe dans la baftille
Le trefor du fieur de Rofny,
Puis de crainte d'eftre puny
Ie bat tout foudain la campagne
Ie fais des chafteaux en Efpagne:
Ie voy foüillant dans vn baffin
Vn qui faifoit le medecin
Qui dit Ieanne la rencherie
Doit encores aller en furie :
Ie voy fur vn beau petit mont
Grand nombre de filles qui font
Au temple de faincte Perine
Des traits de l'enfant de Cyprine:
Ie voy le grand Turc qui n'afpire:
Qu'à deftruire le fainct Empire:
Ie voy des hommes en debat
Craignant de gafter leur rabat
Ou d'auoir le corps en fouffrance
Parler des marefchaux de France:
I'ay veu d'vn prelat les vertus
Ses pages font de gris veftus
Et luy tout feul fait de fa bande
Les geftes de la Carabande
Ie voy en l'eftat ou ie fuis

Vn gros maroufle dans vn puis
Qui tenant le bout de la corde
Demande a dieu misericorde.
Ie voy des Rois, comme bergers
Se promener dans des vergers,
Puis i'embrasse nud en chemise
Tous les beautez de la Marquise,
Et qui pleine de bon desir
Me permet l'vnique plaisir
Ou l'amant bien aymé se plonge
Il est vray que ce n'est qu'en songe
Ores ie dessille mes yeux
Ma teste se porte vn peu mieux
Mon ame n'est plus insencée.
Mais elle seroit offencée
Si vous ne m'accordez l'honneur
D'estre vostre humble seruiteur,

FANTASIE.

IE la trouuay de gris vestuë
Depuis la teste iusqu'au pieds
Gaye en sa teste de tortuë
Comme lapins dans leurs clapiers
N v

Et tousiours nouuelle grimasse
Pour contreminer son rabat,
Plat & pressé en sa cuirasse
Comme vne figue en son cabat:
　La mignonne est si ioliette
Qu'elle vuide trois gouttes d'eau
De la cuisse d'vne allouëtte
Ou bien du col d'vn pigeonneau
　Ces fesses à rien ne ressemble
Et les deux pommes de son sein
Sont telles qu'on peut bien enssemble
Mettre le tout dedans la main.
　Sur sa folle petite teste
Sa houppe du poix d'vn escu
Bransloit comme la rouge creste
D'vn moineau qu'on bat sur le cu:
　Elle resemble dans les bandes
De son petit vertugadin,
Aux Damoiselles de lauandes
Dans les bordure d'vn iardin.
　Elle brauoit faisant la rouë
Deuant le galant qui la sert
Comme vne mouche qui se iouë
Dessus la nappe d'vn desert.

DESDAIN D'VNE
Dame,

 Etire toy perfide amant
Ie t'é done vn pouuoir bien
　　　ample,
Fais le desdaigneux librement
Tu ne le fais qu'a mon exemple.
　Sois de glace ou de flame espris
Tout de franchise ou d'artifice,
Ie desdaigne autant ton mespris
Que ie mesprise ton seruice,
　Si ma ieune credulité
En t'aimant te la fait paroistre,
Fais gloire de l'auoir esté
Tu n'en seras iamais de l'estre,
　Les faueurs qui viennent de moy,
Que retirer ie ne desire,
Autrefois tesmoings de ma foy
Te sont des marques de mon ire:
　Ne me vient plus suiure des yeux
Quand de mon logis ie m'absente

LES MVSES

Pourquoy fais tu le curieux
D'vne perſonne indiferente.

Pourquoy viens tu cent fois le iour
Deuant ma porte en ma preſence
Ce que tu faiſois par amour
Tu le fais par accouſtumance.

Ou tu le fais par vanité
Afin qu'vn enuieux m'eſclaire
Ou par ton importunité
Tu prend plaiſir à me deſplaire.

La haine à ton meſpris eſtant
Donne à toy meſme patience:
Ton amour ne m'obligea tant
Comme ſera ton oubliance

Croy que ie ſuis au rang des morts
Et deſia pour cendre me iuge
Moy ie te tiendray pour vn corps
Qui mouruſt durant le deluge.

Dialogue contre vne fardee

D. O Voy? tu n'adore pas vne
Dame si belle
Les traits de ses beaux
yeux ne t'ont-ils pas espoint.

R. Sçauez vous pas qu'estant de la se
cte nouuelle
Il ne m'est pas permis d'adorer rien
de peint.

SVR VNE ABSENCE.

P Vis-que des cieux l'iniuste loy
A ce coup absence de moy
Celle donc mõ ame est captiue
Mes yeux au moins en ces mal-heurs
Monstrez par l'excez de vos pleurs
Que ma douleur est excessiue.

I'ay souuent comblé de tourment
Desiré son esloignement
Puis lors que ie me veux distraire,
Et conseruer ma liberté
La memoire de sa beauté
Me fait desirer le contraire,
Mon penser ne s'esloigne pas
Il recognoist de ses appas

Tousiours la puissance inuincible
Pour elle il me fait souspirer
Et qui m'en voudroit retirer
Ce seroit faire l'impossible.

O ! depart triste & rigoureux
Depart mille fois mal-heureux
Qui sert à mon mal-heur de proye
Ie me meurs d'ennuy à ce iour
Mais ie sçay bien qu'à son retour
Il me faudra mourir de ioye,

EPIGRAMME.

CEste femme qui si debille
Se fait mèner dissous les bras
Si elle estoit entre deux draps
Elle en lasseroit plus de mille,

AVTRE,

D'vn maquereau.

ON dit qui n'a pas la façon
D'estre emsenble chair & poisson
Mais on ce trompe ce me semble
Ou bien i'ay faute de cerueau
Car n'est il pas les deux ensemble
Estant cocu & Maquereau.

Loüange de la Bosse en faueur d'vne Maistresse.

QViconque dit que ma Nymphet-
    te,
Porte vne eschigne contrefaite
Est vn vray bandit & ne sçait
En quoy consiste le parfait
  Se void-il rien en tout ce monde
De parfait qui n'ait forme ronde
Y a il rien dessous les yeux
Et dedans son rond spacieux
Qui ne soit rond, Et la nature
A t'elle aucune creature
Qui n'ait en soy quelque rondeur,
Du Soleil ronde est la splendeur,
La Lune n'est point si luisante
Si profitable ny plaisante
Estant en croissant nouuelles
Qu'elle est en son plein rondelles
  La terre est vne ronde boule,
La mer qui autour d'elle roule

Est toute ronde, & tous les Airs
Volent rondement sur les mers:
Le grand Ciel rondement accolle
Ce Tout, de l'vn a l'autre Pole,
La pluye en ces terrestre lieux
En gouttes rondes chet des Cieux:
Et en poix ronds tombe la gresle
Mesme les cailloux qui se mesle
Parmy les tonnereux esclats
Tombent tout rond en ce lieu bas

Les oyseaux qui par l'air se iouent
Les poissons qui en l'onde nouent,
Les cruels habitans des boix
Et ceux qui reçoiuent nos loix
Et qui viuent dedans nos chambres
Sont rôds en chacun de leurs membres

Mesmement les arbres plantez
En ce monde de tous costez
Les vns sur les autres montagnes
Et les autres par les campagnes
Croissent enssemble ronds & longs
En leurs branches & en leurs tronqs
Les herbes qui ça & la naissent
Tousiours en forme ronde croissent

Toutes les especes des fruicts
Qui sont par nature produicts
Et toutes les fleurs que la terre
De son fecond ventre desserre
Sont toutes rondes, & tous ronds
En sont les odoreux boutons.

Les Bleds, les Orges, & Aucines
A nostre manger tant idoines,
N'ont elle pas, leurs almes grains
Arrondis sur leurs iaune brins ?
N'ont elles pas leurs pailles blondes
Ensemble longuettes & rondes.

Nous n'auons membres en nos corps
Ou soit dedans, ou soit dehors
Qui ne soient ronds : mesme nos ames
Sont rondes, & des belles dames
Les membres plus beaux & parfaicts
Et qui font les plus d'effects
Sont ronds comme billes d'iuoire
Et ceux de qui despend la gloire
Des Cupidons les plus hardis
Sont mignardement arrondis
Y a il marbrines boullettes
Plus rondes que leurs mammelettes?

Que leur ventrelet rebondy?
Que leur mentonnet arrondy
Que leurs mottelettes iolies,
Et que leurs cuissettes polies,
Bref la volonté du grand Dieu
N'a rien parfait en ce bas lieu
Ny dedans le celeste monde
Qui ne soit de figure ronde

Apprenez donc, esprits moussus,
Que ceux qui ont les dos bossus
Ainsi qu'vn Limaçon enorme
Ou qu'vn Lapin qui est en forme,
Sont plus parfaicts que ne sont pas.
Ceux qui les ont larges & plas
Et que celle qui ont l'eschine
Comme ceste ronde Machine
Sont plus parfaites que ne sont
Celles qui n'ont pas le dos rond.

Or donc qui dit que ma Nymphette
Pourte vne eschine contrefaicte
Est vn vray baudet & ne sçait
En quoy consiste le parfaict.

DE MARTIN.

Ers la saison de Caresmepre-
nant
Vn soir bien tard Martin s'é
reuenant
De son logis sans chandelle & sans fla-
me,
A l'impourueu trouua sa pute femme
Qui attendoit au haut de son degré
Vn ieune gars qui estoit a son gré
Luy, sans parler la tatone & l'approche
La met sus cul & viuement l'embroche,
Elle cuidant que ce fust son paillard
Le secoüoit d'vn branslement gaillard.
Le ieu finy, Martin tout hors d'aleine
Sans dire mot la releue & l'emmeine
Dedans sa chambre ou la chandelle e-
stoit.
  Tout aussi tost que Martin elle void,
Elle luy dit en sousriant, ie iure
Que vo⁹ deuez l'heur de ceste aduäture

'A la nuict sombre, ô mõ douillet espoux
Car si i'eusse eu cognoissance de vous,
En bonne foy vous ne m'eussiez touché
Que dans le lict ie n'eusse esté couchec,
Or ie vous laisse a penser si alors
Martin cogneut ses inuinsibles Cors

De luy mesme.

 Ous faictes de l'Asne Martin,
Et pource il faut que ie vous crible
De l'auoine plain picotin
Pour vous rendre vn peu plus paisible
On m'a dit qu'il est impossible
De vous empescher d'Asnonner,
Mais ce propos m'est incredible
Et ne puis ma foy luy donner
Parquoy ie vous veux bastonner
Sur le dos & non sur la teste,
Car il vaut beaucoup mieux erner,
Qu'écorner si plaisante beste.

DE RENEE.

 V as, Renée, vne balaffre
De Catces ſi friande & ſaf-
fre,
Que tu ne peux aucunement
Eſtre en repos, ſans l'inſtrument
De ton mary, ou de ceſt autre
Qui la gros comme vn fuſt de peaultre,
Pour teſmoignage de cecy
Ie te veux ramener icy
Qu'apres le treſpas ſeneſtre
De ton mary, tu ne peux eſtre
Deux iours en ta viduité,
Acte trop plain d'iniquité,
Et qui ſait que chacun te trouue
Plus des-honneſte qu'vne louue.
On dit meſme que cependant
Qu'il eſtoit au lict attendant
De treſpas qui le venoit poindre.
(Feignant triſtement de le plaindre)
Ton cœur à tous coups ſe plaignoit
Que quelqu'vn ne te cheuauchoit.

Or puis que tu es si vilaine
Et de lubricité si pleine,
Ie voudrois que tous les Mulets
Et les coursiers de Mirelais
T'eussent tant cheuanché Renée,
Que tu en fusse toute ernée.

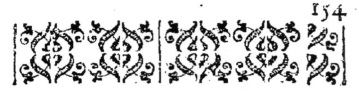

A DIEV A VNE
Marquise.

Dieu vous dis belle mar-
quise.
Mon ame vous est tant
acquise
Que ie croy sans vous que Paris,
Ne seroit qu'vn nid de souris
Ie le vous dy, ie le vous iure
Et ne pense point faire iniure
Aux coquettes & aux cagots
Qui demeurent dans son enclos
Ie suis tourmenté dans mes veines
Ie les sens de feu toutes plaines
Mon esprit n'est point à requoy
Ie ne sçay comment ny pourquoy
Vous vous parez pour estre belle,
I'ay fait de vous prison nouuelle
En la grace de vos appas
Que vous mesmes n'ignorez pas

Appas pour qui loing de son trosne
Iupiter demande l'aumosne
Helas! encore vn coup adieu,
Puis que vous partez de ce lieu:
Ie vis assoir par infortune
La resemblance de la Lune,
Qui de gros mots me picota
Depuis que vostre œil me quitta
I'admire fort sa face entiere:
Mais qui pourroit veoir son derriere
Dedans vne chasse de fer,
L'on oiroit aux poisles d'enfer
Gronder les fureurs & les rages
Et d'Acheron les marescages
Sy son nom ie ne vous escrits
Sçachez le de monsieur descrits:
Mais cependant que ie m'amuse
A ceste Idole descruse.
Mon cœur persé de part en part
Me fait plaindre vostre depart,
Et maudire ma destinée
A ceste maudite iournée
Que ie perds l'espect de vos yeux
Flambeaux de la terre & des cieux,

DESDAIN

DESDAIN.

A Quoy seruent tant d'ardifices
Et des sermens au vent iettez,
Si vos amours & vos seruices
Me sont des importunitez.

L'amour à d'autres yeux m'appelle
N'attendez iamais rien de moy,
Me pensez vous rendre infidelle
En me tesmoignant vostre foy.

L'amant qui mon amour possede
Est trop plain de perfection:
Car doublement il vous succede
De merite & d'affection.

Ie n'en puis estre refroidie
Ny rompre vn cordage si dous,
Ny le rompre sans perfidie
Ny d'estre perfide pour vous.

Vos attentes sont toutes vaines
Le vous dire, est vous obliger
Pour vous faire estre de vos peines
De vous & du temps mesnager,

O

Lettre à vn Marquis.

Army les aſſaux qu'on me
    donne
Et des ſupplices qu'on mor-
donne
Pire mille fois que la tous,
Encore me ſouuient-il de vous
Braue Marquis que tant i'eſtime
A qui mon cœur comme victime
Eſt offert en affection,
Par moy ſans nulle fiction
Point ne vous eſt eſcrit nouuelle
Car ie ſens troubler ma ceruelle
Par des maraux, par des cagnards
Qui portent baſtons & poignards,
Et autres ne ſçay qu'elles gens
Qui ieurent comme des ſergeans
Qui me feront deuenir ſage:
Mais ſans attendre leur meſſage
Ie ſuis deſia tout reſolu
A Dieu ce plaiſir abſolu

Qu'autrefois i'ay pris à mesdire
Ie ne veux desormais escrire
Aucune petite chanson
Digne d'vn simple maudison
Ny qu'vne saincte ne la lise
Dans le cœur mesme d'vne Eglise,
Car ie veux gaigner Poradis,
Par mes bien faicts adieu vous dis
Escrit ayant l'ame en souffrance
A Paris en l'Isle de France,
Chez vn Seigneur qui par ma foy
Ne vous ayme pas moins que moy.

O ij

LES VISIONS
de la Cour.

LA peur de l'aduenir, & ce
      courtier punique,
Me firent veoir vn homme
   aux charmes addonné
Qui dedans le criftal d'vn grãd miroir
   magique
Me feit veoir des obiets dont ie fus
   eftonné
   Ie veis du haut du Ciel S. Honoré
   d fcendre
Maudire fes voifins & fõ propre feiour
Si par Edict public l'on ne vouloit def-
   fendre
Que dedans fon Eglife on ne parlaft
   d'amour,
Au millieu des ardans qui luifoient par
   la ruë

I'apperçeu vn berger par son desir con-
    duit
Qui malgré les regards de la trouppe
    incogneuë
Recherchoit son aurore au millieu de la
    nuict :
Ie veis vn grand Heron sur la riue
    deserte
Surprendre vne grenoüille & l'aller
    deuorant
Qui apres luy auoir la cuisse descouuerte
La laisse estant repeu à tout le demeu-
    rant.
    Ie veis mille valets au iuge s'aller
    plaindre
D'vn vieillard qui par tout de la chair
    marchandoit
Et par ses vieux abus que l'on vouloit
    retraindre
Ce qui valloit dix souz, cent escus le
    vendoit.
    Ie veis vn grand marais & dans son
    onde claire
Chascun tendre sa ligne, & prendre du
    poisson,   O iij

Ou chacun se trompoit, & ne pouuoient
   rien faire

Par faute d'auoir mis de l'or à l'ameçõ,
   I'apperceu atteller quatre ieunes ca-
   ualles

A vn chetif Chariot nommé neceßité:

Mais elles demeuroient dans les bour-
   bes plus sales

A faute d'auoir pris vn foüet d'or redoublé.

Deux chasseurs poursuiuant deux biches à la queste

L'vn deux frappa la sienne à l'endroit
   plus espais,

Et l'autre plus suptil eut du poil de la
   beste

Si l'vn est bon archer, l'autre n'est pas
   mauuais

Ie veis mille animaux dans les champs
   Elisees

Des Troupes, des Serpens, se promener
   au soir

Des veaux chercher l'Escho de leur
   voix desguisees

Vestus en habit d'hommes, & sur l'her-
    be s'assoir.

Ie veis vne Iument morueuse & for-
    te en bouche

Aupres d'vn Escuyer qui la vouloit
    monter.

Comme vn ieune Poulain faire de la
    farouche

Et d'vn franc discoureur ne se laisser
    dompter.

Ie veis vn champ de pois humesté
    d'appostume,

Que iamais le soleil n'eschauffoit de ses
    rays:

Car l'on disoit tout haut, que c'estoit la
    coustume

Qu'on y soulloit planter des febues de
    marais

Ie veis vn corps percé sembler vn
    trou madame

Ou les amans passoient le temps sans
    nul soucy   (dame

Car chacun d'eux ioüet au trou de ceste

Et les boulles estoiët d'Oliues de Poissy

                    Q iiij

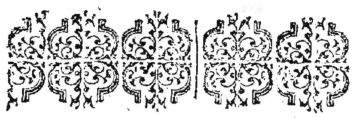

LES COMME ET
ainſi de la Cour.

Omme le blond *Phœbus* s'ad-
  uance
    Dans l'occean audacieux
De meſme l'homme ſans finance
Ne peut auoir l'eſprit ioyeux.
    Comme le grand cheual de plaſtre
Fut à marc aurelle iadis
Ainſi belle que i'idolaſtre
Paris, eſt voſtre Paradis.
    Comme le beau Soleil ſe carre
Aux Antipodes deuallant
Ainſi la Guenon en Simare
Surprend les mouches en volant.
    Comme les matieres des ames
N'eſt pas de cire de flambeaux
Ainſi la fortune, & les femmes
N'ayment pas touſiours les plus beaux.

Comme sur la riue d'Euphrate
Annibal fut d'amour espoint
Ainsi bien souuent l'on se gratte
Au lieu qui ne demange point
   Comme du tout & du non l'estre
C'est vniuers fut composé
Ainsi pour seruir bien son maistre
L'on est en fin recompensé.
   Comme il y eut vn gaand carnage
Autre fois au mon de Sion
Ainsi l'on cognoist au visage
Ceux qui demendent pension
   Comme l'on ne veoid point de bottes
Voler pour les chaunes souris
Ainsi les gallands plains de crottes
Viennent tous les iours de Paris.
   Comme le braue Don Quixote
Par sa valleur fust renommé
Ainsi faut porter la callote
Pour empecher d'estre enrumé.
   Comme la corne d'Amalthée
Parmy les astres fait le iour
Ainsi belle Pantasilée
Il fait bien plaisant à la Cour,

O v

IALOVSIE.

Yant recognu vos attraits
Et la puissance de leurs traits
N'aymer point seroit peu de gloire :
Mon ame y forcetoit mon cœur
Si ie sçauois que mon vainqueur
Fit quelque estat de sa victoire.
Ie ne puis d'amour estre espris:
Pour estre payé de mespris.
En aymant la faueur m'esueille
Celle qui me doit emflammer
Auant que de me comsommer
Doibt brusler de flame pareille:
Amour enfant sans vanité
Se plaist a l'innegalité
Et eut bien pour les moindres hommes,
Senty son cœur d'Amour espoint
Il est vray qu'on ne trouue point
De Déesses au siecles ou nous sommes.
Vous ne croyez sans iugement

De parler ainsi librement,
De la veruille vient la haine
Cypris n'eust pas les yeux si doux
Ce qu'elle eut de plus beau que vous
C'est qu'elle ne fut pas si vaine
  Ie n'en suis pourtant en esmoy
Estimant qu'à d'autres qu'à moy
Vostre douceur est bien plus grande
Mon humeur que rien ne contraint
Ne sçauroit adorer de sainct
Qui ne cherisse son offrende.

L'esguillette blanche & noire
a Philis.

SI le blanc represente vne sinpli-
    cité,
Si le noir son contraire vn roc de
    fermeté,
Vous ne me pouuiez pas donner vne
    esguillette
Plus propre & conuenable a mettre a
    ma braguette

O vj

Que ceſte cy, Philis, ou voſtre eſprit
    fait voir

Mignardement conioint, & le blanc &
    le noir,

Car il n'eſt rien ça bas plus ferme que
    la choſe

Qui dedans ma braguette eſt ſeine-
    ment encloſe,

    Pour preuue de cecy i'en appelle a teſ-
      moins

Deuant le Dieu d'Amours, mille trous
    pour le moins

Qui n'ont peu reſiſter à la roide eſcar-
    mouche:

De ſa ferme vigeur qui iamais ne re-
    bouche

Tant plus que leur paſſage eſt eſtroit &
    petit,

Tant plus elle affermiſt & entre en ap.
    petit

Augmantant ſa vertu d'vn accez dif-
    ficille,

Semblable au bon guerrier qui attaque
    vne ville,

Où plus les Cytoyens sont actifs & ar-
　dens

A l'enpescher d'entrer, plus il entre de-
　dans.

Quand a sa simple humeur, il n'en
　est de semblable

En ce rong terrien, tant elle est admi-
　rable,

Car iamais n'a doub't, soit quelle ait
　enfilé

Vn cas qui n'auoit point esté depucellé,

Soit qu'elle ait resisté aux maniemens
　allegres

De ces trous alterez ou de ceux qui sont
　maigres

Soit qu'elle ait combatu ceux qu'on ne
　peut dompter

Aux amoureux conflits, ains qui ont
　fait quitter

Aux plus braues soldats de l'amoureuse
　ligue

La place, tous recreux & panthois de fa-
　tigue

Halletans tout ainsi que ces mornes li-
　miers

LES MVSES

Qui ont trop galopé par bois & par hal-
                liers
Apres le viste cours d'vne biche legere
A qui l'on fait quitter sa maison bocca-
                gere,
        Donc Philix, s'il vous plaist de sça-
        uoir par effect
De qu'elle fermeté & simplicité sçait
Combatre à chaque trou ceste gentille
                chose,
Qui dedans ma braguette est saine-
                ment enclose
Alons sur ce lict verd, car m'ayant con-
                senty
Ce bõheur, vous verrez que ie n'ay pas
                menty,

SONNET.

Contre vne mauuaise nuict

Maudite soit la nuict par trop
                brunette
Et le troupeau des astres assemblez.

Trop peu luisans alors que dãs les bleds
   I'estoquadois le ventre de Tienette,
Mieux meut vallu qu'elle eust esté
     Nonnette,
   Et que mes yeux eußët esté troublez
   D'vn fort sommeil alors qu'estions
    couplez,
Et que son cas me scruoit de braguette
Ie n'euße helas? enduré tant de maux
Côme i'ay fait, qui ont côme animaux
Rongé le frein de ma triste mentule :
Et n'euße außi dans mes chauße logé
Ie ne sçay quoy qui m'a tant outragé
Qu'au lieu d'aller en auant ie recule.

DE MARTIN.

Artin est cocu doublement
Et vous veux apprendre com-
    ment
Chacun de sa femme se couple
Et s'il croit qu'il n'y a que luy,
Il nourist les enfãs d'autruy,
N'est ce pas estre vn cocu double.

PLAINTE.

Souuent apart moy ie souspire
Sentant la rigueur de vos
coups
C'est vous qui causez mon martire,
Encor ay-ie peur de le dire
Lors que ie suis aupres de vous,
Lors qu'en vous mon cœur se trans-
porte,
Le respect gouuerne mes sens
Et me voyant en telle sorte
Ma langue n'est pas assez forte
Pour dire le mal que ie sens
Mais vostre esprit peut biē cōprendre
Et vostre bel œil peut bien veoir,
Ou mon desir se veut estendre
Ainsi muet ie fais entendre
Les effects de vostre pouuoir.
Auant que mon ame asseruie
Allast, en vos yeux s'enflamer
Ie parlois selon mon enuie:

Mais or ie contente ma vie
De me taire, & de vous aymer.

REGRETS.

HA ! que mon ame est insencee,
De n'auoir point d'autre pen-
see,
Que d'adorer vostre beauté,
Puis qu'il n'est pas en la puissance
De ma fidelle obeyssance,
Deflechir vostre cruauté.
  Pourquoy l'amour que ie vous porte
N'oblige point estant si forte,
Vostre ame à me vouloir du bien
Pensez vous que soit peu de gloire,
D'auoir remporté la victoire
D'vn esprit tel comme le mien.
  Ou bien pensez vous que mes plain-
tes,
Ne soient que des parolles faintes,
Que se pratiquent à la Court,
Et qu'en vous offrant mon seruice:

LES MVSES

Ie suis plus remply d'artifice,
Que ie ne suis remply d'amour.
  De m'accuser que ie s'ouspire
Sous le ioug de quelque autre Empire,
Belle vous n'auez pas raison,
Est-il rien de plus desirable,
Quoy que l'on vine miserable
Que d'estre dans vostre prison.
  Que le Ciel d'vn coup de tempeste,
Face plusieurs parts da ma teste.
Si vostre œil ne m'est seul vainqueur,
Et si iamais ie fais hommage
Qu'au viuant traits de vostre image,
Que l'amour graua dans mon cœur.

FANTASIE.

H E ! quoy Lucine est of-
fencée
De ce que vous l'auez
quittée,
Dedans le pourmenoir
des Roys,

Ma foy elle entend mal les loix
Veu qu'elle sçait si bien le droit:
Car ie vous iure en cest endroit,
Que moy, qui ne suis pas vicomte
Aurois fait aussi peu de conte,
Et la quiter de ceste sorte
Qu'vne sorciere demy morte:
Dictes luy pour la satis-faire
Que vous auez fort grand affaire
A parler à vn limasson:
Mais qui l'estreme passion
Que ces doux charmes vous eslance.
Feront que iamais vne offence
De vous ell' ne peut receuoir,
Que vous cognoissez le pouuoir
Qu'elle à dessus vos volontez:
Mais que les destins irritez
Quelques fois de nos ames vei-
    ves,
Fait qu'il nous arriuent des peines
Dont l'on ne sçauroit en sortir,
Sans en auoir du repentir:
Mais le courage nous surmonte,

Adieu vous dy braue vicomte
Ie ferois vn plus grand exces
Si ce n'estoit vostre procez
Qui vous tient en quelques alarmes,
Pourquoy ie finiray ces carmes.

BRISCOLE.

'On m'a dit qu'vne *Robine*
Cocubine,
A l'esprit reconforté
Croyant comme elle le conte
A ma honte,
Que i'ay bien esté frotté.
Mais las! qu'elle ne se rie
Ie la prie,
De tous mes petits discors
Par ses amis elle mesme
Seiche & blesme,
C'est bien fait frotter le corps.
Ceste flutte reuestuë
Seuertuë,

Auecques ses yeux charmans
Qui sont tous plains d'apostume
        En escume,
D'attirer quelques amans.
        A luy voir tant d'ouuertures
            Aux iointures,
Vn homme est bien empesché
Qui de sa nature abore
        De Gomore,
Le detestable peché.
        Elle à tousiours quelque graine
            De migraine,
Qu'elle donne à ses amis,
Et sa nature est si bonne
        Qu'elle en donne,
Plus qu'on ne s'en est promis.
De ses cuisses de Grenoüille
        Qu'elle moüille,
Auec l'orreur de ses trous
Vne sanglante froissure
        Sans blessure,
Luy pend dessus les genoux,
Elle n'a la quenipage
        Que la rage,

De son impudicité
Qui la fait aller au baume
    De sainct Cosme,
Auecque nescessité.
    Vn iour vne vielle Fée
    Malcoiffée,
Me dict voyant le portrait
De ceste fascheuse gaupe
    Ceste taupe,
Mourra dessus le retrait:
Quelque il soit la courtise
    Par faintise,
Mon aduis contestera:
Mais ie trouue en mon grimoire
    Que la foire,
Iamais ne la quittera.
Voyla les fruicts & la queste
    D'vne beste,
Prise par tant de veneurs
Ses enfans deuant Pauie
    Plains de vie
N'estoient desia plus mineurs.
Laissons ceste noire étique
    Autentique,

Auec les chiens, & les chats,
Faites couller à bauieres
    Des riuieres,
Des sueurs, & de crachats.
    Quand à moy ie la gourmande,
        Et luy mande,
Pour mon dernier entretien
Que ie suis sur ma parolle
        Sans verolle,
Et que ie me porte bien.

Voyage de M. de L.

Ncore que soyez presente
Madame vostre bonne tête
A bourcevuide, & riēdedās
Vo⁹ fustes au coche d'orleās
Vous l'onziesme de vostre fuitte
En craignant des sergeans la suitte,
A peu de frais, & sans caquet
Dessous le bras vostre paquet.
    La fille au Comte de Thoulouze,
Comme vn Lieure dessus la plouze

Vous marchiez en piteux arroy
Remplie de peur & deffroy,
Vous fustes assez estonnée
Quand il vint l'honneste effrontee,
Dire madame payez moy.
Car vous n'auiez alors dequoy.

Remonstrance.

Adame voicy le Caresme
Croyez moy, mãgez de la chair
Le poisson rend la face blesme,
Ne craignez pas tant de pecher,
Vous auez assez de douceur
Pour appaiser vn confesseur.
Ne parlons donc plus de groiseilles,
Laissons les sur les groiseilliers
Mettons en ieu les carouselles,
Et messieurs les caroussiers.
Le faict est trop godelureau
Pour n'estre point sur le bureau.
N'estoit ce pas vn beau spectacle,
Que ces Dieux marins hors des eaux
Vulcan

Vulcan ne fit-il pas miracle,
Vistes vous pas de beaux oyseaux:
    L'on voyoit bien aux Elefans
    Que ce n'estoit pas ieux d'enfans.
Les dames qui n'estoient pas saoulles
Pour n'auoir pas trop bien souppé,
Le bec serré comme des moulles
Faisoient monstre de point couppé,
    Et pensoients estre en Paradis,
    De veoir iouter ses Amadis.
Le galant voyant sa maistresse
Dedans ses beaux habillemens,
Qui ne pouuoit parmy la presse
Retenir ses fretillemens,
    La galande de son costé
    Voyoit son amoureux botté,
Il se feit certaine querelle
Dont tout le monde marmottoit,
I'en voulleus sçauoir des nouuelles,
Et l'on me conta que c'estoit
    Vn iambon qu'on auoit frotté
    Contre vne crouste de pasté
Mais peut estre ie me trauaille,
En vain de vous entretenir

                P

LES MVSES

Si mes vers ne sont rien qui vaille,
Ie feray mieux à l'aduenir:
Contentez vous que le masson
N'en pretend rien de la façon.

AVTRE.

ET quoy! Madame Frede-
gonde,
Vous voudriez auoir tout
le monde,
Et n'aymez rien fidellement
Soyez volage, à la bonne heure
Ce que vous ferez par nature,
Iè le feray par iugement.

Vous n'auez ny foy ny prudence,
D'auoir vne telle abondance
Des sots qui font les amoureux,
Non, mais si vous me voulez croire,
Vous armerez vne Galere
De tant de forçats langoureux
Il n'est celuy qui ne si preigne
Car vous tendez comme vne areigne

Vos filez en cent lieux diuers :
Mais voſtre peine eſt in-vtille :
Car voſtre toille eſt ſi debille,
Que l'on paſſe tout au trauers :
  Chacun vous offre ſon ſeruice
Ainſi qu'à la femme d'vliſſe,
Vous ſemblez l'huus d'vn garde ſeau,
Et ſi l'amour ne me tranſporte
Semblable eſtes au coin d'vne porte.
Ou l'on va pour piſſer de l'eau.

    Voſtre logis eſt vne foire
Vne grand auge ou l'on va boire,
Vn lac, ou l'on va abreuuer
Tout le long du iour à la ſile,
Toutes les beſtes de la ville
Que l'on meine pour abreuuer.
Quand à moy, ie vous abandonne,
Et au premier diable vous donne :
N'eſperez plus me retenir,
Comment ſeruir vne momie
Vne eſquellete, vne laye,
I'aymerois mieux pluſtoſt mourir.

    Retournez dedans voſtre biere,
Fantoſme allez au Cimetiere,

LES MVSES

Vous estes l'effroy des enfans,
Vos os n'ont plus de couuerture
Retournez à la sepululture,
Vous mourustes, il y a long temps,
C'est vn sorcier qui vous anime
Tiré du profond de Labisme,
Par vn magique enchantement
Ie t'adiure esprit diabolique,
D'abandonner ce corps étique,
Et le laisser au monument.

REGRETS.

D E tous les desplaisirs qui tra-
uaillent vn cœur
Qui recognoist amour pour
estre son vainqueur
Et qui luy rend hommage
Il ne s'en trouue point qui sois si rigou-
reux,
Que celuy d'estre absẽt de l'obiet amou-
reux:
Dont il porte l'image,
Mesme quand la beauté dont il se void
espris,

Souuent par ses appas les plus rares esprits,

   A son obeyssance:
Car le soupçon du change augmēte son
ennuy,
Et la force à penser qu'vn plus heureux
que luy

   La tient en sa puissance,
Depuis que dās ce lit i'acuse le malheur
Ou ie suis trauaillé de l'extreme dou-
leur,

   D'vne fiebure inhumaine:
Ie meurs pour ne voir plus l'œil du miē
adoré
Et la crainte de perdre vn bien tant desiré,

   Fait augmenter ma peine,
Que s'il est destiné que son esprit trompeur,
Doiue vn iour accomplir de ma ialou-
se peur,

   Les tristes Prophesies,
La tombe est le seul but ou vise mon
desir,

     P iij

LES MVSES

Pour ne resentir point le cruel desplaisir
 de les voir reußies,
  Außi i'ay resolu de ne permettre
 point
Tandis que mon esprit à mon corps sera
 ioint,
   Qu'vn autre me sucede,
Le Ciel qui ne voit rien, sinon ma loy-
 auté,
Qui puisse aller du pair auecque sa be-
 auté,
   Veux que ie le possede.
Quand i'aurois contre moy tous ces
 facheux guerriers,
A qui la France doit ses pris, & ses
 Lauriers,
   Pour empescher ma gloire:
L'amour d'vn tel obiet porte mon cœur
 si haut,
Qu'ô ne sçauroit doubter d'auoir en cet
 assaut
   L'honneur de la victoire,
Phillis si les effects de ma fidelité
Surmontent vne fois ceste incredulité

Qui vous rend si rebelle,
Ie sçay que vous direz que dans voz
    beaux cheueux
Iamais vos beaux soleils n'ont arresté
    les vœux
    D'vn amant si fidelle.
Tous ceux qui maintenant iurent les
    immortels,
Qu'ils offrent tous les iours aux pieds
    de vos autels
    Leur ame en sacrifice,
Et que leur fermeté n'aura iamais de
    bout
Sont des cerueaux legers qui pratiquēt
    par tout
    Vn semblable artifice.
Chassez dōc ses esprits rēplis de vanité
Indignes d'aprocher de la Diuinité
    Qui luict en vostre face,
Et si c'est vostre humeur, que de me re-
    tenir,
Accordez à mes vœux qu'en vostre sou-
    uenir,
    Autre que moy n'ait place.
      P iiij

IOVISSANCE.

IL est temps que l'amour d'vne
 belle couronne,
De mirthe & de Laurier, mes
cheueux enuironne,
Ie tiens entre mes bras apres tant de
mespris
 La belle qui ma pris:
Ie tient ceste beauté qui n'a point de se-
conde
De qui les beaux cheueux arreſtēt tout
le monde:
Car qu'elle ame aſſez forte à iamais
euité,
 Ceste captiuité,
Malgré tous les aguets d'vne trouppe
importune,
Des voleurs ennemis de ma bonne for-
tune,
Et les empeſchemens d'vn frere, &
d'vne ſœur:
 I'en ſuis le poſeſſeur

C'est ombrageux mary qui la tient en-
    fermée,
Et qui la va preschant de bonne renom-
    mée:
Sans que de mes desseins il ce soit ap-
    perceu,
      A cet heure est deceu:
Sot & simple qu'il est, il pense qu'vne
    porte
Dont il porte la clef rend sa chambre as-
    sez forte,
Pour repousser l'amour, & qu'il n'est pas
    besoing
      D'en prendre plus de soing.
Helas il monstre bien qu'il n'a pas
    cognoissance,
De ceste deité non pareille en puissance
En qui les iours d'ayrain n'eurent rien
    d'assez fort
      Pour vaincre son effort:
Mais qui peut estimer vne femme insi-
    delle,
Qui vous baisse à tous coups, & son
    cœur vous appelle

      P v

LES MVSES

Qui fait mille sermens vous cognoissa
   ialoux,

   Qu' n'ayme rien que vous.

Qui dit que les brislans ne parent point
   la tresse,

Pour d'vn nouuel amy, se rendre la mai-
   tresse:

Mais pour vous empescher de n'auoir
   pas subiet.

   De n'aymer autre object:

Qui tout le long du iour fera la cour-
   roussee

Qui vous accusera de l'auoir delais-
   sée,

Pour en seruir vn autre a qui vostre
   valet,

   A donné le poulet:

Madame à sceu si bien par ses beaux ar-
   tifices,

Tromper de son ialoux les ruses & les
   malices,

Qui la croit fermement vnique en loy-
   auté

   Comme ell' est en beauté

Ie croy que dans son lit toute nuict elle
    pleure,
Blasmant à tous propos sa trop longue
    demeure,
Et les secrets d'estat, dont le soin impor-
    tant
       L'oblige a veiller tant
Cependant ie la tiens, ie la baise & re-
    baise,
I'embrasse son beau corps, & touche tout
    à laisse,
Sans que sa belle main s'oppose a mon
    dessein,
      Au naiges de son sein
Ses doux embrassemens sont si remplis
    de charmes,
Que ie benis mon mal, & condamne
    mes larmes
Car sçauroit-on payer auec trop de tour-
    ment
      Vn tel contentement.
A force de plaisirs, souuent elle se pasme
Alors par vn baiser ie luy redonne l'a-
    me.

               P vj

Et fais que son bel œil qui sembloit en-
dormy,
   Se desille a demy,
Puis lors que les desirs me donnent du
relasche,
I'admire ses beautez que sa robbe nous
cache,
Et dis en les voyant nature n'a rien
fait,
   Qui soit de si parfait.
Mais tandis qu'a plaisir son beau corps
ie descouure
Voycy nostre fascheux qui s'en reuient
du louure,
Bien fasché que le iour paroisse dans les
cieux,
   Sans qu'il ait clos les yeux:
De peur d'estre surpris, soudain ie me
retire,
Et suis si fort pressé qu'a peine puis-ie
dire,
Beauté qui tien ma vie & ma mort en
ton sein.
   Adieu iusqu'a demain.

DESESPOIR.

Heres & fidelles pensées
Miroüer des liesses passées
Qui dedans l'esprit mauez
cent fois rendu,
Le bien que i'ay perdu:

Des cœurs agreables suplices
Esprit d'amour & de delices,
Dont il console & flatte les ennuis,
De l'absence ou ie suis,

Sur des aisles toute de flame,
Allez & sçachez de Madame,
Si par amour vn bien tout desiré
Doit estre differé.

Au feu que ressent le vulgaire
L'on peut bien brusler & se taire
Mais celuy la dont ie me sens brusler
Ne se peut receler.

Et fais que ſon bel œil qui ſembloit en-
dormy,
Se deſille a demy,
Puis lors que les deſirs me donnent du
relaſche,
I'admire ſes beautez que ſa robbe nous
cache,
Et dis en les voyant nature n'a rien
fait,
Qui ſoit de ſi parfait.
Mais tandis qu'a plaiſir ſon beau corps
ie deſcouure
Voycy noſtre faſcheux qui s'en reuient
du louure,
Bien faſché que le iour paroiſſe dans les
cieux,
Sans qu'il ait clos les yeux:
De peur d'eſtre ſurpris, ſoudain ie me
retire,
Et ſuis ſi fort preſſé qu'a peine puis-ie
dire,
Beauté qui tien ma vie & ma mort en
ſon ſein.
Adieu inſqu'a demain.

Puis vainqueur est tant aymable
Qui rend ma deffaite honorable
Que ie crorois l'offencer doublement
De cacher mon tourment.

Glorieux parmy tant de gesnes
Ie monstre mes fers & mes chesnes,
Et du triomphe a mon mal preparé
Ie me sens honnoré,

Amour comme enfant sans prudence
Ferme l'œil à la preuoyence,
Aux courtisans aymans sans passion
Soit la discretion.

Pour moy dont l'amour est si grande
Qui n'est respect qui luy commande,
Pour qu'els ialoux l'aisseray-ie d'auoir
Le bon-heur de vous voir.

Ha! tiran dont la loy barbare
Pour certain suiect m'en separe,
Ou rroues tu qui me faille prince
pour me la conseruer.

Non, non que tout respect s'esloigne
Il faut que ma mort luy tesmoigne,
Que iayme mieux encourir le trespas:
Que de ne l'auoir pas.

MESPRIS.

PHillis qui me voit le taint
blesme,
Les sens rauis hors de moy
mesme,
Et les yeux trempez tout le iour:
Cherchant la cause de ma p.ine
Ce figure tant elle est vaine,
Qu'elle m'a donné de l'amour.

Ie suis fasché que la colere
M'emporte iusqu'a luy deplaire:
Mais pourquoy ne m'est-il permis
De luy dire qu'elle s'abuse
Puis qu'à sa honte elle m'accuse,
De ce que ie n'ay pas commis.

En qu'elle escolle nom pareille
Auroit-il appris la merueille,

De si bien charmer ses appas,
Que ie la peusse trouuer belle
Pallir, souffrir, languir pour elle,
Et ne m'en apperceuoir pas.

Mais, ô! rigoureuse aduenture,
Vn chef-d'œuure de la nature
En vn lieu si haut, & si beau,
A ma liberté si bien close:
Que le mieux que ie me propose
C'est d'en sortir par le tumbeau,
— C'est bien vn courage de glace
Ou la pitié n'a point de place,
Et que rien ne peut esmouuoir:
Mais quelque deffaut que ie blasme,
Ie ne puis l'oster de mon ame,
Non plus que vous y receuoir.

FANTASIE,

PEndant que mon cœur irrité
Souspire contre la beauté,
Qui tient a mespris ma con-
stance,
Apres de s pensers differens,
Ie cognois en fin que ie sens,
Plus d'amour que de repentence.

Ie dis souuent que cest erreur
De laisser consommer son cœur,
A mille pensées friuolles,
Cependant ie brusle tousiours,
Et croy que tous ces vains discours,
Ne me font sage qu'en parolles.

Ie cherche mille beaux propos
Qui mettent l'esprit en repos,
Sans que dans Platon ie'studie:
Mais tout soudain que ie la veois,
Son œil ou le son de sa voix,
Renuerse ma philosophie.

Les Medeceins sont ignorans
Du mal qui me ronge au dedans,
Ils n'en sçauroient trouuer la cure
Helas ! ie ne fais que languir,
L'on m'a bien dit que pour guarir
Il faut laisser faire nature.

Ie consulte auec les deuins
Pour sçauoir l'arrest des destins,
Et fais maint amoureux mistere
Mais le meilleur enchantement
Qu'on peut pratiquer en aymant,
C'est de bien seruir & se taire.

Non, non, ie sçay bien amortir,
Vn feu qui ne fait que languir,
Qui s'esteint, & puis se rallume,
Comment vous pensiez m'atrapper:
Moy qui sçay les femmes tromper,
Et qui n'ayme que par coustume

Vos propos faintz & deceuans
Dont vous soulliez piper mes sens,
Ne sont que finesse & malice:
Mon cœur sçait c'estant aduisé
Dessous maint discours desguisé,
N'aymer plus que par artifice.

Dieu mercy, ie n'ay nul tourment
Ie passe les nuicts doucement,
Sans trauail, & sans ialousie :
L'amour maintenant ne m'est rien
Que le subiect d'vn entretien,
Pour estre en bonne compagnie.

  Ie cognois la fragilité
Du sexe qui tient arresté,
Tant d'hommes dessous leur empire,
Il ne sçauroit plus m'obliger,
Et ce qui soulloit m'afliger
Me reste maintenant à viure.

  Les plus foibles entendemens,
Obeyssent à leurs mandemens,
Et les estiment des oracles :
Quand à moy si ie dois aymer,
Et de nouueaux feux m'allumer
Il faudroit faire des miracles.

  Leurs cœurs remplis de vanitez
S'emplissent alors qu'ils sont flatez,
Par vne amoureuse complainte,
Soyez par fois audacieux
Vous les emportez beaucoup mieux,
Par le mespris, que par la crainte,

LES MVSES

Elles penſent tout meriter,
Et que rien ne peut reſiſter,
A leur vanité deſcouuerte,
Soyez de cent feux embrazé,
Vous ne ſerez iamais preßé,
Si ce n'eſt apres voſtre perte.

Plus vous aymez fidellement,
Et plus vous auez du tourment
Car l'humilité les empire,
Et les rend ainſi que la mort,
Qui monſtre le moins ſon effort,
A celuy qui plus la deſire.

Cueillir le fruict de leurs printems
Durant l'auril de nos beaux ans,
Aymer ou la femme, ou la fille:
Prenez à plaiſir vos esbas,
Pour vn qui ne vous ayme pas,
Vous en trouuerez plus mille.

IALOVSIE.

Ombien de souspirs éclastans,
Enfloïet ce beau tetin d'yuoire
Combien de pensers inconstãs
Faisoient la guerre à sa memoire
Quand la belle à ces tristes mots,
Donna du vent à son enclos.

Quel mal d'yeux obstinez me suis
Si ce qui est plus desirable,
Si mesme la beauté me nuit,
Beauté que tu m'est dommageable,
Pour toy ie suis en mes beaux ans,
L'exercice des mesdisans.

Les ingrats & les curieux
Disputent de mon innocence:
Maudit soit leur bouche & leurs yeux,
Et leur temeraire licence,
Qui d'aymer me voulant blasmer,
Voudroient que ie les peusse aymer.

LES MVSES

J'ay beau me tenir en prison
Seulle dans ma chambre affligee,
Ilenuironnent ma maison,
Ou suis tous les iours assiegee:
Ils me suiuent, & ie les fuis,
Leur fermant mon cœur & mon huis.

Mes voysins qui du seul regard
Ingent l'offence irremissible,
Prenant tout en mauuaise part
M'estiment beaucoup accessible
Mesurant mes deportemens,
A leurs imparfaicts iugemens.

A tous les amans que ie voy,
Ie fay les doux yeux à leur dire,
De ceux qui passent deuant moy
L'vn est content, l'autre en souspire,
Peuple ennemy de verité,
Que vous auez doisiueté.

Des parens facheux & legers
Dont le soin tousiours sur moy veille,
Prestent à ces bruits mansongers:
La foy, la creance, & l'oreille,
Ayant plus d'incommodité,
Que ie n'ay d'impudicité.

Si d'vne autre dame on mesdit
Ils pensent qu'on donne le change,
Si quelqu'vn mes graces redit,
Que ie l'oblige à ma loüange
Et s'il en mesdit en secret
Il pensent qu'il fait le discret.

    Puis le viel tiran de mes iours,
Qui nul autre en doute n'esgalle,
Me presche en ses mauuais discours
La fidelité coniugalle,
Las ie l'escoute & fais semblant:
D'aymer ce qui me va troublant.

    Auec ses austeres façons.
Ie serois au vice portée,
Si parmy ces ingrats soubçons,
Ie n'estois d'vn Ange assistée:
Trop vne dame soupçonner,
A peché la faict addonner.

    C'est ce que la vertu me sert
Si ie n'en puis auoir l'estime,
Et si tout mon honneur se pert,
Dessous l'apparence d'vn crime
Pis ne me sçauroit estre faict,
Si le bruict auoit son effect.

Ie n'en aurois que plus d'ennuy
Et les plaisirs seroient extresmes
L'honneur depend du bruict d'autruy,
Nostre honeur n'est pas à nous mesmes:
Mais d'vn faux bruict l'allegement,
C'est d'en prendre l'esbatement.

Faut-il que parmy la rigueur
De ceste contrainte moleste,
Descoullant ma ieune vigueur
Vn froid soulagement me reste:
D'auoir en ma iuste douleur.
Moins de peché que de mal heur.

Peut estre en ses bruits inconstans
Auec le ieu i'auray la mine:
Comme les dames de ce temps,
Et qu'en fin ie deuiendray fine,
Le mal n'est mal estant caché,
Le scandalle fait le peché.

Ceste piece suiuante est cy deuant imprimée au fueillet 91. ou il
y a vne obmission des sept dernieres Stances.

DESDAIN,

DESDAIN.

Ortez du creux d'Enfer Me-
gere,
Que voſtre bouche menſon-
gere,
M'inſpire les vers que i'eſcrits,
Et ſi ie bleſſe de ma plume,
Vn ſexe contre ma couſtume,
Ie n'en veut pas eſtre repris.

Ie ne ſais que le ſecretaire,
Des vers que ie ne puis plus taire,
Belle ne vous en piquez pas:
Maintenant il faut que i'eſcriue,
Encontre vous femme cheriue,
Que ie hays plus que le treſpas.

Sus eſcoutez que ie la paigne
Ceſte grande mulle brehaigne
Ie vas appreſter mes pinceaux,
Ce demon ceſte femme antique,
Ceſte chimere fantaſtique,
Ceſte gayne à mille couſteaux.

Q

Mais qu'elles couleurs infernalles,
Et qu'elles douleurs sepulchrables,
Seruiront pour vn tel suiect
Ie crains de rompre le silence,
Tient donc infecte medisance
Pour en commencer le pourtraict.

Tout ce que l'Espagnol auare
Tire de plus cher & plus rare
De l'Inde & de ses riches bords,
Le bresil, l'Iuoire, & d'Ebeine
Coral, & coste de Baleine,
Tout cela vient de vostre corps.

Et vostre peau faite en escorce
Seruiroit d'vne seiche amorce:
Les genoux d'vn fuzil bien fait,
Les iambes, & doigts d'alumettes,
Les cuisses pour des espousettes,
Et du cul, i'en faict le soufflet.

Tout ainsi que la pierre ponce:
Iamais vostre corps ne s'enfonce,
Vous pourriez seruir de batteau
De perche à guider la nacelle,
Et qui vous auroit soubs l'esselle,
Ne doibt craindre d'aller sous l'eau,

Vostre pance tousiours farcie
De vent ainsi qu'vne vessie,
Pourroit bien seruir au besoing:
Ou de ballon, ou de nageoire
Pour passer la Seine, & la Loyre,
Ou pour conseruer du vieux oing.

Vostre embonpoint est descabelle
Vos bras de casse & de canelle,
Vos dens de crotte de Lappin,
Et vos cheueux de regalisse,
Vostre nez fait en Escreuisse,
Et vostre oreille en escarpin.

Vous estes plus seiche que paille
Douce comme vne huistre à lescaille,
Vous parlez comme vn sansonnet:
Mais au lieu de ciuette & d'ambre,
Vous sentez comme vn pot de chambre
Et riez comme vn simonnet.

Vous estes propre à tous vsages
Vostre corps à diuers vsages,
Pourroit seruir à tous mestiers,
A prendre les renards au piege:
Mais non si vous estes de liege
Il vous faut vendre aux saueriers.

Q ij

Vostre peau qui sent la moruë
Ne laisse pas d'estre veluë
L'on vous filleroit comme lin.
Et vous carderoit comme l'aine:
Mais vostre peau laide & vilaine,
Est comme du cuir de chagrin.

Tousiours d'vne façon brillante
Et d'vne œillade estincelante:
D'vne bouche qui sent le bran,
Vous dites quelque grand sottise,
Et branlez sur pied ou assisse
Comme l'esguille d'vn Cadran.

Vos mains & vostre teste folle,
Branlent comme vne banderolle,
Et tournant comme vn moulinet,
Vous mouchez vert comme Emeraude
Et quoy que tousiours seiche ou chaude,
Vous pissez comme vn robinet.

Encore auez vous esperance,
D'auoir quelque galand en France,
Auec vos discours gracieux:
Mais si de pres l'on vous regarde,
Vous prenez comme la moustarde,
Par le nez & non par les yeux,

Vos os sans entrer en dispute
Sont creux tout ainsi qu'vne flutte,
Qui vous soufleroit dans le cul,
Vous feroit sonner comme vne orgue,
Ie voudrois bien veoir voftre morgue,
M'en d'eust-il couster vn escu.

Vieux clauessin de la chappelle
Vielle harpe sans chanterelle,
Luth duquel on à creu le trou,
Et dont la table desbarée,
Auec la rozette enfondrée,
Ne vaut plus qu'à pendre à vn clou,

A cause de voftre vieillesse,
Vous estes propre à mettre en piece,
On ne vous doibt plus demander.
Allez desormais ie despite,
Cheuille qui me soit petite,
Et nerf qui se puisse bander.

Mais n'est ce pas chose admirable
A vous veoir marcher sur le sable,
Sans laisser marque de vos pas,
Voftre corps sans poix & sans nombre,
Est beaucoup plus leger que l'ombre,
Qu'on veoid, & qu'on ne touche pas.

Q iij

LES MVSES

Ie crains qu'au sortir de la porte
Le vent vn iour ne vous emporte,
Ou que du Soleil les regards,
Vous esleuent comme rozée
Et depuis du chaud embrazée,
Vous tombiez en foudres espars.

Quand ie la vois peignée & droite
Le nez rouge, & la taille estroite
Ne s'asseoir ny plier iamais:
Ie iure qu'elle est de moüelle,
Qu'elle à du plomb soubz la semelle,
Bref que c'est vn cul du Palais.

Vous allez courant par la ville
Et comme l'argent vif mobille,
Tousiours sus pied, tousiours debout,
On ne vous vit onques perchée.
Et iamais ne fustes couchée,
Si ce n'est lors que l'on vous sout.

Si vn malheureux vous terrasse
Et de pres il ne vous embrasse,
Vous l'allez soudain deceuant:
Vous glissez ainsi qu'vne nuë,
Et au lieu d'vne femme nuë
Il n'estraint que l'air & le vent.

Encor' pourriez vous aux entrées,
Pour entortiller les fueillées,
Seruir de mousse ou d'orepeau,
Et dessus le portail assize,
Monstrer quelque belle diuize,
Tenant en la main vn roulleau.

Vous estes d'vn mullet la houppe
Et croy que ce n'est qu'estrouppe,
Qui vous bat le ventre & le sein,
Et si vous entrez dans la grange:
Ie crains qu'vn asne ne vous mange,
Vn iour comme vn boiteau de foiin.

Souuant vous faictes la farouche,
Et fuiez tournant vostre bouche:
Mais par vne estrange vertu,
Ie vous attire auec de l'Ambre,
Quand vous estes an bout de la chābre,
Comme si c'estoit vn festu.

Bastons à faire la dentelle
Celuy là qui tousiours sautelle,
Vous auoit trouué finement:
Non pas par art, ny par lecture:
Mais par vostre propre nature,
Le perpetuel mouuement.

Q iiij

Vous sonnez ainsi que cliquettes
Vous tintez comme des sonnettes
Si quelqu'vn vous vient secoüer,
Vous bruyez ainsi que cimballes,
Vous auez au menton des balles:
Mais personne n'en veut ioüer

Vostre estomac faict en estrille
Pourroit encor seruir de grille,
Vos flancs de herse ou de rateau,
Et de vos pendantes mammelles,
Vn bissac ou des escarcelles,
Pour mettre l'argent d'vn bordeau

Au lieu de sang dedans vos veines
De souffre on les veoid toutes pleines,
Vn trou brusler comme vn tizon
Cachant le feu dessoubs la cendre:
Mais si le vent la vient espandre,
On ne verra que le charbon.

Quand on foüille à vostre serrure
Auec la clef de la nature,
Vous sonnez par tout vostre corps,
Qu'on vous entend en la campagne,
Comme ces coffres d'Allamagne,
Qui desbandent mille ressorts.

On dit de peur que ie ne mente
Qu'en la bataille de Lepante,
Sur la gallere de chally,
Vous estiez fanal d'inportance
Et depuis encore en France,
Vous fustes long temps chez Gondy.

Mais par vn accident caffee
D'vn rang vous estes abbaissee,
Changeant a tous coups de lieu,
Comme miserable l'enterne,
Vous seruez or à la tauerne:
Tantost aux morts de l'Hotel Dieu,

Que dis-ie cest vn vray manfonge,
Ie resac vous estes vn fonge,
Vous n'estes point faute de chair,
Et dittes moy vielle marmotte
Que n'estes vous dans vne grotte,
Car vous estes fille de lair,

Allez d'vn exil volontaire
Chercher quelque lieu folitaire,
Pour dire les dernieres voix,
Craignez vous trouuer vn Narciffe,
A la cour plus doux & propice,
Que celuy qui feust autrefois.

Q v

Ceste main large & contrefaicte
Pourroit bien seruir de raquette,
Ce ne sont que nœuds & que nerfs
Ainsi est la iambe & la cuisse.
Et ces pieds faicts en escreuisse,
Ont vne alleure de trauers.

De vostre corps faict en siringue,
Ainsi que Pan feist de syringue,
On feroit plusieurs challumeaux,
Lignes à pescher & haussines
Bref comme sur vn tas despines,
Vn chasseur tendroit ses glaaux.

LA DAMOISELLE IN-
connuë.

Cy comme dans vn tableau
Ie veux des traits de mō pin-
ceau,
Vous despeindre vne damoiselle
Non en sa beauté naturelle,
Ains toute luisante de fard
Ainsi qu'vn cuir frotté de lard,
Faisant reluire son œil terne
Comme estrons dans vne lanterne
Ny comment ses tetins molets
Semble estre les vrais soufflets
Dont l'amour ralume sa flame
Flamme dont il brusle nostre ame
Ame qu'il pousse hors du corps
Par l'effort de ses doux efforts,
Ce seroit trop dire vne chose
A peu de texte peu de glose
Doncq' ie veux dire seulement

Q ij

Ceſte main large & contrefaicte,
Pourroit bien ſeruir de raquette,
Ce ne ſont que nœuds & que nerfs.
Ainſi eſt la iambe & la cuiſſe.
Et ces pieds faicts en eſcreuiſſe,
Ont vne alleure de trauers.

De voſtre corps faict en ſtringue,
Ainſi que Pan feiſt de ſyringue,
On feroit pluſieurs challumeaux,
Lignes à peſcher & hauſſines
Bref comme ſur vn tas deſpines,
Vn chaſſeur tendroit ſes glaaux.

Comme elle scait subtilement,
Conduire à chef vne entreprise
Iusques au bout sous la chemise
　Mais si façonnant ce mirouer
Et quelqu'autre apres s'y vient voir
Qui s'y contemplant s'en offence
Que sage elle aye patience
Car ne traçant que le pourtrait
De ce qu'elle a mis en effet
Ie conclus que la faute est telle
Qu'on la doit reietter sur elle:
　C'est trop dit il me resouuien
De madamoiselle aussi bien
Comme a Robin fait desa flute
Vien ça doncq'icy Mistanflutte
Vien ça aproche toy de moy
Et me dis a la bonne foy,
D'ou & de qu'elle parentelle
Est sorty nostre damoiselle
Tu n'en sçais rien ny moy aussi
Donc tirons nous d'vn tel soucy,
Et disons qu'elle n'est connuë
Que quand vn la traite en connuë
Le premier iour que ie la vis

Ce fut en allant à Paris,
Quand botté auec la galloche
I'entray comme elle dans le coche
Ou ie connus par son discours,
Que comme vn grand clerc en amours
Elle sçauoit la damoiselle
Ce qu'en vne farce on appelle
Boure laine cotton cotton
  Si ie regardois son teton
Ie l'estimois de prime face
Estre d'iuoire ou bien de glacé
Mais au soir ie connus d'effet
Qu'auec la cire il estoit fait
Et qu'il estoit toute sa grace
Car les siens comme vne besasse
Elle eut ietté dessus son dos
Tant ils estoient flasques & mols
Flasques comme bourses d'Enuques
Mols comme estoupes en peruques
Qui en rides passoient dit-on
La gibecieres sainct Symon
Toutesfois quand elle s'en pare
Escrir z immittent bouffare,
  La trompette du iugemens

Ces tetins furent l'argument,
Des propos dont à la portiere
Ie me la randis familiere,
Et voire si grand fut noſtre heur
Que l'appreté d'vne froideur,
Qu'en hyuer Decembre decoche
Fit deſcendre ceux de la coche
Pour ſe rechauffer en marchant
Et marcher en ſe rechauffant
Si que ſeuls nous y demeuraſmés
Alors fil a fil nous parlames
De quelque nouuelle de cour
Puis nous tombaſmes ſur l'Amour
Pour lors le but de ma rizéé
Et dont ayant l'ame embrazéé
Ie deſcouure l'affection
Qu'à ſa rare perfection,
Ie portois comme amoureux d'elle
Diſant pendant qu'elle eſtoit belle,
Qu'elle deuoit ſans cruauté
Laiſſer iouïr de ſa beauté.
    Que touſiours ne luit l'eſcarlatté
Que vieil ſoulier deuient ſauatte
Que le bon foing deuient ſiens

Que tout change en changeant de tems
  Mais lors que plus elle m'admire
Sur mon traquenar de bien dire
Ceux qui restoient d'auecque nous
Fil a fil rencontrerent tous,
  Lors chaqu'vn reprenant sa place
Nostre discours pour quelque espace
Changea d'vn contraire argument
Car la consecutiuement
Chascun raconta sa nouuelle
Excepté nostre damoiselle.

L'Auare Margot.

Omme au bruit enrouë des
   Cymballes bruyantes
S'arreſtent   les   eſſains des
Auettes fuyantes
Et comme le Ramier ſur la brāche s'en-
dort
Au ſon entre rompu des Chaudrōs sās
accord
Ainſi Margot s'endort & s'arreſte en-
chantée
Oyāt de quelque eſcu la clameur eſuan-
tée.
Et comme en la ſaiſon du Printemps
diapré
On void la vache en rut courir de pré en
pré,
De vallon en vallon, de montagne en
montagne,

De taillis, en taillis, de campagne en
    campagne,
Oyant d'vn Tan volant le fiflement
    aigu.
Ainfi void on Margot au doux fon d'vn
    efcu
Ore fuiure de loing au foir ou au matin
Vn gendarme, vn foldart, ou quelque
    autre mutin
Ore vn pallefrenier, car tout rang de
    perfonne
Luy eft vn, moyennant que toufiours
    l'argent fonne
Le fuperbe courier ne dreffe point fi toft
L'oreille, oyant la trompe animer vn
    affaut:
Ny au iours folennels de Baccanalles
    feftes
Les Tyades, ayant trop de vin dans
    leurs teftes,
N'efmouuët point fi toft leurs cerueaux
    forcenez
Au fon de leurs cornets : ny les preftres
    fenez.

De la mere des dieux la dymdimbe Cy-
belle.

Ne seueillēt si tost au son qui les appelle
A leurs mysteres saincts, que l'auare
Margot

Ouure l'oreille grande & saute sur l'ergot

De ses pieds fretillards, ceruelle & affolle

Oyant le son plaisant de quelque mirā-
dolle,

De quelque Portugaise ou de quelques
ducas.

A ce de iour & nuict luy demāge le cās

Son cœur gay luy tressault & l'œillade
sintille

Et de sa bouche vn rids plus plaisam-
ment distille,

Elle palpite toute & de ioye vn frisson,

Luy court de vaine en vaine au bruit
d'vn si doux son.

Ainsi que le flambeau qui par la
nuict obscure

Nous preste sa clarté, oyant le long

murmure

Des forts Theſſaliens ayde à ceux quī
    zellez

Luy demandét ſecours par mots enſor-
    cellez,

Ainſi dame Margot, au ſon de la mon-
    noye

Ayde à tout amoureux qui l'inuoque &
    l'employe:

Et moyennant ce ſon à nul homme vi-
    uant

Ne fiſt iamais refus du trou de ſon de-
    uant.

    Comme le dur Aymant par ſecrette
    puiſſance

Attire à ſoy le fer, tout ainſi l'excellen-
    ce

De l'or, attire à ſoy par vn ſecret deſir

Margot qui iour & nuiǎ culte pour le
    ſaiſir,

Diſant qu'il n'eſt au monde vne plus
    belle choſe

Que d'auoir des doublons, ou nobles à
    la roſe.

Que les yeux en l'obiect d'vn metal ſi
　　plaiſant
S'eſgayent beaucoup plus qu'à voir du
　　plomp peſant,
Du fer ou de l'erain : que la lyre d'Or-
　　phée
Si elle n'euſt eſté de fin or eſtoffée
N'euſt iamais fait danſer les foreſts &
　　les monts
Ny les Ombres d'Enfer au doux bruiſ
　　de ſes ſons :
Que l'or eſt vn metal ſi noble que le pe-
　　re
Des dieux, ce grand Iupin à qui tous
　　obtempere
Daigna bien s'y changer, lors qu'en or
　　transformé
De Danæ la belle enfla le ventre aymé
Que la gente Déeſſe en Cythere adorée :
L'ayme tãt, qu'elle veut qu'on l'appel-
　　le dore e
Et que les grand guerriers ne combat-
　　tent point tant
Pour auoir de l'honneur que pour l'a-

uoir contant

Doncques cela n'est point vne-estrāge
   merueille

Si elle porte à l'or vne amour nompareille

Puis que les Dieux , les Roys , & les
   grands Potentats

Et les corps sans esprits en font mesme
   grands cas

Qu'il ne faut s'estonner si elle est re-
   sioüye

Quand le son d'vn escu luy suborne-
   l'ouye,

Et si comme immobille & sans mouuement nul

Elle est de pieds, de mains, de poitrine,
   & de cul

N'oyant le tintement d'vne iaune mō-
   noye.

   On paurroit en beauté vaincre l'an-
   fant de Troye

Que l'Aigle Iouien emporta dans les
   Cieux

Pour seruir d'Echanson à l'Empire

des dieux,

On pourroit eſtre vn Tulle en mielleuſe
eloquence,

Vn Minos en vertus, vn Hector en
vaillance,

Qu'elle deicîtera d'vn regard deſdai-
gneux

Ou d'vn grommellement deſplaiſant &
hargneux

S'il n'a le bec doré, & la dextre dorée

Tant la couleur de l'or grandement la
recrée.

Seule ceſte couleur luy flatte ſa douleur

Et ſon œil ſeulement rid à ceſte couleur

A toute autre couleur elle eſt plus aueu-
glée

Qu'vne Taupe touſiours d'vne nuict
affublée.

Ne parle que d'eſcus, c'eſt la le ſeul propos

Qui luy rend le pied viſte & le cul ſi
diſpos:

Bref cet or eſt ſon Dieu, ſon eſprit, & ſa
vie

Et son cœur n'est poussé d'autre plus
 grande ennie.

O vous troupeau coiffé de bequins si diuers,

Qui l'auez fait tomber si souuent à l'ë-
 uers,

Au son de vos escus que vostre bourse
 garde

Pour les donner plustost a quelque orde
 paillarde

Qu'a quelqu'homme de bien indigent
 de moyens.

Alors que le dernier de ses iours en-
 ciens

La fera trespasser ne troublez point ses
 manes

Du haut clabaudement de vos lourdes
 tympanes,

De peur que son esprit pensant ouyr le
 son

De l'or n'abandonnast sa funebre maison,

Et gardez vous aussi de sonner sur vos
 tables,

Ou en quelque autre endroit vos escus
delectables

Car pour ouyr ce son, il viendroit de la
bas

Pour vous suiure par tout en forme de
rabas:

Et pour ce vistement d'vne si saincte
largesse

Prodiguez vos escus à ceux que la faim
presse

De crainte d'encourir telle incommodité

Il vant mieux faire ainsi que par las-
ciueté

Qu'affriander tant l'œil, l'oreille & les
ames

Et le haut & le bas des impudiques dames.

MESPRIS.

MESPRIS.

Ourceau le pl° cher d'Epicure
Qui contre les loix de natu-
re,
Tournez vos pages à l'enuers,
Et qui pis aux chesnes du vice,
Vous plongez dedans le delice,
I'ay du l'imbe entendu vos vers.

Vous dittes que i'ay fait la poulle
Et des dames fendu la foulle,
De mon maistre le messager:
Mais vostre courage de verre,
Vous rend vne poulle à la guerre
Et vn lieure dans le danger.

Si i'ay fait d'amour le message,
Ie n'ay point viollé l'vsage,
Ny la coustume de la cour:
Mais vous allez fuiant les dames,
Et bruslant d'execrables flames,
Aux hommes vous faictes l'amour.

R

LES MVSES

Quittez voſtre inutille eſpée
Qui ne feuſt oncq au ſang trempée
Dont le nom vous fait tant de peur,
Suiuez le deſſein de voſtre ame,
Prenez la robbe d'vne femme,
Puiſque vous en auez le cœur.

Y'allet aux gages de la pance,
Vous ramenez Sodome en France,
Qui en doubte vous fait grand tort,
Vous tremblez au ſeul bruit des armes
Mourant de fraieur aux allarmes:
Et vous brauez vn homme mort:

Du limbe toute l'aſſemblée
De vos lubricitez troublée,
Vous prie de vous conuertir,
Sinon Dieu, qui bruſla Gomore,
Vous en fera ſentir encore,
Le ſupplice & le repentir.

Dauphin des citez abiſmées,
Par l'ire du ciel enflammées,
Aux vieux ſiecles de l'aage d'or,
Venez au maiſons criminelles,
De l'enfer regner deſſus elles,
Vous & voſtre beau Melleſlor.

DESESPOIR.

St-ce mon erreur ou ma rage,
Qui m'a conduit soubs c'est
ombrage,
Moins deffect que d'amour espoint,
Se iour des morts demeures palles:
Croix offemens tombes fatalles,
L'espoir de ceux qui n'en ont point.

Ie void dans ces froides tenebres,
L'vne de ces fureurs celebres,
M'esclairer de son noir flambeau,
Et pour vn presage sinistre,
De mes maux le sanglant ministre,
L'amour m'apparoist en corbeau.

O que de monstres incroyables,
Que de fantosmes effroyables,
A mes yeux se viennent offrir,
Moqurant leur caverne profonde:
Mais le ciel me referue au monde,
Moins pour viure que pour souffrir.

R ij

Ce ne m'est que souffrir de viure
Le Ciel pour moy s'est fait de cuiure,
L'eau de sang la terre de fer,
La clarté tousiours esclipsée,
Et portant par tout ma pensée:
Par tout ie porte mon enfer.

Du desespoir ie veois la face,
Ie veois son œil armé d'audace,
Tournant son regard inhumain,
Suiuy de sa sœur la colere,
Pour eschapper de la misere,
Il tient les flambeaux dans la main.

Voila qu'il braue toute peine
Dans les flancs luy grossit l'haleine,
Mille morts marchent deuant luy:
Malheureux me dit-il essaye,
De tirer hors par vne playe,
Ton sang, ta vie, & ton ennuy.

Vainqueur des fieres destinées
Non des ames infortunées,
Puissant desespoir ie te croy:
Mais ie veux bien que l'on entende
Que ma douleur estoit trop grande,
Pour viure sans elle, & sans toy.

STANCES.

MAis à quoy sert tant de finesse
Qui ne tend rien qu'à m'a-
buser:
Car apres tout belle maistresse,
Mon zest n'est point à refuser.

Mesmement celuy que ie porte
Braue courageux & vaillant,
Il n'en est point de telle sorte,
Il s'endurcit en trauaillant.

Tout ainsi qu'vn ballon qui saute
Et qui s'esleue en le touchant,
Ainsi porte la teste haute,
Et ne fait point le chien couchant.

Le roussin au son des trompettes
Hannist, trepigne, & se debat.

Le drolle ainſi va à courbette,
Et s'eſgaie autant au combat.

Son eſcrime eſt touſiours gaillarde,
Il n'eſt iamais las ny parclus
Et faict dire à la plus paillarde,
Monſieur le zeſt ie n'en puis plus.

CHANSON.

A belle, vous eſtes trompée
Au choix de ce guerrier
amant
Tout le mal que fait ſon eſpée,
C'eſt à ſes chauſſes ſeullement.

Encore il a fort peu d'adreſſe,
Et beaucoup de timidité,
S'il à autant de hardieſſe,
Comme vous auez de beauté.

En tuant tout de ſon langage,
C'eſt vn ſot d'entrer en courroux,

Seullement ie l'estime sage,
Alors qu'il se mocque de vous.

Dieux si au ciel l'amour habite,
Gardez ce beau pair de malheur,
L'amante à fort peu de merite,
Et l'amant fort peu de valleur.

A cest amant ne faictes enuie,
Bien qu'il soit de vous enflammé,
De perdre pour vos yeux la vie,
Il ne la point accoustumé.

CHANSON.

Ve t'ayme ces petits riuages
Semez de fleurettes sauuages
Beaux yeux à l'amour desti-
nez,
Ie le cognois vous en venez.

A voir vostre mine confuze,
Vostre œil qui son regard refuze,
Et vos pas vn peu destournez,
Ie le cognois vous en venez.

LES MVSES

Vostre robbe par le derriere
Est toute plaine de poussiere,
Vos cheueux sont mal attournez
Ie le cognois, vous en venez.

Vostre front rouge comme braize
Aux pliz rompus de vostre fraize,
Et vos yeux si fort estonnez,
Ie le cognois vous en venez.

En vain d'vne braue asseurance
Pour nous oster ceste creance,
Froidement vous vous promenez,
Ie le cognois vous en venez.

Mais n'en soyez pas plus esmeuë
Passant i'ay destourné ma veuë,
De ce chemin que vous tenez,
Ie le cognois vous en venez.

L'heur pres de moy vous fit conduire
Non pres d'vn qui vous voulust nuire,
Et qui vous dit à vostre nez,
Ie le cognois vous en venez.

Non ie n'ay pas l'ame assez dure
Pour estre ennemy de nature,
Ny des esbats que vous prenez,
Ie le cognois vous en venez.

Allons donc ensemble au riuage
Semez de fleurettes sauuage,
Beaux yeux a l'amour destinez
Ie le cognois vous en venez.

R v

L'ADIEV DE
Barthelot.

 Arquis puis que le sort désire
Que pour vn téps ie me retire
De la cour, ou près de deux.

ans,
I'ay courtizé les Courtisans,
Auec vn soing inimitable,
Quand il s'est fallu mettre a table:
Ie veux auant mon partement,
Dire le mescontentement,
Et la tristesse dont ma vie,
A souuent esté poursuiuie,
Sçachez donc qu'vn tas de faquins
M'estimant faiseur de Pasquins,
Ont tous dit d'vne voix inique,
Que la muse estoit satirique,
Encor qu'vn tel cas ne soit point,
Cela ma fait en mon pourpoint.

Plus de cent fois deuenir blesme
Comme vn qui ieune le Caresme
Que pourtant ie n'ay point ieusné
Depuis qu'au monde ie suis né
Si ie dis quelque mot pour rire,
Soudain on le fait trouuer pire
Mille fois que ie ne l'ay dit
Car mon nom a plus de credit
Sur les faiseurs de medisances
Que le Roy n'a sur les finances
Quand ie dors on me fait parler,
Si quelque discours veut voler
Contre les Dames, ou Damoiselles
Mon nom luy fait auoir des aisles,
Sans m'em donner aucun aduis,
Le diable emporte les deuis
Des causeurs qui m'ont das leur bouche
Leur langue & tout ce qui leur touche,
Berthelot selon leur caquet
A faict parler le Perroquet,
Dont il n'a iamais veu la cage:
En effect Berthelot faict rage,
Il acquiert ce qui n'est pas sien,
Et faict tout, & s'il ne fait rien

LES MVSES

L'autre iour i'allois par la ruë,
Ayant la poitrine ferruë
Des fleches qu'Amour fait sentir,
A quoy ie pensois sans mentir
Lors qu'vn grand bougre mal habille
Qui ne croit point en l'Euangile,
Me dit qu'au Louure tous les iours
Ie fesois de mauuais discours
Et fort a son desaduantage.
Ie luy respont comme homme sage
Monsieur vous me prenez sens vers,
Dequoy le Louure est il couuert,
De plomb, de tuile, ou d'ardoise.
Pour Dieu delaissons ceste noise
Et me dites s'il y faict bon,
Alors faisant du furibon
Il me mist le poing sur la ioüe,
Aussi tost luy faisant la mouë,
Ie fis si bien qu'il feust battu,
Ainsi qu'vn homme de vertu :
Mais pour venir a mon histoire,
Iamais de ma pauure escriptoire
Ne sont sortis des vers piquans
Contre Caualiers ou croquans.

Si l'on m'en donne i'y renonce
Feuſſe deuant Monſieur le Nonce,
Pour ſuiure mon aduerſité.
Vne fille de la Cité
Belle comme vne belle opalle
Dont l'amour eſt toute royalle,
Me veut mal, & ne ſça pourquoy
Mon cœur en eſt tout en eſmoy,
Chacun pour ſubiect me blaſme,
Et l'innocence de mon ame,
Fera voir vn iour en effect,
Qu'oncques ma plume na rien faict,
Contr'elle qui ne ſoit honneſte :
Toutesfois elle eſt touſiours preſte,
Comme on faiſoit au temps iadis,
De rechercher quelque Amadis,
Ou quelque Palmerin d'Oliue,
Qui de viure au monde priue,
Vous deuez croire qu'elle a tort,
Car elle perdroit a ma mort,
Vn ſeruiteur de bon courage,
Qui d'elle ne prend aucun gage
Vn grand nombre de Rodomons
Deſireux d'esbranler les mons,

Pour vne beauté si diuine,
Tesmoigne soudain a leurs mine
Que ce sera tost faict de moy,
Quand il la voient en esmoy
Dont Dieu me gard & saincte Luce,
Luy voyant sauter vne puce,
Sous la gorge la va 'aisir,
Et luy dit auecques plaisir,
Ie n'auray iamais de relasche,
Que ce Berthelot qui vous fasche,
Et dont vous dittes tant de ma',
Ne soit comme c'est animal,
Entre mes mains afin qu'à l'heure.
Pour plaire à vos beaux yeux il meure,
L'autre songeant & meditant
Dit qu'il ne peut estre contant
Qu'el ne m'ait dans vne ciuiere,
Conduict iusques dans la riuiere,
Et la par son inimitié,
Me rendre digne de pitié:
Mes amis sçachant ces vacarmes,
N'en iettent pas beaucoup de l'armes
Mais ils me disent seulement,
Que c'est faute de iugement,

Ou deboutéque le monde
Contre moy de fureur abonde:
Cependant il n'en est rien:
Car ie suis fort homme de bien,
Et le malheur qui me tallonne
Me vient d'auoir l'ame trop bonne
Celuy que i'ay tant desfié
En qui ie me suis trop fié,
Pour vn homme de Normandie,
Ce grand Apollon d'Arcadie,
Pour tesmoigner de ma bonté,
Cauallier au cœur indompté
Pour le despit d'vne douzelle,
N'ayez pas l'ame ser_uelle,
De voulloir mal à celuy là,
Qui de vous iamais ne parla,
Si vous faictes quelque remarque,
Dans les illustres de Plutarque,
Vous trouuerez qu'ils ont aymé,
De veoir leur esprit estimé:
Par les muses, & leur vaillance
Franchit le fleuue d'oubliance,
Et s'auancer par l'vniuers
Pour aymer les faiseurs de vers.

Ces coquettes qui vous supplient
En deux iours vos bien faicts oublient
Et donnent bien souuent a tous
Vn bien vous croyez a vous .
Qui n'est bien qu'en temps qu'il est rare
Si pour cela quelqu'vn se gare,
Faisant vne legeretté,
Il n'en est pas plus reputé :
N'ayez point au cœur tant de flamme,
L'on ne manque iamais de femme,
Et tel veut pour toute brusler,
Qu'il en faut peu pour le saouller
Car iamais ceste marchandise
Ne vault que ce que l'on la prise.
Mais dequoy me veux-ie empescher,
L'on dira que ie veux prescher
Les Seigneurs de qui les Moustaches
Sont plus grandes que les pannaches,
Il ne leur faut point conseiller
De ne leur point embroüiller
En amour car la fantasie,
Dont on void leur ame saisie,
N'est point amour mais vanité
Si quelque Prince ce st frotté,

Au lard de quelque Damoiselle
Qui soit l'aide gentille, ou belle,
Vn Marquis, vn Comte, vn Baron,
Sera bien tost à l'enuiron,
Non point pour amour qu'il luy porte,
Car l'amour auecq' eux est morte:
Mais sans esperer aucun fruict,
Seulement pour auoir le bruit,
De s'estre acquis la iouyssance,
D'vne des plus rares de France,
Dont vn prince est desesperé,
Pour rendre ce bruit aueré,
La nuict ils font mille passades,
Leurs pages sont en embuscades
Deuant la porte d'vn Hostel.
Mal afublez de leur mantel,
Et par leur courses importunes,
Inuocquent les bonnes fortunes,
De leurs Maistres à qui le sommeil,
Auecq' le temps à fermé l'œil,
Dans vn Carosse de la greue,
Ou de reposer il se creue,
En attendant le point du iour,
Voila comment ils font l'amour,

Ie ne ſçay ſur ma conſcience,
S'ils auroient tant de patience,
D'eſtre vne nuiĉt ſans ſe moucher,
De veiller trop, de mal coucher,
Pour le ſeruice de leur Prince,
Ou pour deffendre leur prouince:
Ou moins diray-ie à tous hazards
Que ce ne ſont point des Cezars
Et que leur petite feintiſe,
Ne ſont en effeĉt que ſottiſe.
Laiſſons les, Marquis c'eſt aſſez,
Quand ils ſeroient tous treſpaſſez
Ie n'en ferois pas pire chere,
Il ſe faudroit prendre à leur mere,
De les auoir ſi mal nourris,
Et s'ils ſe rendent fauoris
A la cour, ou chacun s'eſgare,
C'eſt que la fortune eſt bigare,
Ie quitte ce lieu mal content,
Hargneux facheux non que pourtant,
Ceſte demeure me deſplaiſe:
Mais ie ne puis viure à mon aiſe.
Parce que tout le monde croit
Que les Paſquins viennent tout droit.

De ma bouche sans nulle peine,
Comme l'eau sort d'une fontaine,
Et si mon stille derouillé
N'en fut iamais depareillé:
Quel supplice le ciel me donne,
I'ayme la court, ie l'abandonne,
Ie lis souuent & me plais fort,
A ces vers du sieur de bon port:
Heureux qui peut passer sa vie,
Entre les siens exempt d'enuie,
Parmy les rochers & les bois,
Esloigne des grands & des Roys,
Son ame iustement contente.
Ayant dix mil escus de rente,
Sans auoir trauail ne soucy,
Le faisoit caqueter ainsi
Mais moy ie dis tout au contraire
Bien heureux qui se peut distraire,
D'habiter les champs, & les bois,
Et qui peut approcher des Roys,
C'est la que les vertus florissent
C'est la que le gueux s'enrichissent,
C'est la des-ie que les plaisirs,
Souuent surpasse les desirs.

Et tiens que tout homme est sauuage,
Qui ne peut gouster ce breuuage,
Le bien dont ie me puis vanter,
Qui me fait encore arrester,
Est l'heur de vostre bien vaillance:
Car meshuy toute l'esperance
Que pretend mon peu de vertu,
Ie la donne pour vn festu;
Seulement ie desire viure,
Vn iour de tous ennuis deliure,
Vous voyant des prosperitez,
Autant que vous en meritez.

GAVSERIE.

Ntre la puce, & la punaize
Sãs chaire ny sans tabouret
Ie suis icy mal a mon aise
Dessus vn lit de Cabaret:
Reduit sans besoin de diette,
A faire vn malheureux repas,
De deux œufs en vne omelette,
Et neantmoins il est iour gras:
Mon botesse femme sauuage,
Et qui se cognoist mal en gens,
Me prend pour homme de ,bagage,
Ou qui se sauue des sergens
Et sans le velours que ie porte,
Ie vous diray bien en vn mot.
Qu'elle me mettroit hors la porte,
De peur de perdre son écot.
Trois Postillions & vn Notaire,
Son icy logez comme moy,
Le page d'vn Appotcaire,

Et le porte malle du Roy,
Parmy toute ceste canaille,
Ie relui comme le Soleil,
Compagnons comme rats en paille,
Apres cela vne monstrueil,
Qui passeroit entre deux masles,
Remuant comme vn tribuchet,
Ou bien entre deux nappes salles:
La teste d'vn ieune brochet,
En faueur de la mulle grise,
De l'vn des principaux de sens.
Dittes à la belle Marquise,
Qu'elle pardonne aux innocens.

LETTRE EN
Galimatias.

I L n'est rien plus beau ny plus
stable
Qu'vn teint de iuppe de con-
stable,
Ny vn si cruel desplaisir,
Que voir son visage moisir,
Les ioües plates & ridées,
Et de deux mains toutes fardées.

L'heurter les cœurs tant seulemens:
Le Roy d'Inde pompeusement,
Vestu de bleu, de gris, de iaune,
A iambe droitte comme vne aulne,
Teste de manche de cousteau,
Et doz courbé comme vn basteau.
D'vne mine brauache & sombre,
Par la ruë morgue son ombre,
Pendant le cœur pris & transi,
De toutes les Dames dicy,
Si bien tost l'on ne l'en retire,
Il met tout sous son brun Empire:
Le sot & facheux bruit qui court,
Que trente nobles de la court,
A qui l'on donne vn Capitaine:
On dansé le Neapolitaine,
Et qu'ainsi qu'vn Perroquet vert,
Qui arriue du cap de vert,
L'on les a faict entrer en cage,
Pour apprendre vn nouueau langage,
Le salle & ord bruit que voila,
Ie ne suis point de ces gens là,
Encore que la viollette,
Me face faire la diette.

Et le bon monsieur Cornuty:
Bien qu'assez simplement basty,
Soubs le moulle du siecle antique,
Medecin à peu de pratique,
Ie suë on fin puis qu'il le faut.
Mais non pas auec vn rechaut,
Comme Messieurs de la plus fine,
Qui ont passé par l'estamine.
L'on fait asseoir mon gros amour,
Qui à six, ou sept pieds de tour,
Dessus vne large escabelle,
Au beau milieu de ma ruelle,
Chacun s'en va de peur du bruit,
L'on luy met son bonnet de nuict,
Large, & plat en patte dassiete.
Deux frottois, & vne seruiette,
Sont redoublez sur le bonnet,
Le coiffent comme vn simonnet:
Puis trois grands laquais, & vn page,
Luy vont soufflant dans le visage,
Ronflant, bouffant, & tout fumeux,
Brauement il souffle contr'eux,
En cest agreable excercice,
De ces tetasses de nourrice,

De son

Dé son front, & de son muzeau
L'eau viue court comme vn ruisseau:
Ma chambre en est chaude & lauée:
Comme vne carpe à l'estuuée,
Soudain le regard emflamé,
D'vn homme à demy consommé:
Me fait vn peu de sueur rendre.
Comme celle là d'Alexandre,
Qui tout en parfun se resout
Aussi tost me voila debout
Triste pourtant aussi ie porte,
Ma robbe de la mesme sorte,
Que faisoit le grand Hanibal,
La grand'cappe les iours de bal.
En la saison du feu Roy Charles,
Et mon bonnet en sire darles:
Ce sont des gens bien estonnez,
Que ceux là qui n'ont point de nez,
I'ay veu mais sans sortir de France,
Vn compagnon à large pance,
Coiffé en guise descargot:
Qui est de taille de fagot:
Et à bruit sourd & sans sonnette,
Galloppe apres vne Cornette,

S

LES MVSES

N'y touchez pas : ô mes amis,
Monsieur vous n'y auez rien mis :
Mais soit , ou en prose, ou en rime,
Vous n'entendez pas mon enigme
I'ay veu vn homme de credit,
Qui meurt, & iamais ne le dit :
Tenant son affaire secrette :
Mais tout à coup de la pochette,
Tire vn gros cœur percé à iour,
De cent mille fleches d'amour,
Immobille comme vne souche,
Ouurant l'œil, & fermant la bouche,
Puis pour dire son amitié :
Le monstre aux dames par pitié :
Le cage fait de beaux miracles,
Ses discours sont de vray oracles,
Apres cela l'on m'a fait veoir,
Vn pied rond en couleur de noir,
Qui fueilletant vn vieux registre,
Tire de la coque d'vn huistre,
Perles, rubis, & diamans,
Se mocquans des autres amans.
I'ay veu encor' Iean de Niuelle,
Simple comme la colombelle,

Faisans les choses à demy,
Qui doucement à son amy:
Donne sa race pour monture,
Ses finances, & sa dorure,
Perduë par l'escart d'vn flus,
Qui pourtant ne le cognoist plus
I'ay veu d'vne façon nouuelle,
Deux mouches, & vn arondelle,
Conduites d'vn cheuallier gris,
Aller en coche par Paris.
I'ay veu vn cul gras & allerte,
Marcher à fesse descouuerte,
Depuis le iour iusqu'au matin,
Puis porter masque de satin,
Fardé, frezé contre l'vsage,
Tenant la place d'vn visage:
I'ay veu vn plus estrange cas,
D'vne manche de taffetas,
Assez cognuë & surannée,
Troubler toute vne saugrenée,
Et d'vn œil qui n'est pas diuin,
Distiller la cire & le vin.
Tenez ceste lettre secrette,
Car vous & moy faisons dicte.

E iiij

REGRETS SVR

le trespas d'vne des
plus fameuses ma-
querelles de
la Cour.

IL est donc vray qu'elle soit
morte
C'est ame aussi fine que forte,
Qui dans les amoureux combats
Feit choir des femmes & des filles
Plus qu'en Esté mille faucilles
N'ont fait tomber d'espics en bas.

Plus de cornes elle feit naistre,
Qu'on ne void de branches paroistre
Dans toutes les forests de Rests,
Et plus tirer de membres d'homme,
Que tous les Escrimeurs de Rome,
N'ont tiré de coups de fleurets.

Elle fait auec son langage,
En vn iour sans herbe ou breuuage,
Ne secours de pistache, ou d'œuf,
Plus naistre de semance humaine,
Qu'en vn mois la Samaritaine,
Ne verse d'eau sur le Pont neuf.

A la veoir dans toute la beausse,
Les amans sans pourpoint ne chausse,
D'vn dru mouuement redoublé,
Couplez auecq' leurs maistresses,
Sans autres fleaux que de leurs fesses,
Ont battu la paille & le blé.

Cent fois plus sage que medée,
Et d'vn meilleur vouloir guidée,
Elle à peu forcer le destin,
Rendurcir le sein flac qui tremble,
Et le ventre ridé qui semble,
La botte d'vn viel medecin.

Combien de fois d'vne parolle
A elle guary la verolle,
Et combien à elle souuent,

S iij

D'vn regard feiché les vlceres,
Et fait courir le Commiffaires
Comme la tempefte & le vent.

Comme vn patron dans fon Nauire,
Elle auoit vn parfait Empire,
Aux bordels qui la cognoiffoient,
Que fes yeux guidoient côme Eftoilles
Ses chemiffes feruants de voilles,
Haut montant foudain s'abaiffoient.

Elle fut d'attraits fi porueüe,
Qu'vn printemps fortoit de fa veüe,
Dont les traicts d'amour s'augmétoient
Et comme en la faifon noauelle,
Les animaux à l'entour d'elle,
Les vns feur les autres montoient.

Son regard peneftrant les marbres
Faifoit venir la feue aux arbres,
Sur l'ormeau la vigne remper.
Ioindre les palmes d'Idumée,
Et deffus la muraille aymée,
Le curre amoureux grimper.

Telle ame si rare & diuine,
Bien sçauante en la medecine,
Durant la siebure ma traité,
Et passant ma main sur sa hanche,
En me tastant le poux au manche
Elle predisoit ma santé.

Or la pauure femme est en terre
Et le froid tombeau qui l'enserre,
Garde en repos ses ossemens,
Il est vray que son corps repose,
Qui viuant ne fit autre chose,
Que d'exciter les mouuemens.

Ses heritiers pour l'amour d'elle,
Ny de proces, ny de querelle,
N'eurent point les cerueaux troublez,
N'ayant laissé autre heritage,
Que le bruit d'auoir d'auantage,
De culs que d'escus amassez.

S iiij

LE PORTRAIT
De Pamphage.

Ous chacieux, Louches, &
Bicles,
Nornez ia vos nez de besscles
Et n'ouurez ia vos grands nazeaux
Et ne leuez ia vos museaux,
Icy d'vne façon gentille
Ie ne peincts le petit Batille
Car ie n'ay le docte crayon
Du Teïen Anacrëon.
Mais bien dedans ceste escriture
Ie veux faire la portraicture
De Pamphage beau iouuenceau:
Sus donc ma main prends le pinceau:
Et suffisamment le destrempe
Dedans vne bachique lampe,
Car pour peindre ce beau beuueur
Il ne faut vne autre couleur

Que celle du vin, tant sa face
Semble au fond vermeil d'vne tasse.

Fais luy donc le visage rond
Dans lequel soit vn rouge front
Qui a peu en largeur se dilate:
Bordez luy les yeux d'escarlate
Sur lesquels soient de gros sourcis
Plus que ceux des diables noircis
Que les cheueux soient de la sorte
Qu'vne Ourque marine les porte,
Fais luy le nez gros & camard
Flambant comme vn charbon qui ard
Au milieu d'vne chaude braise
Qu'alume vn Bronte en sa fournaise.
Peinct luy la gueulle ayant des bords
Salles, baueux, gluans, & ords,
Et mornes comme la landie
D'vne connasse reffroidie
Et froncez autour comme sont
Les vieilles couïlles d'vn non sont
Bouffy les, & les enfle encore,
Comme ceux d'vn barbare More
Entre-eux se voyant de grands dents
Sortans a demy de dedans

S v

Ceſte gueulle horrible & beanté
Eſt plaine d'vne humeur gluante.
Fais luy comme vne fonde a cul
Le manton, & d'vn boute cul
Fais luy la barbe & la mouſtache.
Dans qui les morpions ſe cache,
Et dont le poil ſoit heriſſé
Comme cil d'vn chien peliſſé.
  Fais luy en teſte des oreilles
A celle d'vn Singe pareilles:
Fais luy vn cul court & graſſe
Et le chaignon vn peu groſſet
Peincts luy en forme de citrouille
La teſte, ou en forme de couille
De bellier, puis en la façon
Du dos d'vn hereux Limaſon
Fais luy l'eſchigne en la forme,
De celle d'vn Lapin en forme,
Ou de celle d'vn chat tapi,
Ou d'vn bedoüant accroupi.
  Fay luy les eſpaules maſſiues
Propres a porter les leciues
Les crochets & les gros fardeaux.
Si n liez deſchauureux cordeaux,

Fais luy les bras cours & les coudes
Enflez comme groffe gougourdes
Les doigts comme dents de ratteaux,
Les coftez comme traueteaux
Le fein gros, & le ventre large
Et propre à confermer la charge
De fix tombereaux de fian:
Et puis a ce vain Ruffian
Donne la façon & la trongne
D'vn maquereau ou d'vn yurongne:
Fais luy vn gros diable y ait part
Que le feu fainct Anthoine ard,
Plus ridé qu'vn fifflet a caille,
   Peincts luy comme vn eftrene maille
La pochette de fes couillons
Plus noirs cent fois que vieils haillons
Fais luy le cul gros & les feffes
Comme les ont fes groffes veffes
Formes luy comme vn pot bearrier
Les cuiffes & comme vn leurier
Ses iambes tout d'vne venue
Et fes pieds comme vne tortuë,
Depuis les pieds iufqu'au col &
Habillez-le d'vn beau violet

Ou d'vn iaune, car ie me trompe
Si en tels habits il ne pompe.

  Or pour bien peindre par escrit
L'excellence de son esprit
Qui tout autre excelle a mal gaire,
Il faut naifuement portraire
Le S. Crespin d'vn cordonnier
Ou le paquet d'vn chaudronnier
Car dix mille vilaines choses
Dedans mon esprit, sont encloses
Or sus ma main il est portraict,
Et ne reste pas vn seul traict
Que de teste en pied ce Pamphage
Ne monstre icy son beau corsage.

SONNET.

Sur la comparaison des Dames, & du Volant.

Etit volant qu'en m'esbatāt
　　ie louë,
　　　Que tu m'agree en te voyāt
aller,
Haut par le vuide, & puis en deualler
Pirouettant comme vn onde qui rouë
Petit volant, auec qui ie me iouë,
　　Quand le printemps fait gayemēt
　　estaller
Les belles fleurs, dōt il embasme lair
Et que Zephire en folastrant secouë
Lors que ie voy ton chef prompt & leger
Et ton cul lourd dont on ne peut tirer
Plaisir sinon qu'à grand coups de pa-
lette,
Ie t'accomparre aux Dames d'apresent
　　Qui ont prompt chef, le cul lourd &
　　pesant
　.Et qui ne vont qu'à grands coups de
braguette,

A VN QVIDAM QVI
FAISOIT PLVS D'ESTAT
des Maquereaux, & Maque.
relles, que des honnestes
personnes.

V as raison de supporter
Les Maquereaux, & Ma-
quereller
Car par le moyen d'eux & d'elles,
Ta grand mere apprint a porter
Si tu veux te deporter
De leurs detestables querelles,
Le diable te puisse emporter
Dedans ses canes plus cruelles.

A IAN

D'Ou vient cela que si souuent
Double l'an, ta femme se-
gare
C'est faute ie croy que ton Phare
Ne flambe assez pour son deuant

De luy mesme:

Ian a tout seul des seigneuries
Ian a tout seul des meteries
Ian a tout seul de beaux rubis
Ian a tout seul de beaux habits
Ian a tout seul vne belle ame
Mais tout seul il n'a pas sa femme,

De luy mesme.

Vand tu clabaudes apres moy
Ie fais comparaison de toy
Au chien qui durant la nuict
brune
Vainement iappe apres la Lune.

DE MARTIN.

E t'ay prié vingt fois, voire
trente de boire
De mon vin qui estoit assez
doux & souef
Tu n'en voulois rien faire: ainsi tu me
fis croire
Qu'on ne peut faire boire vn Asne s'il
n'a soif,

STANCES.
Sur le Chois des Diuins Oyſeaux.

L E tres-puiſſant Iupiter
   Se ſert de L'aigle a porter,
   Son foudre parmi la nuë
Et Iunon du haut des Cieux
Sur les pàons audacieux,
Eſt ſouuent icy venuë.

   Saturne a priſ le Corbeau,
Noir meſager du tombeau,
Mars l'eſperuier ſe reſerue,
Phebus les Cygnes a priſ,
Les Pigeons ſont à Cipru,
Et la Cheueſche à Minerue.

   Ainſi les Dieux ont eſſen
Tels Oyſeaux qui leur a pleu
Praipe qui ne veoid goute
Hauſſant ſon rouge muſeau,
A tatons au lieu d'Oyſeau,
Print vn Aze qui vous ſoute,

STANCES CONTRE
vne bigote.

SI ie pouuois penser que les paroles saintes
Dont vous voulez tuer le feu
de mes amours,
Partissent d'vn bon cœur & ne fussent
point fainctes
Certes i'obeirois a vos sages discours.

Ie voudrois tout afait esteindre ceste
flame
Qui m'embraze en aymant. vostre
visage beau.

Ie voudrois tout a faict esloigner de mõ
ame
L'amour que ie vous porte & le mettre
au tombeau:

Ie ne voudrois iamais hanter vostre
demeure

Ny donner ſi ſouuent pour voſtre ſeul
    ſuieƈt,

Mon corps a maint danger & a mainte
    bleſſeure

Ny faire tant de pas pour voſtre beb ob
    ieƈt,

Pour iamais ne vous voir, ie clorois ma
    lumiere,

Pour ne vous cherer plus, les pieds ie
    me licrois,

Et pour n'adorer plus voſtre grace pre-
    miere

Et n'y penſer iamais, aux indes m'en
    irois,

Mais ſçachant que ce n'eſt qu'vn ſubtil
    artiſice,

Qu'vne ruſe, ſous qui vous deſirez ca-
    cher

L'enorme impieté d'vn autre plus grãd
    vice

Madame vous perdez le temps à me
    preſcher.

I'ay trop de ſentimẽt, i'ay l'eſprit trop
    habille

pour me laisser surprendre à de si vains
  appas
vous pourriez estre sainte autant qu'v-
  ne sibille
Que hantans tant de freres, ie ne le
  croirois pas
Madame, employez donc autre part ces
  friuolles
Dôt vous voulez meurtrir ma belle affection,
Ie ne suis pas de ceux qui croient aux
  parolles
Quand ie voy le rebours par contraire
  action.

LA PLACE
verte.

AV milieu de mõ ble d en vne
place verte
D'ozeille & de plantin es-
passement couuerte
I'embrassois doucement ceste ieune be-
auté
Qui dispo,e de moy selon sa volonté
Au tour de ses regards comme autour
des fleurettes
Vollant les Papillons, Volloient les a-
mourettes:
Qui de rids affettez & d'attraits gra-
cieux
Et des plus doux appas qui repaissent
les yeux,
Tantoient si ioliment mon ame allan-
gourée
Des plaisirs qu'ayme tant la belle Cy-

therée,

Qu'aleſché de l'eſpoir des meſmes Paradis

Dont ces cheres faueurs bien heurerent
iadis

Le mignard Adonis & l'indiſcret An-
chiſe.

Il me fallut tirer de deſſoꝰ ma chemiſe

Cela de qui deſpand les accompliſſe-
mens

Des ſouhaits amoureux des plus loyaux
amans.

Ce que voyant madame, elle trouſſa ſa
cotte

Et a nud me monſtra ſa duuetuſe motte,

Et ne ſçay quoy de plus que ie n'oſe nō-
mer,

Dont l'obiect gracieux vint ſi fort allumer

Mes eſprits de l'amour, que d'vne ad-
dreſſe prompte,

Pour allenter mon feu deſſus elle ie mō-
te.

Aux doux chatoüillemens que mon
    roide aiguillon

Luy donnoit coup à coup deſſous ſon co-
    tillon,

Elle ſe manioit ainſi qu'vne caualle

Fait ſous vn eſcuyer qui la volte en
    oualle,

Si que deſſus le haut de ſon ventre mar-
    brin

Ie ſautois comme fait deſſus vn tabou-
    rin

Vne bille de buix, ou comme ſur la ter-
    re

Vn ballon qui en ſoy beaucoup de vent
    enſerre,

Ou comme vn eſteuf rond haut dans
    l'air eſleué

Saute quand il eſt cheu ſur le dos du
    paué.

Aux mouuemens gaillards d'vne ſi
    belle danſe

Les laſcifs paſſereaux ſauterent à la ca-
    dence

Par les arbres fueillus & les petits pinçons

Sembloyent nous efforcer par leurs douces chanſons

Les gays Roſſignollets aux plaiſirs de
noſtre aiſe

S'eſchauffoient tellemēt de l'amoureu-
ſe braiſe

Que pour mieux rafraiſchir leurs reins
trop allumez

Sautoient a bōds legers ſur les dos emplumez

Des leurs cheres moitié: & les bletieres
cailles

Chantans leurs Courcaillets parmy les
iaunes pailles

S'entre-faiſoient la court, & meſme les
grillons

Se courtiſant l'vn l'autre animoient les
ſillons

D'vn haut bruit eſclattant & les gētes
Cigalles

Reſonnoient à l'ennuy leurs chanſons
inegalles.

La les Zephirs mollets rodans tous

à l'entour

De nos corps enlacez dans les filets d'a-
mour

Pouſſoient ſi ſuëfuement leurs haleines
doucettes

Sur les lits encharnez dans les rondes
cuiſſettes

De ma belle Déeſſe, & le luiſant Soleil

Y fichoit tellement les regards de ſon
œil,

Qu'on euſt dit qu'ils prenoient des plaiſirs incroyables

A l'androginement de nos corps amia-
bles:

Si i'eſtois vn grand Roy, ie ferois ſus
ceſte herbe

Eriger à Venus vn Temple fort ſuber-
be,

Ou certains iours de l'an la ieuneſſe de
Tours

Viendroit ſolemniſer ces mignardes a-
mours

Et tous les paſſetemps & toutes les
lieſſes.

Les baisers les deuis, les ris & les caresses

Dont nous paradisions en ce lieu nos espris

Trauaillans au mestier de la douce Cypris

Car vn lieu si secret & si propre aux delices

D'amour meritent bien autels & sacri-
   fices.

T

à l'entour

De nos corps enlacez dans les filets d'a-
mour

Poussoient si suëfuement leurs haleines
doucettes

Sur les lits encharnez dans les rondes
cuissettes

De ma belle Déesse, & le luisant Soleil

Y fichoit tellement les regards de son
œil,

Qu'on eust dit qu'ils prenoient des plaisirs incroyables

A l'androginement de nos corps amia-
bles:

Si i'estois vn grand Roy, ie ferois sus
ceste herbe

Eriger à Venus vn Temple fort suber-
be,

Ou certains iours de l'an la ieunesse de
Tours

Viendroit solemniser ces mignardes a-
mours

Et tous les passetemps & toutes les
liesses.

Les

Ou plus d'amour & moins de passion
Vous le sçauez vous, tous ie vous atteste
Flambeaux de nuict & toy fille celeste,
A triple noms qui m'a veu mille fois
Par les rochers les deserts, & les bois
Trayner ma peine & au son d'vne lire
Te l'enseigner afin de la redire
Et cependant c'est semer sur les eaux
Sur le sablon c'est bastir des chasteaux
Peindre sur l'onde & de forces trop
      vaynes
Vouloir brider les venteuses haleines,
Car la beauté pour qui ie meurs ainsi
N'a de ma mort ny pitié ny soucy,
Ell est ainsi comme seroit vne arbre
Sourd à mes cris froide comme le mar-
      bre:
A mes desirs neantmoins ie ne peux
Mettre en oubli ny ses traits ny ses feux
La nuict alors que le charmeur Mor-
      phee
Dessus mes yeux vient bastir son tro-
      phee,
C'est lors helas ! que plein d'affliction

Ie s'en plus fort croistre ma passion
Ie suis de iour comme ces Danaïdes
Qui pour empler leur cuuettes humides
Peinent en vain car leur tonneau percé
Perd la ligueur que l'on y a versé
Tousiours le front de la mer azurée
N'est pas ridé du froidureux borée:
Tousiours Iuppin à l'encontre de nous
Ne va dardant les traits de son cour-
rous,
Tousiours Hercul ne porte sa massuë
Le bœuf tousiours ne tire à la charruë
Et le forçat aux rames attaché
Est quelquefois de tourments relasché,
Mais las! amour & ma belle homicide
Qui suit la route ou l'appetit la guide
Ne me permet vne heure de repos
Ie fay priere à la dure Atropos
Et tout en vain car le Dieu qui m'en-
flame
Sans estre aymé veut que i'ayme ma
dame,
Ainsi ie suis traitté de la façon
Traynant mon mal de buisson en buis-

ELEGIE.

Aut-il encor en la façon des Cignes
   Qui vont mourant aux riues meandrines
Chanter ma mort & parmy l'vniuers
Porter mon mal sur l'ayle de mes vers,
Faut-il encor que ma triste aduenture
Paroisse aux yeux de la race future
Faut-il plustost que tout nouueau tan-
   tal:
Ie pleure icy mon desastre fatal,
Et pres des yeux d'vne belle maistresse
Ie viue & meure en amour & destresse
Toy Ixion qui dedans les enfers
Ards attaché dans la flamme & les
   fers,
Et toy larron qui dessus vne roche
Repais sans fin l'oyseau à l'ongle croche
Souffre tu plus que celuy que l'amour

Va becquetant, & de nuict, & de iour
Ah! Dieu trompeur qu'ay-ie dit ie blaf-
    pheme
T'appellant Dieu : tu es ce Polipheme
Ou plus cruel que iamais n'a esté
Ce monstre là par Vlysse dompté :
Ie me desdy, pardon ie te supplie
Ce n'est pas toy c'est la melancholie
Qui me rauit le sens & la raison
Depuis le iour que ie fus en prison
Assubieēty sous la loy d'vne belle,
Qui ne se plaist qu'en ma peine cruelle
Amants helas esclaues des beautez
Vistes vous onc plus grandes cruautez
Et toy Soleil qui tournant par le monde
Fais icy bas chaque iour vne ronde
Ton œil iamais a il veu ramassez
Plus de tourments l'vn sur l'autre en-
    tassez
Plus de trauaux, plus de pleurs, plus
    de larmes,
Plus de douleurs, moins de paix, plus
    d'allarmes,
Plus de rigueurs, moins de compassion

                        T ij

Ou plus d'amour & moins de paßion

Vous le ſçauez vous, tous ie vous atteſte

Flambeaux de nuict & toy fille celeſte,

A triple noms qui m'a veu mille fois

Par les rochers les deſerts, & les bois

Trayner ma peine & au ſon d'vne lire

Te l'enſeigner afin de la redire

Et cependant c'eſt ſemer ſur les eaux

Sur le ſablon c'eſt baſtir des chaſteaux

Peindre ſur l'onde & de forces trop

    vaynes

Vouloir brider les venteuſes haleines,

Car la beauté pour qui ie meurs ainſi

N'a de ma mort ny pitié ny ſoucy,

Ell eſt ainſi comme ſeroit vne arbre

Sourd à mes cris froide comme le mar-

    bre.

A mes deſirs neantmoins ie ne peux

Mettre en oubli ny ſes traits ny ſes feux

La nuict alors que le charmeur Mor-

    phee

Deſſus mes yeux vient baſtir ſon tro-

    phee,

C'eſt lors helas ! que plein d'affliction

son,

Comme vn moyneau : ou qu'vne tour-
terelle

Qui à perdu sa compagne sidelle,

Et tous ces maux l'esmeuuent tout autant

Comme vn Rocher que l'onde va flot-
tant,

Suis-ie pas fol permettant que ma vie

Soit plus long temps sous son ioug asseruie,

Et que mon cœur d'amour soit tout espoint

Pour adorer vne qui n'en à point.

Ou s'elle en à c'est pour ceux qui d'vne
heure

Luy sont amis ayant sceu sa demeure,

Ou bien pour ceux que l'amour ayãt pris

Tient pour vn iour de ses graces espris,

Alors ainsi se voyant abusée

Elle sera du monde la risée,

Quand ses cheueux en espics blondis-
sans

Se changeront en des gris blanchissans

Lors que son front plus poly que la gla-
ce:
Que la beauté de sa vermeille face
Sera ridé peut estre vn repentir
Des ans passez elle pourra sentir
Peut estre alors sur le dos de Neptune
Ie vogueray plus aymé de fortune
Plus fauory des Dames & d'amour,
Car comme on dit chacque chose à son
tour.

LE CARILLON
d'Amour.

Tout au pres d'vn temple des
    muses
Ou Amour practique ſes ru-
ſes,
Se trouue vn meſchant bordelet,
Ou l'on peu paſſer ſa triſteſſe
Carillonnant à coups de feſſe
Et en iouant du flageolet.

Bordelet non, l'on te peut dire
L'eſtable d'auge ou ſe retire
Le couple de mille poulains,
Tous hiſtoriez d'artifices
De verolles & chaude piſſes
Et de chancres les plus vilains.

Il n'en faut autre teſmoignage
Que de ce dolent perſonnage

Picqué de ce fort eguillon,
Qui pipe par vne rusee
Perdit le pacquet d'espousée
Pensant sonner vn Carillon.

Amour si ton trait mesguillonne
Ne permets que ie Carillonne
Ie te prie en ceste façon
Fay moy sonner vn autre bransle
Ou la muse aux graces s'assemble
Et que ie danse a leur chanson.

Par vn son plaisant à l'oreille
Le bransle des cloches resueille
Seullement vn homme qui dort
Mais par vn autre diablerie
Le Carillon fait qu'en surie
Nous rendons hommage à la mort.

Amants d'amoureuse aduanture
Si vous craignez trop la froidure
Carillonnez à bon escient
Et ie vous donne les oreilles,
Des Putains, & des Macquerelles
T v

EQVIVOQVE.

PAr vne faueur violette
Penſant iouïr d'vne fillette
Et a ſon amour attenter
Mais auſſi toſt ceſte pucelle
Riant (le vi ô lait) dit elle,
Iamais ne m'a peu contenter.

DISCOVRS AMOVREVX
de Perrot, & de Ianeton.

Errot & Ianeton eſtoient ſeis
à l'ombrage
D'vn cheſne bien muny de
gland & de fueillage
Tandis que ça & la leur betail graçelet
Tondoit des prez rians le reguain nou-
uellet,
Quãd perrot agité d'amoureuſes ſecouſ-
ſis
Baiſoit de Ianetõ les belles leures dou-
ces
Luy diſant Ianeton mon cœur, mon a-
mitié,
Ne veux tu point auoir de moy quel-
que pitié.
Ie meurs pour aymer trop ſa face gra-
cicuſe

T ij

Toutefois de mon mal tu n'es point fou-
    cieuse
Penses-tu qu'vn baiser puisse en rien
    soulager
Ceste amoureuse ardeur qui me fait en-
    rager
Au contraire mon tout, Car la douceur
    extresme
De ta bouche emmusquee augmēte dãs
    moymesme
Mon desir amoureux, & plus aspre le
    rend
Que de tes doux baisers le Nectar est
    friand
Ou ne me baise plus ou permet que ie
    touche
Aussi facilement autre part qu'à ta bou-
    che,
Tu sçais quelle autre par ie desire tou-
    cher
Ie ne t'en daignerois d'auantage pres-
    cher
Mais regarde comment ceste passe fola-
    stre

De mille doux regards son amant idola
  stre,
Voyez comme or' de l'aile & ore de ses
  yeux
Elle excite à l'amour son amy gracieux
Qui pour la contenter, à petits bransles
  d'aille
Se cale en vn instant mille fois dessus
  elle
Voy comme à l'ombre frais de ce roccux
  halier
Vne de tes brebis mignarde mon belier
Et comme en cent façons pleines de mi-
  gnardise
Dedans son estomac le feu d'amour at-
  tise:
Voy au plus bas des airs les cornus pa-
  pillons
Branlant deça delà leurs beaux esuan-
  tillons
Se requerir d'Amour: voy mesme ces
  fleurettes
Ses arbres ces forests sont pleine d'a-
  mourettes:

Tout s'eschauffe d'amour tout en est al-
luraé,

Et brief rien ne se void qui ne soit animé.

Ma belle Ianeton ne me sois point farouche,

Permet que sur ce pré doucement ie te
couche.

Tes baisers m'ont si fort allumé de l'a-
mour

Qu'il me faudra mourir , si ie passe ce
iour

Ce iour non seulement, mais ceste heure coulante,

Si couché sur ton sein mon ardeur ie
n'all nte:

Ie n'ay nerf dessus may , ny veine , ny
tandon

Que ton œil n'ait remply du feu de Ca-
pidon:

Ie suis vn Mongibel, vn Vezuue , vn
Lipare

Qui brusle incessament pour ta beauté
si rare.

Mes pleurs ne peuuent rien contre mon
 feu trop vif

Plus ie pleure dessus, & plus se rend
 actif

Semblable à celuy là qui flamme en la
 fournaise,

D'vn nerueux Mareschal, qui d'autant
 moins appaisé

Sa violente ardeur qu'on luy iette de l'e
 au,

Faisant à son contraire vn pouuoir tout
 nouueau.

 Rien ne peut amortir ceste amoureuse
 flame

Qui brusle incessamment, & mon cœur
 & mon ame,

Qu'vn doux recollement d'vn plaisir
 mutuel

Prins reciproquement en l'amoureux
 duel,

Donc ma Nymphe aux yeux doux, si tu
 as quelque enuie

D'allonger à perrot les trames de la vie

Venons à ce duel sans tarder plus long
 temps:

LES MVSES

Les duels amoureux ne sont que passetemps.

IANETON.

Perrot que i'ayme tant, que si la parque
dure,
Te tuoit pour le mal qu'en m'aymant
tu endure
Ie mourois à l'instant pour te suiure là
bas.
Car de viure sans toy Ianeton ne peut
pas
L'amour, & la pitié me forcent de te
plaire
Mais la loy de l'honneur me deffend le
contraire
Tu as deux champions qui combattent
pour toy,
Et ie n'ay que l'honneur qui combatte
pour moy,
Pourray-ie resister n'estant fauorisee
Qui de la loy d'honneur qui est tant
me prisee
D'entreprendre seulette vn combat cō-
tre deux.

Ce seroit vn danger pour moy trop hazardeux

Mais changeons de propos, & m'aprens
ie te prie

Cet amoureux duel sans nulle pipperie,

Car de tromper celuy qui ne songe en
nul mal

C'est estre plus meschant qu'vn sauuage animal.

Ha! mon Dieu que fais-tu? quoy Perrot tu me trousse,

PERROT.

Ianeton mon amour, de ce ne te courrouce.

IANETON.

Oste ta main de là, & me laisse en repos.

PERROT.

Iamais vn braue chien n'abandonne
son os.

IANETON.

Est-ce là le duel que tu me veux apprē-
dre,

PERROT.

Ouy ce l'eſt Ianeton, & penſe à te deffendre.

IANETON.

Ie ne ſçaurois m'ayder eſtant ainſi ſous
toy,

PERROT.

Tu es de la façon bien plus forte que
moy.
On dit communement que de femme
couchee
Ou entre les linceux ou deſſus la ion-
chee,
Et que d'vn tronc de bois eſleué tout debout,
On n'en peut iamais voir ny la fin ny le
bout.

IANETON.

Que ſentay-ie ô bon Dieu Ha! Perrot
ie me paſme.

PERROT.

Ie m'en vois en trois coups te donner
vn autre ame:

IANETON.

Ha! qu'elle ame, Perrot: r'animes tu
   ainsi

PERROT.

Si te t'ay fait du mal ie t'en requiers
   mercy.

IANETON.

Tu ne m'as pas fait mal : ie me plains
   de ta ruse.

PERROT.

Tout offence en amour facillemët s'excuse.

IANETON.

Si i'ay donc offencé en t'aimant, c'est
   tout vn

PERROT.

Ouy dea : on ne t'en peut donner reproche aucun.

IANETON.

S'il est ainsi Perrot, recommëce la feste

PERROT.

Ie le veux Ianeton.

IANETON.

Mais non Perrot, arreste.

LES MVSES

I'entends ie ne ſçay quoy derriere ccs
    buiſſons.

PERROT.

Hé ! Dieu ne vois tu pas que ce ſont
    deux Pinçons.

Qui forcenez d'amour ſuiuent par ces
    ramees

D'vn vol entre-rompu leurs Dames
    emplumees.

IANETON.

Hé ! bon Dieu ie me meurs

PERROT.

Ha ie me meurs auſsi.

IANETON.

Qn'on mouroit doucement, ſi on mou-
    roit ainſi,

De telle mort iamais ie ne ſerois ſaoulee

PERROT.

Ie te veux donc encor tremper vne eſ-
    culee.

IANETON.

Courage mon Perrot.

PERROT.

Courage Ianeton.

IANETON.

Tien pour te mettre en goust, baise moy
le teton.

PERROT.

A l'homme d'appetit, il ne faut poins
de saulce.

IANETON.

Le genereux cheual ne deuient iamais
rosse.

PERROT.

Penses-tu qu'en ce ieu mes membres
soyent lassez.

IANETON.

Fais le donc iusqu'à temps que ie te die
assez

PERROT.

Comment le diras-tu, quand tu perds
la parolle
Lors que dans ta moitié ma moitié ie
recolle,
Plustost le gay Printemps se soulleroit
de fleurs
L'hyuer de ses frimas, l'Esté de ses chaleurs

Qu'vne femme d'amour : Ianeton ie
   te prie
A quelque temps d'icy remettons la
   partie.
Ainsi ces deux Amans se leuerent delà
Et chacun deux contant au logis s'en
   alla.

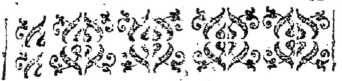

ABREGE' DE LA VIE
d'vne signalée Ma-
querelle.

'Autre iour le Gascō apres l'a-
uoir fait boire,
Des filles du mestier me fist
voir vn memoire,
Dont ie fus estonné : car i'auise au papier
Que ie ne pensois pasqui fussent du mestier.

Or m'estant informé de celle qui les
mene
La premiere nommée ainsi qu'vn capitaine,
Dont l'immortel renom volle par l'Vniuers,
Il m'en fit le discours, & le voicy en
vers
Que i'ay rendus succincts, d'autantque

la matiere

Merite qu'on la taife, où qu'on n'en
    parle guiere.

Sur toutes fes putains qui ont le plus
    branfle

Dont le cul courageux n'a iamais recu-
    lé,

Celle-cy a fait rage, & a faict parler
    d'elle

En qualité de garfe & puis de maque-
    relle,

Subtille, ingenieufe, & qui de cent
    façons

En l'vn & en l'autre art inuenta des
    leçons:

Si bien que qui voudra, foit amant ou
    maiftreffe

Apprendre à ce meftier de nouueaux
    tours de feffe,

Encore plus lafcifs que ceux de l'Are-
    tin,

Il faut qu'il aille voir cefte docte putain

Son pere eut nom Poulain, fa mere
    chaude piffe,

                Et celle

La matiere
Merite qu'on la taise, où qu'on n'en
     parle guiere.
Sur toutes ses putains qui ont le plus
     branſlé
Dont le cul courageux n'a iamais recu-
     lé,
Celle-cy a fait rage, & a faict parler
     d'elle
En qualité de garſe & puis de maque-
     relle,
Subtille, ingenieuſe, & qui de cent
     façons
En l'vn & en l'autre art inuenta des
     leçons:
Si bien que qui voudra, ſoit amant ou
     maiſtreſſe
Apprendre à ce meſtier de nouueaux
     tours de feſſe,
Encore plus laſcifs que ceux de l'Are-
     tin,
Il faut qu'il aille voir ceſte docte putain
Son pere eut nom Poulain, ſa mere
     chaude piſſe,
                   Et celle

Et celle que l'on prist pour estre sa nour-
    rice

Fut vne vieille louue, & la mere d'a-
    mour,

La venoit visiter cinq ou six fois le
    iour,

La berçant elle-mesme, ainsi qu'vne
    seruante,

Afin qu'au remument elle deuint sça-
    uante:

Si bien que n'estant pas à peine hors le
    berçeau,

Elle s'alla plonger dans le fonds d'vn
    bordeau,

Où se faisant bercer sans cesse à tout le
    monde,

Elle acquit le renom d'vne Lais secon-
    de,

N'estant point de l'humeur de celles de
    la cour

Qui dans l'ame bruslant du cruel feu
    d'amour,

Se plaisent toutes fois à vser de remises

Auant qu'on en iouysse & qu'on en vi-
    V

enne aux priſes,

Pourueu qu'on luy monſtraſt vn membre de mulet,

Soit qu'il fut d'honneſte homme, ou de
quelque valet,

On la voyoit touſiours comme vne qui
ſe paſme

Preſte à vous receuoir, & preſte à rendre l'ame

En toutes les façons qui ſe peuuent ſon-
ger

Pour vous donner plaiſir, & pour vous
ſou'ager.

Elle eſtoit ſouple, agille, & ſa mou-
uante feſſe

Fut vne vis ſans fin qui n'auoit point
de ceſſe:

Que ſi elle māquoit quelquefois, c'eſtoit
lors

Qu'il falloit qu'vn barbier en refiſt les
reſſors,

Ou bien qu'il falloit faire en Bauiere
vn voyage,

Tous les mois vne fois, & non poins

d'auantage,

Duquel elle n'estoit si soudain de retour

Que quelque malheureux y alloit à son
tour,

Qui auoit frechement en affaire auec
elle,

Puis vn autre l'alloit sortir de sentinel
le:

Et puis vn autre encor, parce qu'autant de coups

Estoient autant de chasse, & de souue-
nez-vous.

Elle continua ce plaisant exercice,

Nō point iusques au tēps d'vn remords
de son vice

Mais iusqu'à ce que l'aage au poil tout
argenté.

De son orde luxure eust le cours arresté

Voyant donq son visage autrefois
agreable,

Peu à peu deuenir en terre labourable:

Affin de maintenir sa reputation

Eut recours tout soudain à la productiō

Où elle se rendit si experte & habille.

Que tout luy succedoit & luy estoit facile
Combien y en a il que l'on ne cognoist
    pas
Qui n'ont peu s'empescher de tomber en
    ses lacs?
Elle sçauoit si bien des plus pudiques
    femmes,
Par son arc detestable, ensorceler les a-
    ames,
Que si elle n'a peu les gaigner tout à
    fait,
Du moins la voloté a tenu lieu d'effect
.Elle en entretenoit de tous prix, &
    tous aages,
Mesmes leur apprenoit cent diuers cu-
    letages,
Les vnes alloient lamble, & les autres
    le pas
Et quelque autre faignant de ne l'en-
    tendre pas
Et d'estre à ce mestier encor toute nou-
    uelle
Se pleignoit tout ainsi que fait vne pu-
    celle

Mais tousiours à l'entrée on recognois-
  soit bien

Qu'il y auoit l'on temps qu'elle ne valloit rien.

Mais ainsi qu'vn marchand parmy
  sa marchandise

A tousiours quelque piece & quelque
  estoffe exquise

Qu'il monstre rarement, & ne vend
  qu'à celuy

Lequel est coustumier d'aller souuent
  chez luy.

Ainsi ceste marchande afin que sa
  pratique

Se maintint plus long těps, auoit dans
  sa boutique

Tousiours quelque friant & delicat
  morceau

Pour ceux-là qui estoient les chalans
  du bordeau.

C'estoit quelque bourgeoise agreable &
  gentille

De nouueau debauchée, ou c'estoit quelque fille

LES MVSES

Au deſſous de quinze ans, ieune &
tendre beauté
De qui le pucelage eſtoit cher acheté.
Miſerable vilaine, au lieu d'eſtre
bannie
Tu deurois par le col en greue eſtre pu-
nie,
Puis comme tu fus Louue, eſtre iettée
aux Loups,
Encores ce ſupplice euſt-il eſté trop
doux.

LA DOVCEVR DV
Cocüage.

SVs Eraton muſe gentille
Parlant du plaiſir qui fretille
Inſpire moy quelque diſcours
Et fay qu'en faueur de noſtre âge
Ie chante l'heureux cocüage,
Quand il ſe fait ſur le velours.

L'honneur ſe vend, & donne en proye
ye
Pour porter la robbe de ſoye
Et le cotillon de ſatin
Et croy que l'amour mieux ſe gliſſe
Deſſus le taftas à la lice
Que ſur le limeſtre plus fin.

Ce n'eſt donc pas choſe nouuelle
Si la bourgeoiſe entre en ceruelle
Et ſe fait noble par dehors

Puisque dautant plus qu'elle est braue,
Tant plus elle a d'amans esclaue
Pour fournir aux plaisirs du corps

Ah ! pauures gens remplis d'encōbre
Qui croissez des oyseaux le nombre
En cheuauchants estats nouueaux
Vous n'estes pas dignes de blasmes
Car on picque aussi dru vos femmes
Comme vous picquez vos cheuaux.

Ne vous despaise aussi mes dames
Vous auez pour nous tant de flammes,
Tant d'artifice, & tant d'appas
Que pour assouuir vos enuies
Nous ferions perte de nos vies,
Pour vous seruir entre deux draps.

Chacun pense a planter des hommes
Quand on voit ces vermeilles pommes
En vos seins d'oillets parsemez,
Et comme a Déesses mortelles
Vous faire offre de ces chandelles
Que vos feux mesme ont allumez.

ODES.

S'il y a dans vne ville
Quelque belle & chaste fille,
Las ! il faut que tout soudain
Vn cloistre nous la desrobe
Et qu'elle change sa robbe
A vn habit de Nonnain.

Pauures filles abusées
Que vous estes peu rusées
De croire ce qu'on vous dit
Iettez le voile aux orties,
C'est aux filles repenties
A qui conuient cest habit.

Faudra-il donc que ces roses
Qui ne sont encores escloses,
Et ces œillets, & ces lis,
Par qui vous deußiez paroistre,
Se fannißent dans vn cloistre
Sans espoir d'estre cueillis ?

C'est vne erreur populaire
De croire qu'vn monastere

Y v

Vous puiſſe empeſcher d'aimer
Amour vous ſuit à la trace,
Et vous trouue en quelque place
Que l'on vous puiſſe enfermer.

    Mais bien qu'il bleſſe nos ames,
Si ne peut-il à vas flames,
Apporter aucun ſoulas,
Ie m'en rapporte à vous meſmé
Si ce mal n'eſt point extreme
D'aymer, & ne iouïr pas.

    Nonnettes chaſtes & belles
Qui dans ces priſons cruelles
Viuez l'eſprit affligé:
Si i'auois quelque puiſſance
Deſſus les cloiſtre de France
Ie vous donnerois congé.

Sur des Tetons

I'Ayme bien d'vn beau regard
Le ſouſris & le regard,
Mais i'ayme encore d'auantage
Ses tetons durs & polis,

Ils sont bien aussi iolis
Que peut estre le visage.

Beaux tetons que de nos cœurs
Estes les mortéls vainqueurs,
Permettez que ie vous touche
Seulement du bout du doy
Ou plustost permetez moy
Que ce soit auec la bouche.

Voulez-vous maintenant voir
L'effect de vostre pouuoir :
Que i'aye ce priuilege
De vous toucher seulement,
Vous verez en vn moment
Des mains brusler sur la neige.

Tetons qui seuls m'animez
Et qui mes esprits charmez
Heureux qui auroit la gloire
De vous voir quand il voudroit,
Plus heureux qui dormiroit
Dessus vostre bel yuoire.

Pour Dieu tetons cachez-vous
Car vos appas sont si doux
Qu'ils me font mourir d'ennie,
Non, nonne vous cachez pas.

J'ayme mieux que vos appas
Me facent perdre la vie.

   Le fruict defendu des Cieux
Perdit nos premiers ayeux,
Mais ces deux petites pommes
Ou amour se tient caché
Pour nous induire au peché,
Seduisent bien plus les hommes.

IE ne sçay s'il vous souuiens
De nostre amitié passée,
Mais, helas ! elle reuient
Tousiours dedans ma pensée,
   J'ay tousiours escrite au cœur,
Vostre beauté nompareille
Et vostre bel œil vainqueur
Ne veut point que ie sommeille.
   Quand ie voy faire l'amour
A deux chastes tourterelles,
Il me ressouuient du iour
Que nos amours estoient telles,
   Vous n'auiez lors que quinze ans,
J'en auois cinq d'auantage,
Et mon cœur depuis ce temps,

N'a iamais esté vollage.

Combien de fois auons nous
En mille places secrettes,
Malgré nos parens ialoux.
Contenté nos amourettes.

Helas ! ce doux souuenir
Qui mes ennuis reconforte,
Fera il point reuenir
Vostre amour qui semble morte.

CHANSON EN
Dialogue.

Pour quatre iours d'absence
Auoir changé d'amant
Ha ! Dieu qu'elle inconstance,
Quel soudain changement
Se peut -il voir bergere?
Si volage & legere.

Ce n'est pas mon ennuie,
Berger faicts- moy ce bien,
Ou de m'oster la vie,
Ou de n'en croire rien:

Qu'elle plus belle flame
Pourroit brusler mon ame:
  Bergere, tous ces charmes
Ne sont point assez doux,
Vos effects sont mes armes
Dont ie pare leurs coups,
I'ay contre leurs blandice
Les oreilles d'Vlysse,

  Hé! bien ie suis coulpable,
Ie veux auoir le tort,
Mais il n'est pas croyable
Que vous vouliez ma mort,
Apres tant de caresses,
De vœux & de promesses

  Puis qu'auec tant de grace
Tu pleures ton peché,
Vien ça que ie t'embrasse,
Ie ne suis plus fasché
Mais ie te prie bergere
Ne sois plus si legere.

SONNET.

QV'vn homme pauure est im-
                parfait,
    il est honteux, sot, ignorant,
        timide,
Muet & sourd, insensible stupide,
Salle, vilain, contagieux, infect.

    Il est songeard, triste, pasle, & des-
        fait
Et qui pis est maschant souuent a vui-
        de,
Au demeurant tenu pour vn perfide
Fust-il vn homme en vertu tout a fait.

    Aussi n'est-il recherché de personne,
Chacun le fuit, le quitte, & l'abādon-
        ne.
(S'il n'est par-fois visité d'vn Sergent
    Qui le console au fort de ces suppli-
        ces)
Helas! iamais n'auray-ie de l'argent,
Pour n'auoir plus tant de sorte de vices

SONNET.

Ais comme peut il faire, on
sçait bien qu'il n'a rien,
Qu'il n'a point d'exercice, &
ne fait point d'affaire,

Et s'il ne laisse pas de faire bonne chere,

Et de paroistre ainsi qu'vn homme de
moyen,

Et qui plus est encor, l'on sçait assez
combien

D'importuns creanciers pour comblé de
misere

Le tiennent obligez corps & biens par
Notaire,

Et au partir de là son mesnage va bien,

Il faut que quelque iour ie l'aborde
& le prie

De me vouloir monstrer ceste belle in-
dustrie

De paroistre sans charge & sans commodité.

Mon amy te voila en vne peine extreme
Si tu es si ialoux de sa prosperité,
Prends vne belle femme & tu seras de
 mesme.

DIALOGVE.

D. Mignonne c'est assez, voulez
  vous que ie meure?
Demain ie reuiendray des la pointe du
 iour,
Vous l'auoir fait deux coups en moins
 de demie heure,
C'est assez trauaillé pour vn homme de
 cour.
R. Mon amy ie voy bien que tu n'as
 plus d'haleine
Et que tu es trop lasche & delicat amãt
I'ay pour te soulager la moitié de la pei
 ne,
Et tu te rends desia pour deux coups

seulement.

D. *Pour vn troisiefme coup vous ne*
    ferez defdite.

Ie fuis iufqu'a ce nombre expert & bié
    appris?

Mais apres ce coup là ie defire eftre quit-
    te,

Qui met trois fois dedans doit empor-
    ter le prix.

R. *Courage donc amy, remporte la*
    victoire

Auffi vray ceftuy-cy eft le meilleur de
    tous,

Encore vn petit coup pour auoir cefte
    gloire

De l'auoir en vn foir peu faire quatre
    coups.

LA SERVANTE.

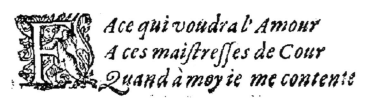

F*Ace qui voudra l'Amour*
A ces maiftreffes de Cour
Quand à moy ie me contente

De caresser nuict & iour
Le teton de ma seruante.

Elles n'ont rien d'arresté,
Et tousiours soubs leur beauté
Cachent vne ame inconstante:
Mais viue la fermeté
De ma petite seruante.

On dit que sous vn amant
Elles ont du maniement:
La mienne n'est si sçauante,
Elle y va tout doucement
Comme vne simple seruante.

C'est à force de presens
Que ces pauures Courtisans
Se conseruent leur amante,
Et vingt escus tous les ans
Me conseruent ma seruante

Vous languissez quelquefois
A la Cour plus de trois mois
Sans que l'heure se presente,
Et moy (bien-heureux) ie vois
Quand il me plaist, ma seruante,

A la Cour vn seruiteur
Le fait tousiours en frayeur

Le moindre bruit l'espouuante?
Mais de qui aurois-ie peur
Le faisant à ma seruante.

A VNE COVRTISANE.

Vostre amour est semblable à vn
gasteau des Roys
Lequel en plusieurs parts se couppe & se
diuise,
Vous n'en cherissez pas seulemēt deux
ny trois
Mais vn nombre infiny, dont vn chacun deuise.
Et comme à vn valet arriue quelque
fois
Le morceau desiré la ou la febue est mise,
Le plus lourdaut de tous dōt vous auez
fait choix
A rencontré la febue en vostre grace
acquise.
C'est luy qui maintenant possede vostre cœur,

De vos fieres rigueurs le superbe vainqueur
Dequoy ie ne me puis abstenir de me
   rire,
Ne pouuant deuenir qui vous l'a faict
   eslire,
Ny qui vous fait aymer ce sot si ardam-
   ment,
Si ce n'est le recit de son gros instrumēt

LES BOTTES.

Eluy-là fut d'vn grand esprit
Lequel le premier nous apprit
La noble inuentiō des bottes.
Y a-il rien contre les crottes
Et contre l'iniure du temps
De plus commode pour les champs
Y a-il rien aussi qui donne
Plus de grace à vne personne.
  Dieu ait l'ame du cordonnier
Qui en fut l'inuenteur premier,
Mais que dis-ie, ce fut Mercure

Qui inuenta telle chauſſeure,
Iamais alloit-il pour les dieux
Faire voyage en aucuns lieux
Qu'il n'euſt auec ſon Caducée
Touſiours la bottine chauſſée.

 Ce n'eſt pas tout à vn guerrier
D'eſtre adroit, & bon cauallier,
D'auoir du cœur & de l'audace,
Et de porter vne cuirace
Afin d'eſtre plus redouté,
Encor faut-il qu'il ſoit botté:
Car ſans des bottes les gendarmes
Ne font pas de grands effects d'armes,
Pour moy ie vendrois mon pourpoint
Pluſtoſt que de n'en auoir point
Ie les ay tellement aymées
Durant ces derniers armées
Que i'ay (non ſans trembler des dens)
Plus de cent fois couche dedans,
A la pluye, & à la froidure,
Sur la paillaſſe , & ſur la dure.

 Ce mot de botte ſeulement
A donné de l'eſtonnement
Aux ennemis durant la guerre

Autant que l'esclat d'vn tonnerre.
　Y a-il rien meilleur pour ceux
　Qui sont lasches & paresseux
　Et qui ont la mine vn peu sotte
　Que de prendre souuant la botte?
　N'apprend on pas par tel moyen
　Que c'est que du mal & du bien,
　　Mais quel seruice peut on faire
　A vn amy plus necessaire,
　Que lors que nous le secourons
　Et des bottes & d'esperons
　Quand il va courir quelque office,
　Quelque prebende, ou benefice.
　　Or ie ne desire de toy
　Pour vn tel bien receu de moy,
　Sinon que tu te ressouuiennes
　De m'enuoyer bien tost les miennes.

A VN NOVVEAV
marié.

TV t'es donc marié sans nous en di-
　re mot,
Pauure homme qu'as tu fait, ie te pen-

sois plus sage:

Responds-moy le beau fils, n'estois-tu
assez sot

Sans te mettre en danger de l'estre d'a-
uantage.

Mais puis que tu n'as peu éuiter ton
malheur,

Encor ne faut-il pas que tu te deseperes

Combien void-on d'enfâs auoir ce deshonneur

D'heriter comme toy au mal-heus de
leurs peres.

Si tu veux viure en paix le reste de
tes iours,

Et faire maintenant le salut de ton a-
me,

Il te faut endurer, & s'il te faut tousiours

Auoir deuant les yeux la crainte de ta
femme.

De crainte d'auoir pis, n'entre point
en soupçon

Si tu vois qu'vn amy deuant toy la caresse:

Car à

Car à vous voir tous deux, vous auez
    la façon,
Toy d'estre le valet, & elle la maistres-
    se,
On ma dit que tu cherche vn estat
    maintenant,
Et que vostre contract porte expres ce-
    ste clause,
Tu ne dois point quitter celuy de fai-
    neant,
Car ie crois que tu n'es capable d'autre
    chose.

Sur la mort d'vn Poullet.

ON a doncq couppé le sifflet,
A mon pauure petit poullet,
On m'a donc par ce sacrifice
Osté mon plus bel exercice:
A vn delicat animal
Vn bon iour est tousiours fatal,
Tousiours les plus friandes bestes
Courent fortune aux bonnes festes.

X

C'est pourquoy ils t'on esgorgé
Afin d'estre demain mangé,
Sans que mes larmes pitoyables
De ces goulus inexorables,
Trop soucieux du lendemain,
Ayent peu assouuir la faim.

REGRETS D'VNE FILLE,
sur la mort d'vn mouton.

Auure Queton que i'aymois
mieux
Ny que mon cœur, ny que
mes yeux,
Voire plus que ma propre vie,
La Parque t'a doncques rauie
I'ay doncq perdu par ton trespas
Tous mes plaisirs & mes esbas.

O mort inhumaine & felonne,
Las! que veux tu que ie te donne
Pour la rençon de mon Queton:
Ainsi s'appelloit mon mouton
Mouton donc la mort deplorable

M'est vn regret insupportable.

   Et vous qui riez de sa mort
Pour m'affliger encor plus fort,
Le grand honneur, la belle gloire
D'offencer ainsi la memoire
D'vn pauure petit animal,
Qui ne vous fit iamais de mal,
Mais qui par mille singeries
Bannissoit toutes fascheries.

   Vous dites que vous m'aymez bien
Mais quand à moy ie n'en croy rien,
Car qui bien ayme vne maistresse
A tousiours part à sa tristesse.

   Mais reuenons à mon mouton?
Combien de fois, pauure Queton,
Combien de fois (ô chere cendre)
T'ay-ie permis de venir prendre
Et ton repas dedans ma main,
Et ton repos dessus mon sein?
Combien de fois dedans ma couche
Sans faire autrement la farouche
Es-tu venu pour sommeiller
Sur mon teton, ton oreiller,
   Si le destin t'eust laissé viure

X ij

On t'euſt veu tout par tout me ſuyure
Et faire apres moy du follet
Tout ainſi qu'vn petit barbet:
Bref tous ces petits chiens de page
N'en euſſent point ſceu d'auantage,
I'euſſe expres monté mon meſtier
Pour te faire vn petit collier,
Où l'on t'euſt mis vne ſonnette.
Et puis comme vne bergerette,
Ie t'euſſe mené en beau temps
Brouter le bel eſmail des champs.

　　Mais la mort qui de toute choſe
Icy bas a ſon gré diſpoſſe,
M'a releuée de ce ſoin
Car elle t'a mené bien loing
Paiſtre par les ſombres vallees
Les herbes de noir eſmaillees.

Remerciement aux Celeſtins.

Voicy ce que ie viens de faire,
　　C'eſt vn petit remerciëment,
Ma muſe ne ſe peut plus taire

Apres vn si bon traictement.

Mais y a il Poëte au monde,
(Fust-il en son art tout parfait)
Qui vous face vn vers qui responde
Au festin que nous auez fait.

Vous auez deux soins que ie prise
Dont se mocquent nos ennemis,
De bien seruir Dieu à l'Eglise,
Et de bien traitter vos amis.

Vos turbots, & vos soles belles,
Sont aussi bons que des poullets,
L'arsenac, l'effroy des rebelles,
N'est pas mieux fourny de boulets,

Heureux Couuent sur tous les autres
D'où nous sortons guedez & souls,
I'aymerois mieux estre des vostres
Que receueur de quinze sols.

SONNET.

Tous les iours tu me romps la teste
De te vouloir rendre Nonnette:
Hé bien! laisse-moy ton connin,

Et puis te vas rendre Nonnain,
Ta bouche auſſi pleine de roſes
Que ie cheris ſur toutes choſes,
Où mon cœur languit en priſon
Ie te pry' de m'en faire vn don.
    Fais moy ton heritier encore
De ton beau teton que i'adore:
Ayant ces trois choſes à moy,
Ie n'ay plus que faire de toy.
    Mais dis-moy, que voudrois-tu fai-
    re,
Encloſe dans vn Monaſtere?
Tout y eſt oiſif (ce dit on)
Et connin, & bouche, & teton.

SONNET.

IE ne puis (bien que ie vous ayme)
Me marier auecques vous,
Car mon amour eſt ſi extreme,
Que i'aurois peur d'eſtre ialoux.
    Et puis le cornu diademe
Eſt vn mal ſi commun à tous,
En ceſte grande ville meſme

Où cela vous semble si doux.

 Mais si vous desirez, ma belle,
Vous seruir d'vn amant fidelle,
Sans vous engager soubs la loy
 D'vn Hymen fascheux & contraire
Ie vous supplie que ce soit moy
Qui ait l'honneur de vous le faire.

SONNET.

M'Estât pour le present vne chose impossible
De vous payer le pet que i'ay
 perdu au cent,
En voicy vn tout frais dont l'odeur riē
 ne sent,
Contre son naturel, maniable & visi-
 ble.

 Prenez-le donc de moy plustost qu'vn
 inuisible
Qui vous iroit soudain par le nez sai-
 sissant
Ou bien si vous voulez què ie m'aille
 efforçant,

Vous entendrez tonner d'vne façon
terrible.

Toutesfois puis qu'vn pet n'est sinon
qu'vn sonnet,

Et vous faisant present de ce petit sonnet,

Ie pense n'estre plus enuers vous rede-
uable.

Puis vn pet ne peut estre entieremẽt
payé,

D'autant que telle debte est si grande
& notable,

Que tousiours le debteur en retient la
moitié.

SONNET.

Iouyr d'vne maistresse & n'en oser
rien dire,

C'est par trop se contraindre, & trop a-
uoir de peur,

N'oser dire son mal est vne grand douleur,

Mais taire ce plaisir est vn plus grand
martyre.

Pour moy quand i'ay iouy du bien
    que ie desire,
On a beau me prier de garder leur hon-
    neur,
Ie le publie à tous pour descharger mon
    cœur,
Ou ie prens tout soudain la plume pour
    l'escrire.
    Que si pour auoir dit, & fait sçauoir
    à tous
Que i'ay eu cest honeur de coucher pres
    de vous,
Vous m'en vouliez du mal, & le trou-
    uiez estrange,
Et ne le vouliez plus doresnauant pre-
    ster,
Il s'en faudra passer : si i'ayme à m'en
    vanter,
Apres que ie l'ay fait, i'ayme encor plus
    le change.

DIALOGVE DE LA
Fortune.

D. **F**Ortune reſpons-moy, qui
ſont tes fauoris,
Vn valet, vn lourdaut,
vn torchecul de mule,

RESPONCE.

Ce ſont ceux que i'auance aux hôneurs
à Paris,
Chez qui reluit le marbre, & l'argent
s'accumule.

DEMANDE.

Doncques le ignorans ſont ceux que
tu cheris,
Et l'homme vertueux?

RESPONCE.

C'eſt celuy que i'acculle,
Et duquel tous les iours ie me mocque
& me ris,

Qui trop ayme l'honneur de luy ie me
recule.

Mais vous, mes fauoris, qui de gueux
& tous nus

Estes en moins de rien si puissans de-
uenus

Par ma seule faueur, non point par vos
merites.

N'en soyez point pourtant plus orgueilleux & fiers,

Ie puis en vn clin d'œil renuerser vos
marmites,

Et vous renuoyer tous à vos premiers
mestiers.

SONNET.

Vous auez vn mary qui entre en
frenaisie

Quand il voit que quelqu'vn veut de
vous s'approcher,

Dit qu'on sorte dehors, & qu'il se veut
coucher,

Voulant, & ne pouuant cacher sa ialousie

Mais puis qu'il continuë en ceste res-
uerie
Et qu'il veut sans subiect vos plaisirs
empescher,
Sans plus tant se fascher il se faut de-
pescher
De le mettre au papier de la grand con-
frairie.
Ie ne ressemble pas à dix mille maris,
Qui cocus de leur grè paroissent dans
Paris,
Sont habillez de soye & viuent à leur
aise.
Les femmes de ceux là ont meilleur
temps que vous,
Car tant s'en faut qu'ils soient de leurs
femmes ialoux,
Qu'eux mesmes font le guet quand
quelqu'amy les baise,

SONNET.

Madame, voulez-vous qu'en vn
mot ie vous die

Le trauail de voſtre ame, auſſi bien
    qu'vn Docteur?
C'eſt que vous cheriſſez plus que d'vn
    ſeruiteur:
Voila tout le ſuiect de voſtre maladie.
    Si voſtre amour eſtoit à vn ſeul de-
    partie
Et ſi ie iouyſſois tou ſeul de ce bon heur,
Vous auriez moins d'ennuy, & beau-
    coup plus d'honneur,
Et ne ſeroit ailleurs la mienne diuertie
    N'aymez donc que moy ſeul, & don-
    nez le bon ſoir
A ces ieunes mignons, s'ils vous vien-
    nent plus voir:
Car vous eſtes ſi douce, & d'vne hu-
    meur ſi tendre.
    Ou plutoſt vous auez tant de fragili-
    té,
Que ie crains qu'à la fin vous ne leur
    laiſſiez prendre
Voſtre honneur, ſoit de force, ou bien
    de volonté.

GAILLARDISE.

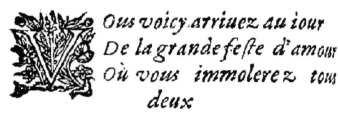 Ous voicy arriuez au iour
De la grande feste d'amour
Où vous immolerez tous
deux
Vos cœurs épris de mesmes feux,
L'vn deſſus ſon autel ſacré
Se couchera de ſon bon gré,
L'autre oubliant les maux receus
Montera promptement deſſus.
Et puis en remuant bien fort
Vne agreable & douce mort,
Plus douce que n'eſt pas le miel
Rauira l'vn & l'autre au ciel.
Que de doux baiſers ſeront pris
En ce doux combat de Cypris,
Enfin en vn ſi doux deſduit
Tout ſera ſucre ceſte nuict.

Quoy! vous tremblez des-ia de peur
Non, non pucelle, ayez bon cœur,
Par voſtre foy voudriez vous bien
Ceſte nuict qu'on ne vous fit rien
   Vous auez beau pour l'empeſcher,
Plus fort contre luy vous faſcher,
Et crier ma mere, au ſecours
Ceſte nuict nous ſerons tous ſours,
   Hymen en rit dedans le cœur,
Et ce petit archer vainqueur
Vous attend deſia ſur le lict
Pour vous animer au conflict,
   O couple choiſi tout expres,
Ioignez-vous tous deux de ſi pres,
Qu'il ſemble à vous voir ainſi pris,
Que ce ſoit Mars auec Cypris,
   Allez le faire tant de fois
Qu'au bout iuſtement de neuf mois
Nous voyons de voſtre façon
Vne fille ou bien vn garçon.

SONNET.

MAis qu'elle est ta belle esperãce,
Pour te vouloir mõstrer au iour
De voir bien tost ton ignorance
Seruir de risee à la Cour.
Il est bien besoin que la France
Sçache que tu as fait l'amour,
Puis les vers n'ont plus de creance,
La prose a maintenant son tour.
Que ce mot encor ie te die
Pour t'en faire perdre l'enuie:
C'est que ie crains que tes Sonnets,
Pour estre si mal faicts & tristes,
Ne seruent bien tost de cornets
A la boutique de Droguistes.

FIN.

Imprimé en France
FROC021311120919
22116FR00012B/187/P

9 782016 153345